评行 书简

叶并茂 著

陕西新华出版
太白文艺出版社·西安

图书在版编目（ＣＩＰ）数据

驿行书简 / 叶并茂著 . -- 西安：太白文艺出版社，
2024.1
ISBN 978-7-5513-2508-0

Ⅰ . ①驿… Ⅱ . ①叶… Ⅲ . ①散文集—中国—当代
Ⅳ . ① I267

中国国家版本馆 CIP 数据核字 (2023) 第 223677 号

驿行书简
YI XING SHUJIAN

作　　者　叶并茂
责任编辑　白　静
封面设计　悟阅文化
版式设计　悟阅文化
出版发行　太白文艺出版社
经　　销　新华书店
印　　刷　三河市华东印刷有限公司
开　　本　787mm×1092mm　1/16
字　　数　300 千字
印　　张　17
版　　次　2024 年 1 月第 1 版
印　　次　2024 年 1 月第 1 次印刷
书　　号　ISBN　978-7-5513-2508-0
定　　价　78.00 元

目录
CONTENTS

行走天下

山河吟咏

雅舍闲话

行走天下

到芽庄领略多元文化的风情

那是在湄公河的渡船上。汽车里有一位仪表端庄的俊俏男子正在看着我。

——杜拉斯《情人》

被中国人"攻陷"的越南小城

"这是当前最火的越南旅游目的地。"朋友告诉我。我有些诧异地想，这个之前默默无名的越南小城，怎么一下子变成了炙手可热的旅游城市？

临行前，我特意找了本旅游畅销书《孤独星球》的越南分册，没有想到的是，这本书里关于越南 TOP19 景点推荐里，芽庄只排到第 16 位，甚至在昆岛之后。

我们是听着抗美援越故事长大的，《南方来信》是我最早阅读的关于越南的书籍。那本风靡一时的书里详细描述了越南革命者反抗帝国主义及其走狗的斗争，以及革命者被捕入狱后的苦难经历。这些故事几乎影响了我们这一代人。

1979 年，越南结束抗美战争、实现国家统一后，把中国视为"头号敌人"，在中越边境爆发战争，长达 10 年之久。带着这些复杂的情感，我终于踏上了越南的土地。

签证是事先办好的，但不是直接贴在护照上。

从机场出来时已经是黄昏了。接机的导游是位娴雅的越南姑娘，她自我介绍姓黎，让我们称她小贤即可。她的普通话很流利，曾在广西大学留过学。如果不是她自我介绍说 26 岁，已是两个孩子的母亲的话，我们还以为她是 20 岁的青春少女呢。越南女子与我见过的其他任何东南亚国家的女子明显不同，她们大多皮肤白皙、身材苗条、面容姣美。

在从机场前往酒店的途中，我们看到沿海大片土地上，挖掘机张开着巨大的斗臂停在空中，脚手架包围着无数尚未竣工的楼宇，椰子树、棕榈树和许多叫不出名的热带树，像是刚刚移栽到这里，新土尚可辨析。建筑工地上大兴土木的噪声仿佛还没有消逝。小贤说，芽庄看好中国市场，大批旅游设施正在建设中，两年后的接待能力会提高数倍。

芽庄老城游是重头戏，小贤陪同我们参观了天主教堂、隆山寺与婆那加占婆塔。

它们分别建于 1928 年法国殖民时期、1889 年法国控制权建立之期和公元 9 世纪初的占婆国时期，可以说是越南曲折多变的历史的缩影。这三座宗教建筑庄严肃穆，各具特色，和谐相处于一座海边小城，给了芽庄一种特殊的韵味，这是芽庄游览的最大亮点。

在天主教堂前的广场上，许多游客纷纷以这座哥特式建筑为背景拍照留念。小贤告诉我们，有些旅游团会争分夺秒地压缩旅游点游览的时间，以便挤出时间带团去购物。有时即使来到教堂前，也不会安排入内参观。"芽庄这几年几乎在为中国游客量身定做，政府部门为了吸引中国游客，放宽条件允许中国旅游公司及商家在芽庄开设分公司，允许直接聘用来自中国的导游。"小贤说。她说，由于中国游客市场实在是太大、太诱惑人了，她和她的很多华语导游朋友都被吸引着，从岘港和胡志明市来到芽庄工作。现在的芽庄，游客的人数基本等同于本地常住人口，这样推算，每天的游客都在 8 万到 10 万之间，大大地拉动了芽庄的经济发展。

"出门记得带上雨伞，现在是越南的雨季。"临别时，小贤这样吩咐道。

去参观妙岛水族馆与黑岛跳海潜水是自由行项目，需要在当地旅行社拼团搭船前往。同行中遇到两位来自湖南的女孩，好像刚刚大学毕业参加工作，她们从河内入境，已经游玩了河内、岘港、美奈，原打算在芽庄玩两天后再去大叻，现在她们临时改变计划，准备明天就去大叻，把芽庄的行程缩短一天。午餐时闲聊，她们这样告诉我。我好奇地问："去其他地方，如何交流啊？""用手机的中越翻译软件啊，非常方

便。"姑娘们答道。技术进步改变了新一代人的出行方式，地球名副其实地变小了。

芽庄位于金兰湾以北，金兰湾曾经是美国海军基地，后来成为苏联海军基地。芽庄城内另有一座老机场，曾经是越战期间的美国空军基地，附近还设有美军疗养院，今天这些建筑已经荡然无存了。在芽庄大街上经常能看到俄罗斯人，究其原因，除了在这里晒晒太阳外，军港遗留下来的苏联情结不可忽略。

美国人与苏联人曾经在芽庄晃荡出没，都是以战斗轰炸机或导弹驱逐舰为先导，带来的是战争与死亡。今天，"攻陷"芽庄的中国旅游团带给当地的是源源不断的金钱，以及和平与繁荣。

交趾、安南与云南——一段缤纷复杂的中越历史

越南古称交趾，据说当地人的脚指头通常是两趾相交，故有此称呼。据史料，远古的越南居民是土著美拉西尼亚人与古代中国南方"百越"族人南迁后的混血人。秦始皇灭六国后继续南进，到公元前214年，平定岭南，设置象郡，属地包含越南北方大部分地区。秦王朝把南下的50万大军全部留下"谪戍"，并从内地迁居15000名未婚女子与士兵婚配，从而带动更多中原人来到越南，"与越杂处"。从那时起到唐朝这漫长的一千多年间，曾经出现过两个来自中原王朝的军事统帅在越南驰骋，一个是汉武帝时期的伏波将军，他剿灭南越国，再次把越南置于汉朝的管辖之下。另一个杰出的军事将领是唐朝将军高骈，他率领唐军驰援越南（此时的越南称为"安南"），击败北方"南诏"（今云南大理地区）军队的入侵。当我把这些故事告诉小贤并说："越南京族至少有50%的汉族血统。"小贤杏眼圆睁、花容失色，表示难以置信。

继续越南故事，到北宋，此时的北宋王朝面临北方"辽"与"西夏"两个强敌，可能为了避免三面作战，北宋太祖皇帝放弃了对安南这片"潦雾瘴毒"之地的管辖。自此，越南长久地脱离了中国的版图。

有趣的是，曾经遭到唐朝高骈将军抵抗的"南诏国"，改朝换代成为"大理国"，又被元蒙军队攻占。当元蒙统帅忽必烈统一中原后，大理国成为云南省，直到今天都是我大中华最重要的省份之一。

历史就是这样诡异，中国版图在北宋时失去了越南，紧接着在元朝时又拿回了一个云南。更为诡异的是，所向披靡的蒙古大军横扫欧亚广饶土地时，忽必烈蒙古军队三度进攻越南却无法取胜。

越南建国后，经历了陈、胡、后黎、莫、郑、西山与阮几代，但越南的文化与

宗教一直与中华文化紧密相连。我们在隆山寺庙看到的庙堂门联题写的都是汉字。庙宇里的佛像造型都来源于中国的大乘佛教，寺庙的建筑风格包括龙纹雕柱、飞檐翘角，都是原汁原味的中国风格。

芽庄的婆那加占婆塔是游客必打卡的地方。整个建筑群属于印度风格，颇有高棉吴哥窟神韵。芽庄曾经是古占婆国的首府，位于越南中部地区。该国约17世纪时被北方的阮氏政权所灭。在占婆族与越南的战争中，许多占婆族人逃难到马来西亚，并皈依伊斯兰教。现在的占婆族人口13万多，在越南54个民族里排名第14位。当我们在占婆古塔下欣赏完占婆舞娘们的精彩舞姿后，移步到凭栏处，即可远眺江河入海口处的渔帆点点，近处若干游艇在江面上相互追逐，泛起白色的浪花，公路大桥上车辆穿梭不息，古代占婆的历史也许随着滚滚的波涛逐渐远去。这些占婆舞娘或许并不清楚，她们的祖先曾经创造了长达一千五百年的辉煌国度。

阮氏政权在吞并了占婆国后，又占领了南部的水真腊（当时的下柬埔寨），统一了全越南。1858年，在法国舰队的炮击下，阮氏政权沦为法国殖民者的傀儡政权。芽庄的天主教堂就是这一时期的历史产物。这座始建于1928年的教堂位于老城区的高地上，气势恢宏。当我走进教堂内，望着头顶上彩色玻璃里绘制的巨幅圣母画像时，仿佛来到了欧洲，眼前的景象与那里看到的几乎一致。

咖啡馆，法式面包——无时不在的法式风情

"我已经老了，有一天，在一处公共场所的大厅里，有一个男人向我走来。他对

我说：我认识你，永远记得你。那时候，你还很年轻，人人都说你美……"

这是法国女作家杜拉斯在她的自传体小说《情人》开篇的一段描写。年轻的杜拉斯在越南西贡（胡志明市的旧称）成长，在那里，她与一位年轻的华裔富家子弟产生了一段铭刻于心的初恋。《情人》拍成电影时，芽庄的秀丽海景钟屿石岬角，成了富商告别女友的外景地。今天，这片浪漫的海滨岩石成为旅游团的必到之处。

法国殖民时代给越南留下了许多历史痕迹，至今影响着越南的方方面面。芽庄最亮丽的街道是双向两车道的滨海大道，中间的隔离带里种植着各种热带花卉草木，大道一旁是金黄色的海滩，不时看到人们在晒日光浴；道路另一旁坐落着一座座黄色罗马柱、褐红色斜顶的法式建筑，掩映在棕榈树中。街道上的小汽车与旅游大巴车似乎一直被永不停歇的摩托车包围着。

我们下榻的宾馆位于滨海大道上，空闲时即可沿着大街徜徉在那些法式建筑群中。省博物馆里展览着某位越南艺术家的仿古石雕艺术品，而耶尔辛博物馆名气更大些，耶尔辛出生于瑞士，后加入法国籍，由他最早发现芽庄并介绍给西方。耶尔辛从巴黎医科学院毕业后，致力于鼠疫、霍乱与破伤风的防治。他到越南芽庄后，控制住了这里的鼠疫。耶尔辛还为越南引进了巴西橡胶树与优质品种的耕牛，为越南人民所爱戴。耶尔辛去世后，他的故居被改造成了博物馆，起居室里摆放着主人当年工作时使用的打字机以及桌椅、木床，墙上挂满了越南风光老照片。那位管理员大姐对我们的到来表现出十分的热情，她一再对展览馆里只有越南语与法语文字介绍表示歉意并让我们留下邮件地址，说会把展览馆的英文介绍发给我们。她还说会与上级沟通，争取博物馆里配上中文介绍，以吸引更多的中国游客。

就要离开芽庄了，对这里的感受仍然浮光掠影。记得小贤曾说，要想了解当地

人的吃穿住行，可去水坝市场逛逛。市场位于陈旧的老城区，我们不时穿过纵横交错的街巷以及排布极不规则的三岔路口与六岔路口，而这些路口中央偶尔设个小花坛，很像法国的某个小镇。沿街楼房的底层会被各种咖啡馆、餐厅、水果摊、杂物铺与迷你超市占据。人行道上不时有些快餐档，烧烤各式肉类及海鲜，其中包括龙虾、珍宝蟹，档主还会不时涂上不知名的越南香料，诱惑着我们。

沿街排开的店铺中最多的是咖啡馆。遍布各个街巷的咖啡馆，应该是普通越南人习惯去的场所。快要到达市场时，一场瓢泼大雨突然而至。为了躲雨，我们顺道拐入路旁的那个咖啡馆。咖啡馆里几乎座无虚席，当地人三三两两坐着，或聊天，或闭眼聆听播放的轻音乐。浏览一下饮品价目单，各类咖啡与果汁价格不高，2万到3.5万越南盾（6—10元人民币）。最好奇的是服务员不是直接端上咖啡，而是端上一套咖啡滴漏器具，帮我们现制咖啡。几分钟后，一杯醇香的咖啡就完成了。

越南人喝咖啡的习惯是法国人带入的。越南湿润的土地恰好是种植咖啡的好地方。现在的越南人喝咖啡有了一些改进，比如加上炼乳、酸奶或冰块。我下榻的房间里没有咖啡壶，我后来才发现原来备了咖啡滴漏器，只是我当时不认识。回房间后可以自己制作了。此时，大雨停了，阳光明媚，咖啡馆里的人群呼啦地走了大半，难道雨也可给咖啡馆带来更多的生意？我恍然悟道。

水坝市场与中国的小商品市场没有多大区别，乏善可陈。饥肠辘辘时吃顿越南当地饭菜倒是不虚此行。越南河粉、酸鱼汤、烤牛肉、米线都是美味佳肴，口味清淡细腻。越南女人苗条娇美，因为她们在饮食上远离油腻。如果再探究她们白皙的皮肤，那就瞧一瞧满大街飞奔着的，那些衣裤裹扎严密的女摩托车手吧。

从饭庄出来时，看到店门口的便当在卖越式法棍（一种越南风味的法式面包）。

女摊主现做面包，把各类蔬菜、培根与肉末塞入面包里。这样的越式面包，与宾馆里每天自助早餐吃到的并无二致。

　　芽庄，或者说整个越南，到处留下法国殖民时期的烙印，包括街头现烤的法式面包、绿色植物环绕与装点的咖啡馆、醇厚的西贡啤酒，以及国人热衷的西贡小姐牌香水，都构成了我们对这个东南亚邻国不可磨灭的印象。

2018 年 10 月 8 日

徒步在阿尔卑斯山上

因为山就在那里。

——乔治·马洛里

准备登山

8月份，我与妻子来到瑞士，自然不会放弃爬一趟阿尔卑斯山。妻子曾经在欧洲留学多年，玩遍了几乎整个欧罗巴，唯独未去阿尔卑斯山。没有去过阿尔卑斯山枉称游历过欧洲，如同不到长城不能算到过中国。这回是难得的夫妻同行了。

登山领队叫"百灵"是一个皮肤黝黑的男子，穿行于全球的资深登山教练。当他看到我对登山装备一无所知，不禁怪嗔道："你俩这样也敢来攀登阿尔卑斯山？"除了帮我俩选择品牌登山鞋，还帮忙配备左右两根登山杖，并演示如何双手并用，左右开弓。遮阳帽与太阳墨镜都是必需的。"瑞士的登山器具绝对物有所值，可以永久珍藏。"他补充说。

阿尔卑斯山绵延1200公里，雄踞德国、法国、意大利、列支敦士登、奥地利、斯洛文尼亚等7个国家，并且横穿整个瑞士，是欧洲人心中的圣山。从罗马帝国与北方日耳曼的厮杀，到拿破仑穿越阿尔卑斯山进军意大利，阿尔卑斯山给世人留下无数英雄诗篇。当下，到阿尔卑斯山登山被视为挑战大自然的富有魅力的事情，这些现代登山运动包括摩托车骑行、自行车蹬踏、攀岩、滑雪，还有我们这样的业余徒步。

瑞士境内最著名的3座山峰是艾格峰、僧侣峰和少女峰，它们相互紧挨着。山脚下的格林瓦德小镇沿街除了餐厅，几乎都是登山器材商店，销售的登山装备五花八门，让人目不暇接；肩背行囊、手持登山杖的登山爱好者随处可见，一脸轻松惬意，不时与路人打招呼，一看就是刚从山上下来的。在小镇上只分两类人，一类是刚登过山的，另一类就是准备登山的。

结束了"游读会"瑞士年会后，我们参加了由"游读会"创始人组织的登山队。队里还有企业家叶董夫妻，两位美女老总何总与琳达，作家华老师等。

华老师陪我俩去器材店选购登山用品，她是富士山的常客，装备齐全。在后来的登山途中，我们果然看到华老师姿态矫健、步履轻快，无法想象她已年近古稀。

当晚，登山队队长赵总慷慨解囊，请全队大快朵颐，为明天开始的两日登山"壮行"。吃食有瑞士烤乳猪、羊排，各种瑞士奶酪。觥筹交错中，竟有几分"此去阳关无故人"的悲壮色彩。

登山首日，探险艾格小径

从格林瓦德小镇登山的路线有两条，一条是搭乘小火车抵达半山腰的中转站——小谢德格（Kleine Scheidegg），然后转乘齿轨火车到艾格冰河站（Eiger Gletscher），开始徒步艾格小径（Eiger Trail）的冒险之旅，这就是我们今天的登山路线；另外一条从菲斯特（First）山口出发，则被安排在第二天进行。通常，普通旅游团是搭乘齿轨火车直到少女峰顶峰，据跟随旅游团的队友说，旅途舒适但平淡如水。

我们从艾格冰河站下车后，立即被眼前的壮观景色吸引：刚才还远远望去层峦叠嶂的雪山冰峰，瞬间近在咫尺，阿尔卑斯山徒步正式开始了。

艾格小径是一条环绕艾格北壁的崎岖山道，路面是原生态的泥土路，偶尔出现沙石或碎石。远处的雪山映衬得北壁更加险恶，最危险的一段路脚下是极其陡峭的山沟，幸亏在另一侧的山体上钉着一条长长的救命绳，大腿没有发软。一路踯躅前行，大片草甸、无名野花和山涧溪流抚慰着旅人的心。妻子不畏惧爬高山，但就怕脚边悬空，百灵大声对她喊，不要往下看，仰头多看那些望不到边的近乎垂直的嶙峋怪石。早在20世纪30年代，两位德国勇士攀登北壁不幸身亡，德国电影《北壁》就讲述了这个悲壮的故事，此后无数登山爱好者把攀登北壁作为一次挑战。经过20多分钟的艰难前行，我们总算跨过了最危险的路段。

回小谢德格火车站的路上经过一片宛如蓝宝石的佛波登湖区（Fallbodensee）。湖边有一方人工挖掘的小池塘，泉水喷涌而出，让斜躺在池中休闲椅上的游客享受

天然的 SPA（水疗，木墩上安置按钮旁的图片示意了这个开关用于操作池底的水泵，不知是哪位有心人设计的，对来访者充满着关切之意，也看出了阿尔卑斯山人的好客之道）。

此时随风飘来一阵悦耳的铃声，循着声音，我看到大片的绿茵坡地上牛儿正在觅食——铃声是挂在牛颈部的摇铃发出的。在寂静的大山深处，清脆的叮当声是最温柔的乐曲。

在火车站的礼品店里，我们迫不及待地买了一个摇铃作纪念品，把阿尔卑斯山的声音带回国去，永久珍藏。

何总来瑞士之前脚已受伤，被队长特批离队去参加旅游团，她的额外任务是搭乘小火车先行抵达少女峰顶部拍下足够多的照片，并把队旗插在少女峰顶部。我们在小谢德格火车站重逢时，讲述了沿途的美景，这让何总有些懊恼自己受伤的真不是时候。

在今天的登山途中没有发现其他中国同胞，但在小谢德格火车站屋檐的旗杆上，五星红旗位于其他十面外国旗帜中心位置，格外醒目。

第二天，欣赏无敌湖山景色

第二天的登山路线是在格林瓦德小镇坐上高山缆车到达菲斯特。菲斯特是大山的入口，沿着山边的人工栈道，可以同时看到少女峰、艾格峰与僧侣峰的三峰奇观。徒步阿尔卑斯山的魅力之一是沿着山脊行走，可以近距离观察到各个地质年代的冰川痕迹和被海水侵蚀过的岩体；沿途的牧场、森林清水出芙蓉，天然去雕饰，让我们应接不暇。山路的另外一侧，冰雪覆盖的群峰在氤氲雾气中时隐时现。

赵队长试探地询问何总是否就此打道回府，被坚决拒绝，无奈之下，他要求妻子、琳达和我负责断后，必要时组成四人临时担架小组。途中，给我们讲了他在世

界各地冒险的故事，为了证明绝非虚构，顺手举起登山包的调节卡扣，对着卡扣孔吹起长短不一的求救口哨。然后，又吹出一个奇怪的哨声并问我们是什么哨声，众人皆求解释，百灵卖了个关子，指着远处的草甸丛说道："请看那是什么？"原来是两只土拨鼠在洞口张望呢。众人终于明白这是土拨鼠的叫声，接着称赞百灵这位资深教练的头衔货真价实。

巴哈阿尔普湖让我们领略了本次线路上最秀美的湖山景色。碧蓝清澈的湖水倒映着少女峰的倩影，在远处白雪皑皑的冰山映衬下，如镜的湖面宛如天上的明珠嵌镶在草甸上，让人很难分辨这是人间还是仙境。休息的游客中，忽然走出一群女孩，在一个男士（似乎是她们的瑜伽教练）的指挥下，用身体摆出了优美的瑜伽姿势，赢得了众人的喝彩。此时，百灵像变戏法似的摆出了一桌食物，香肠热狗、番茄色拉、卷芯面包和红葡萄酒，造型漂亮且可口，他还用瑞士军刀精巧地刻出了花式水果拼盘。难怪百灵今天登山包鼓鼓囊囊，原来装着全队的午餐。结束午餐后，百灵又招呼大家把所有外包装和剩饭全部打包装入行囊。今天的徒步，给我们印象最深的是瑞士人强烈的环保意识。在整个阿尔卑斯山上看不到一个垃圾桶，也看不到一个清洁工。偌大的阿尔卑斯山的清洁全部靠人们的自觉。我们不由得感叹高素养的瑞士人对大自然所持的敬畏之心。现在国人经常谈要与国际接轨，其实这些都需要落实到具体的行动上，哪怕是公共卫生这样的"小事"。

从菲斯特到巴哈阿尔普湖只是今天旅行计划的半程，后面的路程是攀登弗尔峰，然后步行到斯尼格普拉特车站，再搭乘火车回去，路程耗时约 6 个小时。一部分队友坚持要走完全程，想喝到高山牧场里鲜美的现挤牛奶，另一部分人认为已经欣赏到最佳湖景便可打道回府。企业家叶董、杨总夫妻也意见相左，最后杨总听从了妻子叶董的意见，妇唱夫随，坚持走完全程。叶董巾帼不让须眉，着实令人钦佩。大家不禁想起在乌维森小镇时，他们夫妻俩每天清晨起来跑步，妻子一不留神就跑到德国境内，还笑着嗔怪老公没有找到边境的标识。

我与妻子、华老师及何总在赵队长的带领下，回到了格林瓦德小镇。很久以后，坚持走完全程的队友从山上下来，给我们带了一桶高山牧场的牛奶。从带有温度的奶桶里倒出的牛奶鲜味绕鼻，沁人心脾，这可不是一份普通的牛奶，而是队友间一份浓厚的情谊。

无意中闯入世界遗产地——贝尔瓦德高山小镇

第三天一早，我们离开格林瓦德小镇，朝阿莱奇冰川（Aletsch Glacier）前进。

傍晚时分抵达瓦莱州另一个小镇——海拔 1560 米的高山小镇贝尔瓦德（Bellwald），住到贝尔瓦德是临时决定的，为此，我们提着行李搭乘高山缆车达半个小时之久。平生首次住在异国他乡的高山上，真有一种奇妙的感觉。

晚餐时间，大家不约而同地选择了那家面向大山的露天餐厅。这是一家本地村民经营的餐厅，主人兼职厨师，老母亲和妻子当接待，那位跑堂的小姑娘应当是主人的女儿。西餐的规矩是给顾客一起上餐，为我们团队供餐很是费时。深山的夜晚有些寒冷，老板娘体贴地拿出毛毯给我们披上，还点起浪漫的蜡烛。这次晚餐，除了羊排、牛排、鸡排，还增加了一道瑞士的特色奶酪火锅。我与妻子点了一份牛排与猪扒，再用刀切一半，放到对方的盘子里。奶酪火锅猛一尝，味道很怪，但吃到嘴里，浓郁的奶香会慢慢回甘。

此时夜空晴朗，琳达忽然伸出手："那是北斗七星吗？""是的，边上是牛郎织女星，还有小熊星座。"百灵在一旁答道，并向众人讲起在野外如何通过银河与北斗七星辨别方向的常识。但何总与琳达都无心听这些，望着满天星斗，她们此刻最思念的是自家孩子。故乡的孩子们是否也在遥望同一片星空？女同胞坚强的外表下总有一颗柔软的心。

下榻酒店的房间里，可以收看 CGTN（中国国际电视台）德语、法语、意大利语及本地语言四个频道，这也是瑞士的四种官方语言。在偏僻的瑞士山区，还能看来自祖国的节目，怎能不让人开心。

我在阅读旅游手册时惊喜地发现，我们今天无意中闯入的贝尔瓦德镇居然是一处世界文化遗产地，保留了整个瓦莱州最完好的古老村庄，有上百年的历史，历经风雨沧桑。

大山里的小镇静谧安宁、古朴典雅，民屋造型各异，唯独不变的是家家户户的阳台上都摆放着鲜花。在这里可以感受到人与大自然和谐相处之美，有一种无法言状的陶醉。

漫山遍野的无边无际、连绵起伏的山坡上，花儿开得浓艳，赵队长不时告诉我们花草的名字，阿尔卑斯山妖姬、北极绒、蒲公英、柳兰……如果说褐白相间的

岩石是刚强的，冰川是苍凉的，那么长满花草的山坡就是柔软的，大山里的牛羊就是灵动的。刚柔相济，坚韧又轻巧，造就了阿尔卑斯山的苍凉与柔美、壮丽与永恒。

路过一排排白色架子，不知它的用途，见多识广的百灵说那是阻挡雪崩的，镇子附近有大片的坡地，最适合冬季滑雪，因此他猜测，这个古镇的旅游旺季应当是在冬天。滑雪在瑞士几乎就是国民运动，从儿童起，人人练就了滑雪的技巧。所以，在很多人的认识中，除了会做手表、军刀，瑞士人就是在冬奥会上拿滑雪奖牌了。

镇上的屋舍主体是用木柱撑起的，很像云南少数民族地区的吊脚楼，但山区并不潮湿，也不需防洪防涝，实在没有悬空的必要。队友百思不得其解，琳达的知识最为渊博，她猜防火防盗防土拨鼠，不知猜对没有。

游读小径与阿莱奇冰川

领队临时查到一条全新的徒步路线——从小镇直接搭乘双人座敞开式高山缆车登上海拔 2060 米的佛莱奇（Fleschensee）山口，从这里向新的目标——雷纳西塔（Rinnerhitta）山谷进发。地图上有许多地方用虚线标出，表示尚不成熟，但是经过这些天的休戚与共，大家一致决定不走寻常路，接受新挑战。

我们走的这条羊肠小路大部分路段已被泥土夯实，只够一人通过。遇到山涧溪流时，路基已不成形状，此时登山杖大显身手，支撑身体平衡，帮助我们涉水而过。最难对付的是挡在路中那些张牙舞爪的灌木荆棘，要绕开或拨开这些盘根错节且带刺的野枝很费周折。不时看到"白—红—白"的简陋标记，用油漆涂在路旁的岩石或树干上，意思是此段路的风险等级为中级，行走存在一定的风险。

在高山上长时间徒步不免会感到枯燥，除了好领队，还要有"臭味相投"的队友打趣说笑，套用那句老话就是"好友搭配，爬山不累"。比如琳达英文很棒，偶尔协助领队兼任翻译，顺便把昨天刚做的登山功课现学现卖；杨总日理万机，也酷爱户外运动，手机里装着各种野外运动的 APP，一会儿多种语言同步翻译，一会儿动植物辨别，显示海拔高度、经纬定位，连百灵都自叹不如。

继续前行，路越来越崎岖，行走难度越来越大，小路狭窄，如果有人想要赶超，前面的人必须侧身让道。途中登山者不多，偶尔遇到都会相互打招呼。我听到身后有"嘟嘟"的汽车喇叭声，原来是一对夫妻打算超越我们而过，用模仿喇叭这样风趣的方式提醒。

在荒无人烟的大山上，突然遇到村民，简直令人倍感亲切。草丛中，一个村妇在采摘什么东西，上前寒暄一番，她告诉我们，她的家人非常喜欢吃野蓝莓，他们会每天上山采摘一篮回去，已成习惯。

瑞士人做地图比较严谨，给这段虚线标出了大约 1.5 小时的徒步时间。但我们总感觉在大山里蜿蜒盘旋，望不到尽头。有时路面变得模糊，甚至失去痕迹，需要小心前行，勇敢跋涉。我们也要感谢先行者，如果没有他们的开拓勇气，我们这些业余爱好者也许 10 步都迈不出去。

经过连续 3 天的徒步，确实感到累了。此时太阳被乌云遮蔽，天色转暗，大风越刮越猛，何况四下无人，我们心里开始有些发慌。但到终点欣赏大冰川的意念始终激励着我们继续攀爬不停步。

经过 3 个小时的攀爬，终于来到雷纳西塔垭口。眼前壮观的阿莱奇冰川就像一条巨大的白龙，匍匐在雾气缭绕的山谷里，令人目眩。阿莱奇冰川全长 23.6 公里，目光所及只是冰川一角，在大自然面前，人类显得渺小，需要足够的敬畏之心。

今天，2019 年 8 月 27 日，是值得骄傲的一天。我们像真正的登山勇士一样在阿尔卑斯山探险且凯旋，与队友一起开拓了一条新的登山险径，也在心灵深处奏响了属于自己的登山交响曲。

离开阿尔卑斯山很久以后，我们才感觉到大山的魅力需要亲临其境方能领悟。回到杭州后，电影院正在热映《徒手攀岩》，正如导演通过主人公亚历克斯所做的阐释，如何去追求自己的人生？只有当你翻越过类似阿尔卑斯山这样雄伟险峻的大山，才会如电影中的主人公那样自豪地说道："在世之时尽力攀登，离世之际无须怨言。"

阿尔卑斯山伟岸宽阔的身躯，以及路上的艰难和轻松时刻，一直萦绕在我的脑海里，促使我写下这些文字，希望它能够呈现我们这支业余登山队的徒行故事，这实在是我的幸运。

2019 年 9 月 29 日

纽卡斯尔印象

抵达悉尼国际机场时已经是上午 9 点多。记得 20 年前，我第一次到悉尼，过海关几乎排队一个小时，澳大利亚海关对食物、动物相关的限制是世界上最苛刻的，海关几乎把访客的每个行李箱都翻个底朝天。这次他们只是挥挥手就让我通过，时光改变了世界，也改变了澳大利亚海关。

此行第一站是悉尼北部的纽卡斯尔（Newcastle），老朋友于先生来接机。

我同于先生做了 10 多年的贸易，多年前就打算来澳大利亚拜访，今天终于成行了。一般来说，做贸易就如开茶馆，摆开八仙桌招待十六方来客，人一走，茶就凉，客户很难成朋友，但业务做到 10 年以上，客户不成为朋友也很难了。于先生是北京人，祖上也是望族（民国时墨水大王），他自小立志学医治病救人，移民澳大利亚后开始经商，但始终不忘初心，让自己的三个孩子全部攻读医科，从事医疗工作，老大已成为全澳大利亚著名的专科医师。于先生精神矍铄，每天坚持阅读、研究古玩、种植花草，生活翻了新篇。此次老友相聚，不亦乐乎。在纽卡斯尔的两天，每天都美酒佳肴做伴，谈古论今，不醉不休。每每忆起此番情景，不由得想起谭咏麟的那首歌："人生如梦，朋友如雾，难得知心，几经风暴……"

纽卡斯尔逐渐被国人知晓是作为澳大利亚新兰威尔士猎人谷（Hunter Valley）葡萄酒产地的首府。旅行社推广悉尼深度游时，把喜欢去猎人谷酒庄品酒的游客安排在纽卡斯尔落脚。

虽然纽卡斯尔是海港城市，但它的崛起却得益于铁矿石与煤炭航海运输。1915 年，"必和必拓"开始在此地建钢铁厂，工业革命和两次世界大战让必和必拓迅速腾飞并成为世界钢铁巨人，也让纽卡斯尔快速发展，成为新兰威尔士第二大城市，享有"钢城"美誉。但随着必和必拓的搬迁以及钢铁业的式微，这个钢铁之城也随之废弃。虽然码头区那些长臂高耸的铁矿煤炭输送卷扬机依旧在使用，但钢厂区废旧的高炉厂房已成为历史遗迹，默默诉说着钢铁时代的辉煌。在纽卡斯尔博物馆，可以看到许多必和必拓钢铁厂老设备或用品。其中一张老照片描述了 1954 年英国女王伊丽莎白二世到访钢厂的情景。

在必和必拓前集团总裁行政办公室，我们见到了老朋友菲利普先生。他买下了必和必拓行政楼，将其改造成养老院，并兼任养老院院长，事业做得风生水起，之前经营的建材及废旧轮胎处理反倒成了副业。一边参观花园般的养老院，一边洽谈业务，真有别样的感觉。西方养老院那种温馨呵护、宾至如归的氛围及关爱老人的室内装潢细节让我印象深刻。

从老钢厂区回到市区，仿佛跨越了两个世纪。我们沿着海滨大道散步，望着卷着白色浪花的蓝色大海、柔软如金粒的沙滩、古老灯塔上飞翔的海鸥，以及冲浪、钓鱼的人群，顿感心旷神怡，工作的疲劳就烟消云散了。散步途中，我们看到了一块形状奇特的红色雕塑作品，于先生告知如下一段趣闻：2007年，运煤船——帕萨·布鲁克（Pasha Bulker）号在途经这片港湾时，不慎搁浅达25天之久，整个红色的船体成了纽卡斯尔新的天际线和一个奇特景观。为了纪念这个戏剧般的事件，纽卡斯尔市政厅决定邀请来自悉尼的雕塑名家创作这件作品并立于此地，成为海滩新景观。雕塑作品里嵌入了一块从帕萨·布鲁克号打捞出来的方向舵残体。

我对于先生说，真没有想到纽卡斯尔有那么美丽、纯净、壮观的海滩。不过，轮船搁浅这样的小事居然要做个纪念雕塑，也未免太小题大做了吧。于先生认为纽卡斯尔是个生活节奏缓慢的城市，也很平淡，有个轮船搁浅故事可让纽卡斯尔人津津乐道数十年，怎么会是小事。不过他另外提到，许多人到了悉尼还要专门去黄金海岸或新西兰看海非常不值得，其实只要从悉尼开车两小时，就可以看到举世无双、惊艳盖世的大海景观，何必舍近求远。

纽卡斯尔是个引人入胜的城市。除了再次到海边踏浪钓鱼，去古老的猎人谷品味澳大利亚葡萄酒也将是我下次光顾的理由。

从澳大利亚回来后，看到马云宣布向纽卡斯尔大学捐款2000万美元建立奖学金的消息，据说是因为年轻时他在西湖边的英语角练习口语，遇到一对来自纽卡斯尔的父子，后来他们一直互相写信。这对父子鼓励马云坚持学英文，还邀请他去纽卡斯尔旅游。正是在这次旅游中，马云得知了纽卡斯尔大学——这对澳大利亚父子心目中最好的大学，他后来说，这次澳大利亚之旅"为他打开了第一扇世界之窗"。功成名就的

马云懂得报恩，他希望这个捐赠的奖学金能够聚焦未来，不论是贸易还是学习交流，都希望两国之间的普通人的善意能够永远传递下去。

2016年8月9日

凝固的音乐

如同埃菲尔铁塔是巴黎的地标，天安门是北京的地标，悉尼的地标就是悉尼歌剧院。相比之下，屹立在悉尼港的便利朗角（Bennelong Point）的悉尼歌剧院更是现代建筑艺术的奇葩。

德国哲学家黑格尔说过："音乐是流动的建筑，建筑是凝固的音乐。"用这句名言比喻悉尼歌剧院再贴切不过了。当你迎着微微的晨风及翱翔的海鸥，沿着皇家植物园里的海滨小道走向歌剧院时，它就像坚固的蚌壳倒立在天际线上，任由海浪拍击壳身，此起彼伏，如同奏响恢宏的交响乐曲；当黄昏时，你坐在麦考利总督夫人椅子（Mrs Macquarie's Chair）上遥望歌剧院，它如同返港的渔舟，徐徐驶进港湾。渔舟在悉尼港湾大桥的背景映衬下，闪耀着金色的光芒。其桅杆上的风铃，在流动的云层中吟唱着如歌的行板。

多年之前来过歌剧院两次，今天再次拜访，仍然被这样的壮丽景观感动。

当年悉尼歌剧院建筑方案让丹麦设计师约恩·伍重（Jorn Utzon）一举成名。有趣的是，由于与悉尼市政府及建筑公司在施工中出现分歧，他在工程初期的1966年就离开了澳大利亚，直到去世都没有再踏上澳大利亚目睹他的作品。

歌剧院的建筑到底象征什么？众说纷纭。有人说它像一排贝壳，镶嵌在达令港湾；也有人说它像风帆，游弋在悉尼海湾；还有人说它像一群展翅翱翔的海鸥，迎接暴风雨的洗礼……直到约恩·伍重临终前，才透露他的灵感只是来自普通的水果——橘子。据说某天上午，他仍在苦苦思索设计方案，顺手拿起小刀切开桌上的一个橘子，就在弧形的橘皮散落在桌上的瞬间，他灵光一现，歌剧院拱形屋顶结构设计方案诞生了。

约恩·伍重去世后，在歌剧院的主门台阶上出现了一座台式青铜雕塑纪念碑，上面雕塑着那颗触发设计师伟大灵感的橘子，还铭刻了设计师所说的一段话：

我称这是"我的弧形外壳的关键"，就是如何通过疏通这个几何系统里大规模准确地制造和简单地安装之间的联系，并解决所有的建设问题，从而获得在这些和谐的奇妙建筑里的所有形状。

不过雕塑上也有时任新南威尔士总理的约翰·约瑟夫·卡希尔（John Joseph Cahill）的头像，并这样注解："在卡希尔担任州政府总理时（1952—1959），建造歌剧院的设想变成了可能。"

澳大利亚人认为，建造出这样的伟大作品与设计这个作品一样重要，或者更甚，纪念碑上铭刻的文字充分说明了这点。关于纪念碑上没有出现设计师的头像，还有另一种说法是，悉尼人多次邀请设计师返回参加由英国女王主持的竣工典礼，以及此后的所有庆典未果而愤愤不平，不肯铭刻设计师头像就顺理成章了。

我们是下午4点多来到歌剧院的，歌剧院门口依然人潮汹涌，游客们各自摆着姿势，尽情地拍照留影。咖啡厅里座无虚席。

如今的歌剧院已经步入中年，政府正准备耗资2.45亿澳元，从明年5月开始，用18个月的时间改造歌剧院内部老旧的音响系统，取消地下停车场以换取更多空间，扩建豪华装饰大厅和售票区，以便接待更多游客。改造计划还包括用最新的剧场科技建立新的会议厅、轮椅通道、儿童空间。预感这次"整容手术"后，歌剧院内部的颜值会有很大提高，与这座世界文化遗产的建筑外形相匹配。歌剧院会变得更加风姿绰约、风情无限。

一百个人心中有一百个哈姆雷特，这句话搬到悉尼歌剧院同样如此。但任何一个人都不会否认，悉尼歌剧院这个建筑作品是不朽的。欣赏它不仅会激起感官上的愉悦，还能触及心灵深处。

2016年8月15日

大洋路上自驾行

从墨尔本回国的航班是在凌晨起飞，这就意味着访澳旅程最后其实只有一整个白天的时间可以自由支配。

国内朋友拜托我带的澳大利亚奶粉、化妆品等都已购入囊中，提不起半点兴趣再去商场。同伴提议为何不租车自驾去墨尔本南端的大洋路转转呢？

墨尔本大洋路据称是世界上最美丽的三大海岸公路之一，另外两个分别是意大利的阿玛尔菲海岸公路与美国佛罗里达迈阿密的西礁岛公路，另有一说是美国加州1号公路。本人去过加州1号公路其中一段以及西礁岛公路，两条公路都很壮观，各有千秋、不分伯仲。

我立即上网寻找到一家租车行，租车费用不仅便宜，而且门店就在下榻宾馆附近。下单后，才猛然担心起右舵开车是否能够迅速适应，随即挑灯夜战，无实物学习如何右舵开车。其中一篇攻略谈到，加油踏板与刹车踏板的位置与左方向盘车是一样的，只要习惯10分钟就可以熟练驾驶了，心中的石头总算落地了。

第二天一早来到车行办理手续，营业员顺便问了一下是否会去大洋路，得到肯定后迅速拿出一张标明去大洋路路线的地图，并祝我们旅途开心。澳大利亚车行职员态度和蔼亲切，不像美国车行，要求你增买各种车险。

当我平生第一次坐到右方向的驾驶座位上，用左手拉安全带与挡位杆，感到非常别扭。踩上油门起步，欲打方向灯拐到马路上，方向灯没有闪烁，车窗前的雨刮器却活动起来，我顿时全身紧张，只得在座位上运气定神了几分钟，才重新上路。驾车的头20分钟，汽车时常跑偏压到左线，导致左侧同行汽车鸣笛警告。开了将近半小时后才逐渐适应过来，双手停止了冒汗。需要改变的习惯是把左拐大转弯改成小转弯，并且先看右边是否来车。最重要的一条是红灯时如果没有"Given Way"指示牌，不允许小拐弯。直到完成本次旅程才松了口气，暗自庆幸第一次开右方向盘车基本上算是有惊无险，没有出现走错车道这样的大错误。

经过两个多小时的行驶，我们看到了标有"大洋路"字样的拱形大门。大洋路终于到了。

第一次世界大战结束后的1919年，为了安置战争时期的后勤服务人员，一个民间信托基金组织开启了建设大洋路的工程，共有3000余人，包括许多参战老兵，工

　　人们使用铁锹，利用当地的天然石材，艰辛地铺路，每一寸路面都渗透了工人们的汗水。不过，基金组织还是为工人们建了相对舒适的生活营地。营地里有各类蔬菜基地、厨房，甚至娱乐场所。这条路于1932年全线贯通，全长241公里。1936年，墨尔本政府接管了公路，并承担公路的日常维修。当我们沿着这条蜿蜒起伏、宛如玉带的公路行驶时，由衷感谢100年前的这些筑路英雄们。

　　在大洋路驾车行驶，既惊险刺激，又赏心悦目，沿途是世界顶级的冲浪海湾，幽静秀丽的海滨小镇，蓝天大海映衬下的高尔夫球场，藏有考拉的树丛，成群的奶牛与羊羔。一边山景一边海，一半火焰一半水，我们仿佛置身仙境。

　　每过一个弯道，都会看到不同的海景。沙滩金黄，引来排排企鹅；蓝海白浪，惊起群群海鸥。十二门徒礁石，成为永恒的景观。

　　美中不足的是阴雨绵绵不断。返程到达罗宁港，雨过天晴，天空出现一道绚丽彩虹，把长堤与栈桥辉映得格外出彩。不禁想起那句歌词"不经历风雨，怎么见彩虹"。遗憾没有摄影师水平及设备，很难把此时此刻的美景定格成原汁原味的画面，只能用手机留住这样难得的一景，但也弥足珍贵。

　　因为需要提早到机场办理离境手续，我们非常匆忙地结束了大洋路自驾游，返回到大洋路的拱形大门时，特意停下来瞻仰那尊筑路工人的雕像。望着雕像，感慨万千，"前人栽树，后人乘凉"这句古话，也很适合来到大洋路的游客们。

　　驶离大洋路时，远眺海岸，空中的月亮半隐半现了。

以下是本人总结的墨尔本驾车小贴士：

（1）左向小拐弯时，如果有"Given Way"的指示牌，即使红灯，只要右方向无车，即可左拐（通常是双向道之间有分隔栏）。但若是"Stop"牌子，无论红绿灯，即使右边无车也要停车。绿灯时，停后两秒可左拐；红灯则需要等到红灯变成绿灯，才能左拐。

（2）右侧大拐弯一定需要绿灯，并且对方直行车优先后拐出；或右箭头绿灯亮。

（3）进入环岛区域前，一定要看右侧是否有车进入，该车有优先权。

（4）加油拿油枪直接加，然后去柜台付款，告诉工作人员，是几号加油机加的即可。

（5）市区的"钩形右转"，即当你在交叉车道，打算右转，看到"Right Turn From Left Only"标识时，需要离开有轨车道，往左边靠一下，避免堵住迎面而来的有轨电车，然后看到右转灯时，再钩形右转。

（6）夜里开车应当要亮灯，否则被罚款。

（7）超速会被罚款。

2016 年 9 月 25 日

迪拜的冬天不寒冷

没有想到从浦东飞往迪拜需要九个多小时，这个飞行距离足以到达赫尔辛基或莫斯科了。幸亏随身带了本英国人克里斯托弗·M. 戴维森写的《迪拜：脆弱的成功》，使得我在打发漫长的飞行时间里，了解到许多迪拜早期的历史。18 世纪初，英国东印度公司开始收集这个地区"海盗抢劫"的证据，以期要求英国皇家海军压制当地的贸易竞争对手，英国势力由此进入波斯湾迪拜内湾，并成为最高统治者，直到 1971 年——当我读到这一段时，不禁想起了马克·吐温所说的，历史经常是押韵的。

本次旅行往返搭乘的是阿联酋航空公司的飞机，这是世界上拥有"空客 380"最多的航空公司，并且公司不采用超过 5 年以上的飞机。返程时我在迪拜机场安检口丢失了电脑，第二天，上海办事处的工作人员电话通知我，电脑找到了，会在后续运回上海浦东。

到达迪拜时已经是中午时分。步出机舱，仿佛踏入寂静岭，连候机厅也听不到一丝广播声。此时的迪拜太阳柔和、气候宜人，导游说，11 月和 12 月是迪拜最舒服的时候，如果在春夏季，室外温度将近 40℃，根本无法久留。望到路边大片的花草，葳蕤芬芳，很难想象这里大部分时间都是处在酷热之中。

我们的大巴车沿谢赫—扎伊德大街（以阿布扎比老酋长的名字命名，是对兄弟酋长国阿布扎比的尊重；而阿布扎比也有一条街以迪拜老酋长谢赫·拉希德的名字命名，以示兄弟情义）穿过市中心时，沿途的高楼大厦千姿百态，奇特怪异的后现代风格比比皆是，这些建筑包括世界最大的购物中心——迪拜购物中心（DUBAI MALL）、世贸中心（DWTC）、迪拜之框（The Dubai Frame）、阿联酋双塔（Jumeirah Emirates Towers）、90 度转角扭曲的卡延塔（Cayan Tower）、世界第一高塔哈利法塔（Burj Khalifa Tower）等，极目远眺，迪拜湾畔的七星级帆船酒店与六星级亚特兰蒂斯酒店或隐或现，组成迪拜的亮丽天际线。

除了闻名遐迩的帆船酒店与哈利法塔，迪拜最新标志性建筑——迪拜之框最值得一提。

迪拜之框是当今世界上最大的超现实主义的镜框式建筑物，高 150 米，由两座100 平方米的塔楼支撑着一座 93 米宽的廊桥，廊桥中间有一块 25 平方米的透明玻璃板，站在玻璃板上，恍若进入空中飞人的梦境。迪拜之框底层是座历史博物馆，里面的部分展品是从迪拜博物馆里移过来的，可以让游客们感受到迪拜从过去到现在的巨大变化。迪拜之框一次最多进入200名游客，所以不会感觉特别拥挤。在塔顶的饮料店里，买杯迪拜特有的金箔咖啡，一边品尝一边观赏着廊桥两边迪拜新旧城区的不同景观，都会让花50迪拉姆（约95元人民币）门票参观的游客感觉到不虚此行。为了与迪拜的贵族气息般配，迪拜之框四面边框全部镀金并镂刻瑰丽的阿拉伯花纹，充满耀眼锃亮的土豪金气息。

关于这栋建筑有一段争议，墨西哥建筑师费尔南多·多尼斯（Fernando Donis）认为它抄袭了自己在某项国际建筑设计比赛的获奖作品，他在获奖后被邀请访问迪拜，并与迪拜王子共进晚餐。之后迪拜政府把这个设计从图纸变成实物，整个建设期间，迪拜人再没有搭理设计师。多尼斯愤怒之下向美国法院提起诉讼，希望拿到应得的设计费。而迪拜方面的理由是，这个设计奖本身以迪拜新建筑为主题，赛事结束设计师拿到奖金即已功成名就，不应再有非分之念。

迪拜欢迎全世界的建筑设计师前来大显身手，这个建筑师冒险乐园反哺出成千上万的游客，这恰好说明了迪拜管理者的高明之处。

迪拜酋长国是阿联酋排名老二的酋长国（阿联酋由七个酋长国组成）。20 世纪 60 年代之前的迪拜还是一个以捕鱼、造船与采珍珠为主业的小渔村；60 年代开始，随着迪拜石油的发现，石油工业迅速发展。在老酋长谢赫·拉希德的领导下，迪拜开始建设机场、港口，经营船坞、化工工业，并在沙漠上建造世界贸易中心，迪拜从此经济腾飞。老酋长被尊称为"现代迪拜之父"。现任酋长谢赫·马克图姆年轻时曾留学英国剑桥大学，具有国际视野，他认为，有限的石油只能带给迪拜一时的繁荣，必须考虑国家的可持续发展道路。从老酋长手中接过权力后，他大力主导开发旅游业，把国家带上更高速的发展轨道。迪拜的城市面貌是在他的任期内得到巨大改变的。迪拜水运河最后 2.3 公里的挖掘疏通是一项最新的城市建设工程，它把古老的运河改变成为循环流淌的活水系。迪拜运河把老城与新城连在一起，极大地改善了迪拜的交通状况，并让夜游迪拜运河成了迪拜旅游的金牌项目。

我们下榻的酒店紧靠运河，不时可以看到老外靠在运河边的咖啡馆里，面对波光粼粼的河水与飞翔的河鸟，慢慢地喝杯下午茶，好像回到了 20 世纪初的阿拉伯劳伦斯时代。

在迪拜街头，谢赫·马克图姆酋长的照片与阿联酋国旗随处可见。

老城区的历史博物馆展示着谢赫王室家族的历史以及国家发展的历史。博物馆建在 18 世纪时的古城堡里，露天展区展示着古代当地人出海打鱼时使用的小木船。博物馆里还能看到迪拜先人居住的简陋小屋及屋内的陈设。展区的精华部分设在地下，沿着斜坡小道往下走，里面别有洞天。其中一个展厅介绍沙漠游牧民族——贝都因人在沙漠里的生活故事，沙漠的夜晚，贝都因人围拢在帐篷外的篝火边，喝着骆驼奶和咖啡，彼此倾诉或吟诗弹唱。在沙漠迷路的旅人都会循着篝火来到贝都因，并受到热烈的欢迎。

走出博物馆，附近是许多香料店和黄金集市，充满着阿拉伯风格。迪拜石油的发现，使得这个小渔村一夜暴富，并传出了无数土豪的传奇故事。导游告诉我们，只有 25 万迪拜人可以称为土豪，因为政府给当地人设置的贫困线是月收入 16000 迪拉姆（约 30000 元人民币）。但是来自巴基斯坦、菲律宾等外来劳工们的工资就非常低了。

游客来到迪拜，不会忽略迪拜购物中心。虽然本人不喜欢购物，但还是跟着旅游团去购物中心，这是目前世界上最大的购物中心，四层高楼汇集 70 多个世界顶级的奢侈品品牌以及 1300 多个门店。在中庭挑高的空间位置，华为手机的巨幅广告格外显著。

如果你不喜欢购物，也可以在迪拜购物中心的溜冰场或滑雪场玩耍，或去看一场 IMAX 电影，或去水族馆观赏。特别提一下，水族馆面向中庭走廊的那片水下观景墙堪称世界第一，透过玻璃，你可以看到各类海洋精灵在翩翩起舞，难以想象的是那道玻璃幕墙里面的海洋动物多达 33000 只。观赏完水族世界，你也可以到购物中心前面的广场观赏壮观的音乐喷泉，或在休闲美食街品尝一下各国风味的小吃。我虽然没有像团友那样疯狂购买奢华包包或名表，但买了些沙枣和藏红花。导游说，要想把购物中心玩个遍，3 天时间也是不够的。

迪拜还有许多参与感和互动性极佳的旅游项目，包括跳伞与沙漠冲浪探险。我有幸随团参加了沙漠冲浪。早上，5 辆白色的陆地巡洋舰四轮驱动越野车来宾馆接团，当我看到 5 位司机都留着漂亮的大胡子时，就预感今天的冲浪会有多酷。

约一个小时的路程，我们到达了沙漠深处。这里空旷无际，唯有一片片起伏的沙丘，在阳光下反射出金色的光辉。我们的越野车在沙丘上疾驶，一会儿冲上高高的斜坡，一会儿抛下深深的沙壑，甚至有时呈 70° 的倾斜俯冲，感觉汽车就要翻了。同车的姑娘们发出阵阵的尖叫声，越发鼓励着司机帅哥做出更多的惊险动作。

在一阵酣畅淋漓、激昂亢进的疾驶后，我们终于到达了营地。此时太阳快要落山，夕阳下的沙漠变得柔情似水。大家都不忘与司机帅哥合影留念，而姑娘们穿起

艳丽的服装，披上阿拉伯头巾，在大漠中做出各种优美的造型。许多人还会骑上骆驼，或驱车，在沙漠中寻找更刺激的冲浪感觉。也有人骑上骆驼，或半躺着抽上几口阿拉伯水烟，女同胞则会去享受阿拉伯彩绘指甲。夜色降临，肚皮舞娘的艳舞是羊肉烧烤后的最后一道阿拉伯盛宴。

我们的司机帅哥回程时感觉臂膀不对劲，无法开车了，不得已换司机时，他对我们开玩笑说，我们这辆车的尖叫声太棒了，让他做了一些高难度动作，以致付出点小代价。

迪拜港是中东地区最大的贸易港口。毗邻的迪拜世贸中心是海湾乃至中东地区最大的商品展览中心。在迪拜逗留时，恰逢中国商品展览会在这里举办。琳琅满目、物美价廉的中国产品，吸引着迪拜王室成员及周边众多客商参观洽谈。

离开迪拜时临近圣诞节，迪拜四处都布置起圣诞树、北欧小屋与雪景，期待着圣诞老人的光临。如果大街上没有那些穿着阿拉伯长袍的男女，你很难想象这是个阿拉伯城市。一个西方的节日被隆重地惦记着，让人感到有些诧异。迪拜没有冬季，但迪拜人努力营造出圣诞与新年的冬季特有的节日气氛。我想迪拜人不仅仅是为了取悦游客，同时也在享受着。后现代建筑、肚皮舞、圣诞树、水烟等这些迥异的元素，代表了迪拜这座城市的包容与多元。

迪拜的冬季不寒冷。

2018 年 12 月 21 日

跨越思想的围墙——哈佛见闻记

年底因公出差，去了趟美国波士顿，逗留两天。第一天恰逢大风雪，城里所有交通停运，无法出门。第二天地铁恢复运行，立即搭乘地铁红线到哈佛站，也就是著名的哈佛大学所在地。

与其他欧美大学一样，哈佛校园没有围墙。我想，这也隐喻学术创新开放自由，不能用封闭的"思想围墙"加以禁锢。

哈佛大学前身叫"剑桥学院"，于1636年建立，约翰·哈佛曾担任学院院长，去世后把自己的全部图书和一半积蓄捐赠给学院，哈佛大学由此得名。1884年，校董会决定在校园内建造一尊哈佛铜像。雕塑家找不到更多哈佛先生本人的照片图像，不得已临时请了校园内的某位帅哥充当模特，但这丝毫不影响人们对这尊铜像的认可与喜爱。这也成了哈佛大学的趣闻及校史的一部分。在众多外国人心目中，哈佛先生就是文曲星，摸一下他的脚就能学运亨通、金榜题名，由于太多游客（当然包括本校学生）去抚摸，哈佛先生脚上的"皮肤"开始褪色了。

闲逛到哈佛广场，已近午饭时间，冒着严寒在校园内的中餐便当车前排队。队伍冗长，但井然有序。队伍中不乏喜欢咱可口中餐的白人。排在我们前的两位中国同学应当是经济系的学生，正在热烈讨论某个大师的学术观点以及是否与当下中国的经济特征吻合，全然忘掉了零下十几摄氏度的风雪。哈佛学生在做学问上如此争分夺秒，令人感叹。

拿着盒饭，正踌躇着去何处安身吃饭时，那两位中国同学告诉我，任何学院教学楼都可歇脚，哈佛教学楼内的公共场地白天可以自由穿行，只在晚上才设门禁。径直进入附近牛津街33号一楼的休息厅后，我大喜过望，休息厅明亮安静，温暖如家，师生们三三两两围坐桌台，或喝咖啡，或阅读，或在笔记本电脑上抓紧做功课。这是我在大雪纷飞的波士顿吃到的最可口的中餐，虽是简单盒饭，但比任何牛排都能安抚我的胃，真没想到此次赴美，印象至深的一顿餐居然是在哈佛。

此时我一位在哈佛任教的远亲林博士匆匆赶来，一再抱歉未能应约与我们共进午餐。因为在哈佛，中午时间尤其宝贵。许多不同学院的研究生及老师教授都会利用午餐时间举办各种学术研讨会。他们希望不同学科的师生可以对不同的学术思想出来的。

做研究搞学问，如同在做一幅美丽的科学拼图。在当下，科学进展往往需要各个学科间的大协同大合作。参加讨论者一般是各个领域独领风骚的专家行家，他们如同站在学科领域制高点的巨人，通过这些交叉学科之间的思想碰撞，可以清晰地观察到科学拼图中存在哪些空白点可以填充，或用何种色彩的颜料去补全。引领世界的学术思想就这样孕育了。林博士如是说。

哈佛校园内设有若干美术与自然博物馆。博物馆有个比较人性化的规定，哈佛师生凭证件可以免费带领一位亲友入内参观，我们就借了林博士之便参观自然博物馆。林博士告诉我们，各种栩栩如生的植物展品，居然是100多年前植物学教授亲自吹制的玻璃教具！这样教育出来的学生，不优秀也难。

哈佛没有高耸入云的大厦，环顾四周，都是朴素的红砖教学楼与行色匆忙的师生，唯有那座庄严的教堂给人以历史沧桑感，它见证了这所大学把校训从"为基督·为教会"转变成"为真理"的曲折过程。在哈佛，无论教学、读书，表面上都是相对自由和松散的，但正是这种方式孕育了众多的诺贝尔奖获得者，使得哈佛成为孕育美国总统以及其他领域的杰出人物的摇篮，这些可能都归功于哈佛求真务实、开放自由的学术精神。

2015 年 2 月 9 日

暴雪覆盖波士顿

　　很久以后，当我读到一篇描述波士顿大雪的文章，非常诧异，这篇题为《波士顿的雪》的文章中写道："雪真是轻盈地来，又轻盈地走，如同一个随和而飘逸的女子。"把波士顿的大雪描绘得如此静美灵动，想必那里的雪给了作者非常美好的回忆。

　　波士顿大雪给我留下的回忆则完全相反，它像个张牙舞爪的恶魔，口吐一串串白雾，肆意狂泻的白雾瞬间形成厚厚的冰雪，把整个城市打入白色的荒芜世界。

　　那是 2015 年 3 月初。当我从阳光和煦的佛罗里达抵达东北部的波士顿，一场严酷的暴风雪结结实实地给了我一个下马威。很难用鹅毛大雪来形容那场大雪，落到地面的雪瞬间凝结成冰块，如小锤般不停地敲打额头；寒风似刀片，一阵阵地划割着脸颊，视线模糊起来。雨伞未等张开，骨架瞬间被吹折。

　　由于遭遇罕见大雪，机场铲雪车无法跟上降雪速度，我们的航班被迫取消。工作人员要我们在 10 分钟内确定是否同意搭乘去纽约的纽瓦克机场，同行的几个美国旅客立即同意去纽约，其中一个旅客看到我们踌躇不前，说："为何不去，天知道波士顿的雪何时可以结束？"是的，不能继续等待，能够登机已是幸运。此时，多架前往新英格兰北部地区的航班被取消或延误，候机厅里许多乘客开始打地铺了。

　　纽瓦克机场本身就是一个综合交通枢纽，州际火车站与机场相通，从机场可以搭火车直接前往波士顿或纽约。

　　我们在纽瓦克机场着陆并领取行李后，远在佛罗里达州立大学读书的儿子开始用手机远程指挥我们如何前往火车站购票口，订购哪个车次，然后我们以百米冲刺

的速度来到对应的列车月台。当我们气喘吁吁地到达月台 5 分钟后，从纽约前往波士顿的最后一班列车轰鸣而至。

上火车回过神后，发现没有任何一个同航班旅友的身影，难以想象他们今晚在纽瓦克机场将如何度过。

美国火车车厢老旧不堪，门窗破损漏风，旅途中，冷风不断吹进车厢。不过，在暴风雪这样的恶劣天气下，火车能够正常运营已经非常幸福了。

波士顿火车站与地铁也是相通的，我们走出地铁口时，天色已黑。寒冷的天气使得手机上的地图软件也失灵了。虽然温德姆酒店离地铁口仅几百米，但我仍然找不到。无奈之下，拦下了一位迎面匆匆而来的行人问路，这位高大的男子非常耐心地听完，又核对事先打印好的地图，告知前行 200 米后，左拐多少米应当就是那个酒店。告别这位男子时，看到他满脸雪花，我多少有些内疚。

抵达酒店时，脚下的皮鞋已经被雪水浸透，整个人冷得浑身颤抖。进入温暖的大厅，幸福的感觉油然而生，此时我真正意识到，冬天到波士顿旅行，选择地铁旁边的酒店真是无比英明。

此时的波士顿市区所有街道都被大雪覆盖，看不到行驶的汽车，行人稀少，只有扫雪车在工作。

波士顿的大雪，就以这种本人从未经历过的颇带刺激的方式，迎接远道而来的异客，让我爱恨交加。

经过连续 20 个小时的舟车劳顿，当晚在餐厅里，饥肠辘辘的我终于吃上了牛排葡萄酒套餐，那美味至今难忘。殷勤的服务员指着空荡荡的餐厅告诉我，今晚预订酒店的旅客几乎没有一个到达，估计都遇到交通麻烦了。

餐厅墙壁的电视上，当地电视台正在播放波士顿市长的紧急讲话，他代表政府宣布，因为特大暴雪，公共场所、学校明天暂时关闭，要求居民待在家里，注意房顶，以防被大雪压坏。

第二天一早，拉开房间窗帘，眼前是一个白雪皑皑、晶莹剔透的冰雪世界。一座白雪覆盖下的城市，没了往日的熙熙攘攘，但有了童话般精致的美景。所有的交通工具都停止了，但我总不能待在房间里无所事事，就去宾馆附近的笔架山（Beacon Hill）社区散步。

大雪已经停了。白雪笼罩的波士顿此刻变得异常寂静。路边简洁精致的红砖屋、起伏的街道、宁静的环境，暗合美国富人的低调含蓄。广场上偶尔有小孩在滑雪，积雪把路边的汽车都掩埋起来了，街道上一些救援人员在帮助维修受损的屋顶。经过非裔美国博物馆时，打算进去参观，可惜大门紧闭，这样的恶劣天气，公用设施

都已关闭。远处金色穹顶的建筑，起初以为是某个伊斯兰教堂，对照地图才知道是马萨诸塞州议会大厦，于 1798 年建成，很长时间里，它成为波士顿最醒目的建筑，现在它给整个白色世界增添了一些暖意。

不知疲倦的扫雪车还在工作，给安宁的波士顿带来了一些生机。

午后，我搭乘刚恢复的地铁红线游览了哈佛大学。此番为期 3 天的波士顿之行有两个目的，一是参观哈佛大学并探望在那里担任教授的亲戚，二是去波士顿音乐厅欣赏一场音乐会。

聆听波士顿交响乐团（Boston Symphony Orchestra）的现场演奏一直是我深藏内心的愿望。这个愿望缘于 1978—1979 年在北京举行的两场音乐会电视转播实况，这两场音乐会让我记住了小泽征尔、波士顿交响乐团以及弦乐《二泉映月》。

美国波士顿交响乐团是全美乃至全世界最优秀的交响乐团之一。著名日籍指挥家小泽征尔担任该乐团指挥时，为这个充满德奥贵族气息的乐团注入了激情洋溢的东方血液。该乐团也是最早演绎中国弦乐作品《二泉映月》（阿炳原创，吴祖光改编），并为西方音乐界熟知的乐团。至今我都能够回忆起小泽征尔带领乐团演奏完这首乐曲的最后一个音符时眼含热泪的令人震撼的场景。

在离开波士顿的最后一天，通往音乐厅的地铁绿线终于恢复运营了。从地铁交响乐厅站出来的众多乘客和我前往的都是一个方向——那座充满新古典主义建筑风格的波士顿音乐厅。

波士顿音乐厅、阿姆斯特丹音乐厅以及维也纳金色大厅并称为"世界三大音乐厅"。跨入金碧辉煌的音乐厅，仿佛进入神圣的殿堂。大厅两旁的墙壁上，立着 16 尊希腊罗马时期的神话人物塑像，都说"建筑是凝固的音乐"，这在波士顿音乐厅表现得淋漓尽致。

音乐厅的门票是几天前就在网上订购的。今天音乐会演奏的是勃拉姆斯、德彪西和斯特拉文斯基的作品，指挥家是大名鼎鼎的夏尔·迪图瓦（Charles Dutoit）。

我对内容不太在意，能够欣赏大指挥家的风采就算不虚此行了。

第一次在国外听音乐会，和以前在杭州听音乐会最大的不同就是，波士顿的观众基本都为中老年人，他们穿着考究，即便在闷热的室内也不会解开领带。演出期间听众安静地闭目倾听，现场除了悠扬婉转的弦乐以外，几乎听不到其他杂音。

音乐会上半场，我们欣赏的是勃拉姆斯和德彪西的作品。

到了中场休息时，观众纷纷走到前厅点一杯葡萄酒，或围坐在圆桌边，或三四人站在一起，慢声细语地聊天，仿佛 19 世纪上流社会的一场艺术沙龙。他们在讨论今天乐团的管乐声部不够透亮，或下个音乐季哪个曲目最让人期待。这其实也是一种流传了数个世纪的传统贵族间的社交礼仪。这些来听音乐会的观众，很可能本身就互相认识，他们有一个固定的社交圈子。音乐会就为他们提供了一个很好的交流空间，把这些平日难以相见的老朋友聚集了起来。于是中场休息时，时不时能听见"Hi！How are you？"的嘘寒问暖。

从服务员那里得知，前两天即使大雪封路，停止演出，许多乐团的乐手还是赶到音乐厅坚持排练。

尽管我对西洋交响乐曲认识浅薄，却很羡慕那些懂得交响乐的人，以为他们才可称为"贵族"。望着周围那些彬彬有礼的人们，"Excuse me"常常挂在嘴边，丝毫没有趾高气扬，低调谦卑，因为懂得欣赏音乐的人，精神一定富有。

下半场的曲目是《扑克游戏》。这是美籍俄国作曲家斯特拉文斯基于 1936 年创作的 3 幕芭蕾音乐。由演员充当主要扑克牌，每幕代表一次发牌，每次发牌都加重赌客的紧张心理。交响乐中的芭蕾音乐是最容易听懂的，正如柴可夫斯基的《天鹅湖》。

指挥家迪图瓦通过潇洒活泼的手势，把音乐形象中几张扑克牌对弈场面表现得活灵活现，尤其第 3 幕终曲的"同花"斗，各个声部的乐队齐奏到高潮，一个怪异的高音后乐曲戛然而止，让观众意犹未尽。

今晚，大雪覆盖的波士顿，音乐会结束时音乐厅里的雷鸣般的掌声，一扫我内心的郁闷。

波士顿的冬天是寒冷的，因为大雪覆盖；波士顿的冬天并不寒冷，因为有波士顿交响乐团那激昂深沉或优雅华丽的音乐。

2018 年 4 月 15 日

万千宠爱于一身——美国黄石国家公园游记

何时去黄石公园是有讲究的

黄石国家公园（Yellowstone National Park，简称黄石公园）集壮美浩瀚、灿烂绚丽的千般景色于一身，成为全美最佳旅游地之一，也是世界遗产委员会于1978年公布的首批列入世界自然遗产名录的美国自然景观。

我多次到美国出差，却一直没有机会光顾它。今年5月份要参加孩子的研究生毕业典礼，因此全家人早早就做了一个旅行计划，选择黄石公园作为从迈阿密回国的中转站。

为了避免高山积雪带来的危险，黄石公园每年都有一段封山期，大部分景点不对外开放（只有公园北入口到猛犸温泉、罗斯福塔地区这一小部分的道路有铲雪服务）。今年黄石公园对普通游客的开放期是从5月4日开始的，但也只开放3/4的区域，部分景点只有到六七月份积雪彻底融化才开放，所以游玩黄石公园的最佳时间是七八月。

当然，每个季节都有不同的景色，即使不在夏季，黄石公园也绝不会让到访者失望。由于行程限制，我们很早就预订了银色航空公司前往蒙大拿州波兹曼机场的机票，几乎踩着景区开放日的点来的。

黄石公园介于蒙大拿州、怀俄明州与爱达荷州之间。每个州都能分享到至少一个入口，并各自建有机场。三个州的州政府都很明白旅游经济的重要性，争取客源不惜余力。因气象条件所限，今天只有蒙大拿州的波兹曼机场开通，并由此从北门进入公园（最佳入口是西大门，除了有西黄石镇机场外，入园通道景色更美，这是我们从西大门离开时才意识到的）。当我们抵达波兹曼，立即感受到当地人的热情好客，物价也非常实惠。在机场租车点，我们每天只增加了12美元，就把预订的丰田卡罗拉轿车升级为丰田大吉普，在此后的3天里，这辆吉普车成为陪伴我们阅尽黄石公园绮丽山川、美妙湖泊的最好朋友。

当晚，我们下榻在机场附近的酒店，早早休息。

从北大门罗斯福拱门进入公园

早餐后，我们精神抖擞地开车直奔黄石公园。一个多小时后，远远就看见罗斯福拱门（Roosevelt Arch），这座高约 15 米的石造拱门是 1903 年 4 月由罗斯福总统下令建造的。此罗斯福并非"二战"时的罗斯福总统，但也因为建造此拱门以及开凿巴拿马运河而流芳百世，在奠基典礼上，他还亲自铲了第一锹泥土。此时，环顾四周，渺无人迹，有点"大漠孤烟直，长河落日圆"的感觉。只有路旁的牛仔雕塑给苍凉的原野带来几分人气。

穿过拱门后，进入怀俄明州。黄石公园收费站的员工身着统一制服，看上去像是警察。

路边一块纪念碑上写着这条州界公路基本是沿着北纬 45 度线铺设的，不知道当初筑路时是否有意为之。

园内规定，人在公路上遇到动物必须停车让行，动物出没的地区，汽车时速不得超过 15 迈（大约 24 千米／小时）。

奥尔布赖特游客中心与猛犸温泉

北大门进去的第一个景点是猛犸温泉。

奥尔布赖特游客中心设置在一排民宅里，而这些民宅本身也是历史遗产的一部分。

宅子外，几头牦牛正在晒太阳，一副悠然自得的样子。

1872 年，黄石公园被批准成为公众的公园及娱乐场所，这是世界国家公园的鼻祖。一个世纪前的美国人就懂得环境保护，懂得人与自然和谐共处，这样的人类文明壮举让后人赞叹。

在游客中心，我们了解到这些民宅最先被当作军营使用（当时被称为黄石堡兵营），在 1918 年黄石公园被国家公园管理局接管之前，由美国军队保护。当时，守

卫公园的士兵生活还非常艰苦，他们不仅要克服沙尘及严寒，还需要与森林火灾、偷猎等破坏山林的行为做斗争。

走在人工搭建的木栈桥上，感觉烟雾迷蒙，温泉水从色彩斑斓的岩石上缓缓流过，山坡全是由乳黄或褐色岩石铺就，仿佛置身另外一个星球。"嗜热菌在这温泉中茁壮成长，创造了织锦般的色彩。一些微生物活跃在阳光下，而其他微生物则活跃在硫化氢这样的气体里。"

我一直猜不准为何把这片温泉取名为猛犸，难道这样的地貌是猛犸时代诞生的？至少说明它已经存在数万年。

这里是绝对禁止涉足，只能在栈桥或规定的路线上行走，一是为了安全，二是为了保护好这块原始的地貌。

我们走后从报纸上看到一名俄勒冈的游客在黄石公园掉进温泉死了，因为热泉中含酸性物质，连遗体都无法找到。美好的背后，偶尔也会露出狰狞的一面。

在美国，这样的小事都能刊登各大报纸的头条，也给这个景区带来长久的谈资，这是后话。

永远的老忠实泉

老忠实泉是黄石公园的极致景观，也是游览的高潮。

从猛犸温泉去老忠实泉，通常要经过诺里斯（Norris）与麦迪逊（Madison）。诺里斯的大片温泉让人感受到自然界的创造力与地壳运动带来的魅力。泉水不定期地向高空喷射，并带有各种呼啸声。眼前看到的景色、耳朵听到的声音以及鼻子闻到的气味，混杂并丰富着五官的体验，语言难以形容。有些温泉在喷射前还会先喷出蒸气，一个美国母亲带了3个孩子经过这里，正好蒸气涌起，他们兴奋得尖叫，好像这是平生第一次在高音频段使用他们的喉咙。

在麦迪逊，无数野鸭、大雁、天鹅在河边觅食，两岸绿荫如许，一片原生态的大地之美。

到达老忠实间歇泉（Old Faithful Geyser），已近黄昏。老忠实泉以其固定间隔的喷发，成为整个黄石公园最著名的景点。许多人围在老忠实泉边上，等待它的隆重表演。这里是整个园区内游客聚集最多的地方。

景区指示牌标注泉水将在17:39喷发，果然，在这个时间，泉水分秒不差地喷涌而出。老忠实泉比黄石公园的其他间歇泉更有规律，因其恪守时间的美德，有了"老忠实"的美誉。

　　"老忠实"的取名最早可追溯到1870年，一名探险队队员发现并命名了它。由于地壳运动，泉水在地下加温沸腾的环境开始变化。现在的老忠实已经变得有些"不忠实"，间隔次数增加了，间隔时间也不完全一致了，目前平均间隔是92分钟。但工作人员的预告还是基本准确的。

　　欣赏完老忠实泉后，就近参观间歇泉博物馆，我们得知全世界超过1/4的间歇泉集中在黄石公园，分布密度全球第一。由于每年有大量中国游客访问这里，博物馆已经增加了中文解说词。

　　摘录如下一段解说词：黄石公园的水热景观是数以万亿计的微生物的家园。这些微生物包括细菌、藻类和古生菌，一种可能是起源于地球最早时期的生命形式。黄石公园里的许多种微生物都活跃在极端条件下。有的生活在对人类而言热不可触的水中，还有的生活在酸性或碱性的环境中。

　　当晚入住老忠实旅馆，就又是另外一个故事了。

大峡谷与黄石湖

　　大峡谷与黄石湖位于黄石公园的心脏，我们是今天进去的首批游客。

望着一片苍茫的冰湖，不免有些凄凉，忽然想起了柳宗元的诗："千山鸟飞绝，万径人踪灭。孤舟蓑笠翁，独钓寒江雪。"这里没有蓑笠翁，但不久来了一车旅客，熙熙攘攘，打破了片刻的宁静。

告别黄石湖，下一个目的地是钓鱼桥。虽相差几公里的路程，但这里的气候就温润如春。驱车数分钟，就能体验到风格迥异的景观及很大的温差，这也是黄石公园的魅力。

钓鱼桥建于 1902 年，也是黄石公园的古董级建筑，因有许多人在此处钓鱼而得名。这座桥经历了 100 多年的风风雨雨，至今仍然完好，成为从大峡谷进出黄石湖的交通要道。为了防止太多游人拥挤在桥上，这里已经禁止钓鱼了。

可惜位于湖边村的黄石湖博物馆还没有开放，成为我们此行最大的遗憾。据说里面展出了黄石公园的河獭、灰熊及各种飞禽的标本。

途中还有两个著名的景点是泥火山（Mud Volcano）和龙口泉（Dragon's Mouth Spring）。靠近前者会闻到浓浓的硫黄臭味，而走到离龙口泉还很远的地方，就仿佛听到地下的老龙发出了低沉的吼声，仿佛这个庞然大物被关的时间太长，要挣脱地牢的束缚，一跃而起。

西出口及沿途

我们是从黄石公园的西出口离开的。前往西出口的整条路沿着冰冷清澈的麦迪逊河蜿蜒，两岸绿草如茵，树木郁郁葱葱。不少游人躺在草地上休息，或架起三脚架拍摄河边动物。动物特别多，目光所及就有天鹅、大雁以及牦牛。

黄石公园是动物的天堂，游人都非常自觉地避免打搅它们。人与动物和谐相处，或许就是最美好的景观。

我们停下车，准备欣赏一下离开黄石前的最后景色。这时，一辆厢式车缓缓靠在路边，一位大约 80 岁的老妇下了车，牵着一条小狗，来到草地上。小狗开始打滚欢腾，老妇则端起"大炮"相机，取景，调光，对准河对岸的秀丽景色连连拍摄，动作之娴熟、架势之专业，令我啧啧称奇。老妇拍完照片后，吹了个口哨，小狗迅速跳上了车。而后老妇步履蹒跚地爬上车。半晌后，马达轰鸣起来，汽车迅速驶向远方。

听说许多美国人认为一生必须去体验两个地方，一个是拉斯维加斯，另一个就是黄石公园。这位老妇是否也把黄石公园作为人生必去的旅游地之一，不得而知。

黄石啊，黄石

黄石公园不仅包容万象，还有许多野生动物、岩石温泉、峡谷瀑布，在短短的两三天内，欣赏到如此丰富的奇景异观。

黄石公园里的重峦叠嶂，属于落基山脉的一部分。这让我想起了海明威，他在生命的最后几年，离开了佛罗里达的西礁岛，离开了陪伴他半辈子的大海，隐居在落基山脚下的凯切姆镇太阳谷。海明威一生热爱自然，他的许多小说都把自然界的惊涛骇浪或凛冽风雪当作背景，选择落基山作为归属地，或许隐喻着他终身都在实践从哪里来到哪里去的古老哲学观。

作家梭罗在《瓦尔登湖》里写道："如果他的周遭是崇山峻岭，是阿喀琉斯式的岸线，群峰遮蔽并倒映在他的胸膛里，那么这个人是有些深度的。"当我们游览黄石公园，见识了这些宏伟壮丽的景观，在未来许多幽暗的时刻，这些事物就是带我们逃离困境的绳索。饱览大自然给人类的馈赠，会有许多新的人生感悟，视野会更加开阔，心胸会更加宽广。

2017 年 1 月 1 日

华沙，最年轻的遗产城市

上一次近距离了解波兰是在 2010 年的上海世博会。印象中波兰馆是少有的几个做得非常精致的国家馆之一。首先，建筑外形是不规则方块造型且以波兰"剪纸"为外饰，让阳光透过"剪纸"缝隙及方块间隙，洋洋洒洒地照射到展览大厅的各个角落。大厅内布局井然有序，极富艺术特色。展览厅里通过实物、图片及视频，详细介绍了波兰社会历史、文化艺术，整个展览精妙绝伦、雍容典雅。展厅露天一角的咖啡厅，一位波兰美女服务员笑吟吟地招呼我们喝啤酒，品尝波兰面包及奶酪。

这次经历让我对这个国家陡然增添了好感。展馆介绍中提到华沙老城是在战争废墟中重建的，这样一个"新城"，居然还被列入世界文化遗产名录，我深感吃惊。

华沙重建与波兰大学师生的不朽功绩

华沙在 1945 年摆脱纳粹魔爪时，整个城市的 85% 已经沦为废墟。如何重建华沙？当时有两种方案，一是按照苏联首都莫斯科的城市样本，重新规划华沙，把它变成一个苏联式的"社会主义新华沙"；二是按照战前华沙的城市风貌，重建一个原汁原味的"老华沙"。

消息传开后，华沙市民强烈希望按照第二种方案，在废墟上重建华沙老城。华沙技术大学（一说是"华沙大学"）建筑学院的师生们把战前画的老城图纸拿出来展览，越来越多的市民从家里拿出历史建筑的老照片、明信片、风景油画等来到政府设置的华沙重建委员会（Warsaw Reconstruction Office）接待站，讲述着他们记忆中的老华沙。最终，波兰政府顺应了民意，决定恢复华沙原有的古城风貌。这场原本只是"华沙重建"的讨论，演变成一场爱国主义建设运动。广大华沙市民以高涨的爱国热情，积极投入到新华沙的建设中，甚至那些流浪海外，对带有苏联色彩的波兰政府充满疑惑的波兰人也改变了态度，积极回国投入建设。据说那两年内，从海外返回祖国的波兰人达 30 万之多。古城内的所有重建项目，无论是建筑外形还是城市街道布局，全都一丝不苟地按照原样做旧。许多战争废墟中的砖瓦，遭到破坏的宫殿，古城堡或教堂遗留下来的建筑构件，都尽可能地嵌入新的建筑里。这些

个古色古香、神韵依旧的华沙老城又屹立在维斯瓦河以西的原址上。苦难深重的波兰人民在修复自己家园的同时，也为全世界创造了一个新词汇，就是著名的"华沙速度"。

特别值得颂扬的是华沙科技大学（或许是"华沙大学"）建筑学院的师生们在1939年之前的几年里，已经预感到战争的阴霾将笼罩华沙城，这座建造于13世纪的宏伟古城极有可能毁于战火。因此，他们精心测绘了老城区域，包括老王宫、集市市场、圣约翰大教堂、瓮城和古城墙在内的整个街区以及主要建筑物并加以编码、整理、存档。我相信，这些师生在绘制这些城堡、教堂、街心花园及雕塑纪念碑时，内心一定充满了悲哀。但是图纸上的每一笔，都仿佛一声声倔强的呐喊，浓缩着他们对祖国家园的无限情怀，最终成就了这可歌可泣的英雄故事。

笔者阅读资料时发现一个问题，绘制图纸的师生们究竟是来自建立于1915年的华沙科技大学还是更古老的建立于1816年的华沙大学？各种资料说法不一。我特意访问了这两所大学的官网，但非常吃惊，没有查到任何相关的描述。如此壮举，居然没有被写进校史，真让人不解。也许波兰人认为，恢复老城是波兰民族的共同意愿，也是责任所在，根本就不值得去特别赞扬。

这些师生也许不会意识到，他们的举动不仅让华沙古城的再生成为可能，为日后世界保护古城遗产提供宝贵经验，也为世界文化遗产评定重新制定了规则。

居里夫人故居为华沙古城添色

在瓮城附近的佛雷塔（Freta）街，我还参观了波兰杰出女科学家居里夫人的故居。这幢三层楼的巴洛克式公寓，若不是门口橱窗挂着居里夫人的画像，很难看出它与周围的房子有任何区别。从窗前的那张照片，可以想象居里夫人当年的美丽与优雅，她24岁赴巴黎留学时，正值青春年华，但她不肯浪费时间去恋爱、聚会，而是一头扎进教室，努力学习与做实验，直到偶然机会才与志同道合的法国物理学家皮埃尔·居里相识并结婚。居里夫人一生简朴，把所有的精力都放到化学研究上。1898年，她与丈夫合作发现了化学元素"钋"而共同获得了诺贝尔物理学奖。丈夫意外去世后，她忍住悲伤，继续进行科学研究，通过艰苦卓绝的实验，从几十吨的沥青油铀矿中提炼出0.1公斤的氯化镭，并最终提炼出金属镭，获得诺贝尔化学奖。即使身在法国，她也深深怀念祖国。她说服了丈夫，把第一次获得诺贝尔奖的元素命名为与"波兰"发音相似的"钋"（Polonium），她拒绝把金属镭研究成果申报专利，因为金属镭对于癌症病人的治疗很有帮助，她希望通过开放专利让世界人民都能免费使用，让人们更健康地生活。华沙老城也因为居里夫人故居，成就其更多的人文价值。居里夫人为这座百年老城增添了温暖的光彩。

1976年，联合国教科文组织所属的世界遗产委员会，根据《保护世界文化及自然遗产公约》开始在世界范围内评定"世界文化遗产"。但根据文化遗产的评定标准，这些遗产必须是"从历史、审美、人种学或人类学角度看具有突出的普遍价值的人类工程或自然与人联合工程以及考古遗址等地方"，世界遗产委员会委托国际古迹遗址理事会的专家们进行实地考察评估。专家们特别强调，世界遗产的真实性必须是具有可测量的属性。所以新建或重建的项目根本就不会进入他们的视线。1978年，世界遗产委员会公布了首批12个世界文化遗产名录，波兰华沙失之交臂。

华沙申遗办公室为申遗做了大量工作。或许当来到华沙古城现场的评审专家抚摸着那诉说着泪水的红砖褐瓦以及布满战火痕迹的老城城墙，钦佩华沙人民的执着与坚忍；或参观居里夫人故居，被她"镭，不归我所有，它属于全世界"的伟大胸怀感动，世界遗产委员会为华沙老城修改了遗产名录的入选规则。1979年的新规定指出，只要这些重建的项目全部是根据历史记载、历史档案严格复原，保持历史原貌，而不是艺术想象般地任意发挥，就可以作为古迹恢复的特例被列入世界遗产名录。

1980年，重建的华沙老城终于被列入《世界遗产名录》，世界

遗产委员会对此做出了说明："华沙的重生是 13 世纪至 20 世纪建筑史上不可磨灭的一笔……对大多数欧洲国家的城市发展和旧城保护产生了极大影响。"

此时，老城的集市广场以及周边的教堂建筑群已经完工，但宏伟的五边形古王宫建筑群尚未建成。由世界遗产委员会委托的专家们非常赞许华沙古城的重建方式，并对华沙人民充满了敬意。即使王宫尚未竣工，王宫区域也被"慷慨"地划入世界遗产名录的保护范围。

有趣的是，重建时期保存的所有档案，包括新闻照片、影像、施工图纸、战前绘制的珍贵的老华沙建筑图，以及华沙重建委员会办公的建筑本身于 2011 年被列入了世界遗产名录。

华沙重建，使这座悲情城市得以新生。在不断被列强铁蹄蹂躏以及从专制的精神禁锢中反复挣脱的波兰民族，以重建古城的方式凤凰涅槃，浴火重生！

尾声

当我冒雨来到华沙的老王宫广场时，雨刚刚停。空气显得格外清新与湿润。鸽子成群，在广场上觅食。广场周边的咖啡馆里坐满了人。一切都显得那么和谐，唯有广场中央那尊雕像上的波兰国王齐格蒙特三世手持利剑，仿佛告诉人们，战争与生活始终是如影相伴的。在我仰望着这位战胜过沙俄军队的英雄时，身边走来一位推销邮票的小贩。他殷勤地打开邮票本，让我欣赏那些不知真假的邮票。在邮票集里，我一眼就看到希特勒的头像，另外几张邮票则是苏联领袖列宁以及纪念苏联红军的邮票。我在诧异这些人物与波兰有着许多说不清、理还乱的关系，如今怎么都在邮票本里和谐相处了？我掏出一张 200 元的波兰钞票，打算买下这些邮票本，赫然发现印在钞票上的齐格蒙特三世也变得慈眉善目、笑容可掬了。

2016 年 7 月 10 日

南沙滩，海湾市场——情系迈阿密之一

提起迈阿密，我不禁想起一部电影《迈阿密风云》，电影里巩俐扮演一个黑帮老大的情妇，并不为国人所喜爱，但电影里的沙滩、阳光、棕榈树及游艇，构成了我们对该城市的最初印象。在许多好莱坞电影里，这里似乎被描写成拉丁美洲黑帮的大本营。

既然到佛罗里达州参加儿子的毕业典礼，为何不顺道去迈阿密走一圈呢？

老城区与南海滩

从塔城抵达迈阿密时，已是中午。在机场办好租车手续，再去酒店登记，然后急急驱车去往南海滩。此时已饥肠辘辘，就在附近大街上找了家饭店吃饭。推开门，耳畔响起节奏欢快的南美民谣。这是一家波多黎各风味的餐厅，服务员不懂英文。我对着菜单上的图，点了大虾及鱼块套餐。套餐里配有古巴黑豆汤及蔬菜色拉，味道很好。还想要一瓶啤酒，但语言不通，比画半天，服务员还不得要领，只得从手机自带的翻译器查出对应的单词，给服务员看，总算喝到了啤酒。

迈阿密老城区属于世界文化遗产，高楼大厦不多，基本是平房和老街道，路边商店都用西班牙文标注。该地区还有个称呼，叫"装饰艺术区"。这里的许多建筑采用地中海复兴风格，沿街的墙壁涂有淡粉色的抽象或夸张的涂鸦，形成独特的加勒比海艺术氛围。此地的第一语言是西班牙语，所以一些朋友说，在迈阿密老城区逛街，仿佛来到拉美某国的小城。

南海滩是迈阿密最著名的海滩，沙滩柔软，海水碧蓝。我们在海滩看到了海鸥、游艇，还有穿比基尼的美女。

迈阿密虽然位于热带地区，这一带终年气候温暖如春，适宜居住。许多北方富豪在此地购置房产，冬季就到此地过冬。我的一位南美朋友，用做贸易积攒的钱财，在迈阿密投资房产，作为度假公寓出租。朋友告诉我，虽然在迈阿密房子升值并不快，每年出租房子盈利有限，但南美国家货币疲软，极容易贬值。从这个角度说，在迈阿密投资房产，规避了本国货币的汇率贬值，且收益稳定，是一件非常划算的事情。

在整个南海滩浴场，只有我们穿戴整齐，与整个浴场着装清凉性感的人群格格不入，且我们没有游泳的打算，于是知趣地离开海滩，到海滩沿岸酒吧街闲逛。途经棕榈树园，看到三个画家在兜售他们的作品。

在柯林斯街及西班牙人特色街，酒吧、夜店鳞次栉比。夜晚降临，空气中也荡漾着激情与火辣的味道。远处不时飘来探戈舞乐与吉他摇滚的声音。置身迈阿密，再矜持文雅的淑女和绅士也不免放松潇洒一把。

唯有街中心那座古老的西班牙天主教堂，在周围莺歌燕舞的气氛中，依然保持其庄严肃穆的神圣形象。

迈阿密自由塔与海湾市场

迈阿密市区标志性建筑是耸立在港湾的自由塔（Freedom Tower）。1962—1974 年，这座西班牙风格的建筑被当作逃离古巴的移民的临时庇护所。它的另一个名字就是古巴人民的自由女神像。塔内一层的展览，讲述由天主教慈善会（Catholic Charities）发起的彼得潘行动（Operation Peter Pan）是如何解救 14040 名古巴儿童逃离古巴抵达迈阿密的。在二楼参观了古巴摄影展，展出的照片能勾起许多美国古巴人儿时的生活记忆。此地离古巴仅 300 英里（480 多千米），冷战时期成为美国前线。美国政府还在迈阿密西礁岛建立了总统临时办公室，称为"小白宫"。参观小白宫已安排在明天的旅程，杜鲁门总统是美国人公认的有史以来最伟大的 10 位总统之一，明天

要去那里探个究竟。

自由塔对面是美国航空中心体育馆，这也是热火队的主场。

搭乘免费市区轻轨，可以绕市区一圈，欣赏到市区的高楼大厦。迈阿密市政府大楼就设立在轻轨地铁公交枢纽总站出口。迈阿密市图书馆、美术馆等市民中心建筑紧挨着市政府大楼。从这些风格迥异的建筑可以读到迈阿密的过去与未来。

现在要去的是迈阿密最著名的观景点——海湾市场（另译"贝塞德市场"）。该市场实际上就是一个设置在海边的购物中心。该建筑体沿着"S"形的海岸，做成弧形的设计。朝向大海方向的广场顶部是透明大玻璃顶棚，既可防晒也可防风雨，且光亮剔透。广场上，无数的酒吧、餐厅、礼品商店，人群熙攘。中央舞台上乐队在演出，那些电吉他手和鼓手热情激越的鼓乐声，丝毫不影响在广场上闲庭信步的鹦鹉、水鸟及鸽子。

海湾市场也是迈阿密各类邮轮游艇的停泊地。

我们购买了海岛皇后号游艇旅游票，登船绕比斯坎海湾游玩一圈。当游艇沿着富豪岛游弋时，船上的讲解员遥指岛上那一幢幢宫殿别墅，报出豪宅主人的名字，并激动地喊出这些别墅的价格。岛上没有公路通往陆地，富豪进出都要用游艇代步。

当邮轮经过码头时，讲解员告诉大家，这里的货船许多来自中国。看来，我国的影响力在这里也逐步扩大了。

夕阳西下，我们的游艇返回港湾，其他游艇也在归途中。当我们远眺富豪岛，棕榈树掩映下的宫殿别墅或远或近，宫殿顶部的各类颜色或隐或现，勾勒出一幅多彩且祥和安谧的油画。

2016 年 5 月 14 日

大沼泽，西礁岛——情系迈阿密之二

告别南海滩与城区，我们开始在迈阿密周边旅行。选定的目标是大沼泽与西礁岛。

大沼泽国家公园

迈阿密大沼泽国家公园（Everglades National Park）是绝对不能错过的地方。读了些游记，基本上是旅游者进入某个公园，搭乘公园里的空气动力船，体验在水面上劈波滑行的刺激。我们也不例外，在这里寻找"草上飞"的快感（草上飞是当地人对这种气垫船的昵称）。这种船的动力设计与螺旋桨飞机很像，靠船尾那台巨大螺旋桨的后推力驱动游船前行。驾驶员还兼任讲解员，除了带我们欣赏湖景，还会将船停在几处灌木丛附近，让游人看到那些半卧在水塘里的鳄鱼。这种短吻鳄鱼总是懒洋洋地晒着太阳，很少露出它们的狰狞面目。

体验完气垫船项目仍意犹未尽，比起广告上"零距离接触大自然"的夸大宣传，气垫船项目显然还有些差距。后来搞明白了，气垫船公园不止一个，散布在大沼泽公园边缘的，都属于私人公司。而大沼泽公园隶属于美国国家公园署。所以说，大沼泽公园是"国企"。在迈阿密，无论是"国企"还是"私企"的公园里，讲解员及工作人员的工作制服看上去都像军人（国民警卫队）制服，臂章上缝制着美国国旗。

大沼泽公园的东南西北方向各有一个大门。从迈阿密市区前往大沼泽公园，我们选择沿 41 号公路从北门进入公园，这是最近的路程。沿途我们还看到水闸及与公路平行的护园河，猜测这些水闸的功能就是随着季节变化，调节墨西哥湾的海水与公园内的淡水之间的水位。

进入北门不久就来到了鲨鱼谷（Shark Valley），这才算真正进入大沼泽公园。这里有两种玩法，一种是租赁一辆自行车，花上一整天，骑车到处转悠；另一种是乘坐电瓶车，由讲解员带领着，两小时内在公园里转上一圈。真正的玩家肯定是选择骑自行车转悠，但我们抵达鲨鱼谷时已经是下午两点多，电瓶车是唯一的选择。

大沼泽公园是全美最大的湿地公园，面积有 5600 多平方公里，与杭州九区（含余杭萧山二区）面积相当，等于 10 个千岛湖。这里濒临海滨，内陆河槽交错，亦海亦湖，形成一块块沼泽湿地，有着绝佳的湿地自然生态系统。大沼泽公园也是动植物学家及摄影爱好者的乐园，据称，这里生长着数千种植物，空中飞翔的鸟类与水里遨游的鱼类都有 300 种以上，园内还有海牛、黑豹等野生哺乳动物。

我们搭乘电瓶车沿小路弯曲前行，周边静谧无声。习习微风吹拂下，树叶草叶随风飘摇。在这里还能聆听各种昆虫飞鸟、野鸭的鸣叫及鳄鱼的低吼，这些声响混合成一首奇妙的大自然交响曲。置身此地，即使没有美酒，心也醉了。

摄影爱好者不时要求电瓶车停下来，以便他们下车抓拍某个美好的风景。电瓶车还不时停下来避让那些肆意横穿路埂的小动物。

我们一边听旅游观光电瓶车司机的解说，一边欣赏周围的景色。讲解中令我印象深刻的是伴侣树。这是两种完全不同的植物，但相伴而生，盘根错节，生死相依。可惜我们听不出来这两种植物的英文名称。希尔顿酒店旗下的一个酒店品牌"译林"就写作"DOUBLE TREE"，不知道这个名字是否就出自大沼泽里的伴侣树。

电瓶车的终点站，也就是大沼泽的心脏，这里设有观察瞭望塔。登上瞭望塔，环顾周围连绵起伏的红树林，沼泽地里那些黄绿相间的水草灌

木一望无际，还有匍匐或展翅翱翔在天空、草丛或沼泽里的火烈鸟、野鸭、鳄鱼，以及无数叫不出名字的动物……200年前，这里曾经是印第安人米科苏基（Miccosukee）部落的落脚地，他们被殖民者野蛮地驱赶到这里。今天他们的生活区已经成为美国联邦政府的保护区，印第安人被倍加优待。

西礁岛

不到西礁岛（KEY WEST），等于没到佛罗里达。从迈阿密租车沿国家1号公路去西礁岛，1号公路将近一半路程（150公里）是海堤公路，驾车途中可以观赏海景海滩及各类跨海拱桥，4个小时的车程在心旷神怡中一晃就过。

西礁岛有个故事。当地居民曾经不满联邦政府对该地区所采取的封路检查，宣布脱离美国。他们推举当地市长为国家主席，率领当地居民打响独立战争，战争的标志就是向联邦警卫队扔出发霉的古巴面包。他们命名自己的国家为"海螺共和国"（ConchRepublic），并设计了国徽国旗。但是，海螺共和国主席在10分钟后就接受了联邦政府的投降条件，获得了巨额战争补偿用于支持岛上的旅游业。后来，检查站被撤除，海螺国国旗变成了炙手可热的旅游纪念品。

西礁岛另两处标志地分别是1号公路的"0公里处"（Mile Marker 0）及美国大陆最南端的"天涯海角"（Southernmost Point）。

站在天涯海角的岩石上，遥望对岸的哈瓦那，一望无际的是蓝色的加勒比海。

西礁岛上幢幢别墅风格各异。海明威的故居也在其中。海明威在此居住10年，写出了《乞力马扎罗的雪》等名篇。在两旁种植热带棕榈树的街道上，偶尔可见到旅游小火车在行驶。当地人的生活是悠闲的，日复一日地重复着，仿佛几十年都未曾变化。

离海明威故居不远处的几个街口处，就是杜鲁门总统的夏季避暑行宫——小白宫。

到小白宫博物馆参观时，我们看到杜鲁门的起居室及当年办公时用过的家居用品。由于展出的都是真品，博物馆内严禁拍照。从参观中得知，美国人民公认最伟大的10位总统，其中3个人与冷战有关，分别是杜鲁门、肯尼迪及里根。杜鲁门用原子弹结束了"二战"，又在韩国及柏林开启了冷战。肯尼迪遏制了古巴导弹威胁本土，里根则结束了冷战。

在宾馆吃早餐时，恰好看到当地报纸《今日美国》的报道："伴随着嘟嘟响的欢迎号角声，以及古巴萨尔萨舞曲，美国邮轮相隔约40年后，再次抵达哈瓦那。"奥巴马总统在即将离任之际，宣布解除美国百姓到古巴旅游的限制，并改善与古巴的关系。

在岛上租间民宅，潜水、游泳、钓鱼，到日落广场喝杯啤酒观赏日落，晚饭时分到附近著名的古巴风味餐厅"贝贝小屋"（ElMeson Pepe）品尝地道的古巴菜（餐厅里老照片与卡通形象融为一体的装饰风格，让人感觉来到了哈瓦那）。然后逛逛夜市，欣赏沿街的各类艺术画廊。最后步入某家夜总会，静下心来听听当地歌谣。这是西礁岛游客指南的路线，我们除了夜总会，其他都遵照手册走了一遍。

傍晚的西礁岛，到处弥漫着拉丁美洲的味道，就像街心广场那对探戈舞者雕像所表达的意境。

告别时的感慨

迈阿密及周边地区具有独特的热带风情，这不仅体现在自然环境，也体现在迈阿密独特的人文景观。阳光且性感，现代又艺术，古典又时髦，这是我对迈阿密的总体印象。

2016 年 5 月 21 日

联合大厦与曼德拉

> 曼德拉堪称我们的"全球公民典范",是联合国最高价值的生动体现。
>
> ——联合国前秘书长潘基文

一

在南非,最著名的人物首推纳尔逊·曼德拉,他是南非首位黑人总统,诺贝尔和平奖获得者,也是同时赢得东西方赞誉的圣人,大街小巷到处可以看到他的画像和雕塑。

我到达南非后,第一个打卡行政首都比勒陀利亚的联合大厦(Unnion Buildings),那里有全南非最高的曼德拉铜像,也是了解南非历史的最佳起点。因为南非总统府就设置在这里,联合大厦的别称是总统府,是一座庞大的半圆形砂岩建筑,两翼楼裙及圆顶塔楼被认为代表了阿非利卡语(本地荷兰语)和英语,由一个中心弯曲的庭院连接在一起,象征着多年内战后社区的团结。

午后抵达时,总统府前的大街两旁停满了旅游大巴,此刻阳光灿烂,游人如梭。总统府不对外开放,游客们集中到总统府对面的花园广场参观。

总统府所在的位置起初是个小山头,铲平后面积有限,花园广场只能移到山坡下的空地上,我们走下台阶第一眼看到的竟然是铜像那大大的后脑勺——曼德拉是背对着总统府的。

高达 9 米的铜像坚固、巍峨,站在它的脚边仰望,感觉好像以前参观贵州黄果树瀑布,起初来到瀑布顶端的山坡,沿着山道阶梯下来,看似渺小的瀑布一步步变得雄伟起来。

这尊铜像在曼德拉生前就开始建造,并在他去世的 11 天后(2013 年 12 月 16 日)举行了揭幕典礼,时任总统的祖马在仪式上说:"塑像中的曼德拉正在拥抱国家、拥抱整个民族。这象征一个民主的南非团结成为一个彩虹之国。"

1994 年 5 月 10 日,曼德拉在联合大厦宣誓就职,成为南非历史上第一位黑人总统,距此不远处的中央监狱,是他献身解放事业并被最初监禁的地方,从监狱到总统府,短短几公里,却让曼德拉艰苦跋涉了半辈子。

曼德拉去世后，政府又在联合大厦为他举办了隆重的葬礼。无论是总统就职典礼还是葬礼，都是世界瞩目的大事，除了众多国际政要亲临现场出席外，全球数亿万观众还通过卫星观看了现场实况转播。

联合大厦，见证了一个伟人走向辉煌，以及辉煌后的落幕。

二

曼德拉于 1918 年出生在南非特兰斯凯一个大酋长家庭，1938 年考入南非第一所黑人高等学校——黑尔堡大学，两年后因领导学生运动被停学。翌年，曼德拉前往约翰内斯堡继续求学，并投身反对种族隔离的政治斗争，于 1961 年建立了非洲人国民大会（非国大）的武装力量"民族之矛"。1962 年曼德拉被捕，被判处终身监禁，直到在南非国内民主运动及国际社会正义力量的不懈推动下，已经度过 27 年铁窗生涯的曼德拉终于走出了罗本岛维克托韦斯特监狱的大门。

曼德拉在走出监狱大门，走向欢迎的人群之前，不忘向折磨自己几十年的狱警告别，这个动作是曼德拉成为圣人的开始。后来，他说起获释当天的心情："当我走出囚室、迈过通往自由的监狱大门时，我已经清楚，自己若不能把悲痛与怨恨留在身后，那么我其实仍在狱中。"

在牢狱中的 27 年，曼德拉阅读了大量书籍，对南非的现状做了深入的思考，他发展了后来成为其最伟大特质的一种能

力，即理解所有人，不论敌友，都是具有多元人格面貌的复杂的人。

后来，他签署了《促进民族团结与和解法》，成立真相与和解委员会，在清算种族隔离罪行的同时，最大善意地促成了民族和解，由此避免了内战，并在此基础上建立了新南非。

在成为总统之前，曼德拉曾经到中国访问，中国一直是他与非国大的坚定支持者，但新南非与中国的建交颇为周折，是在曼德拉行使总统权力的最后一年半才促成的。曼德拉解释说："我需要花时间说服我非国大里的朋友。"在总统就职仪式时，新南非给了中国代表团极高的礼遇。

曼德拉在东西方之间不偏不倚的态度获得了全世界的盛誉，这在 20 世纪下半叶是极其罕见的。

曼德拉是南非干完一届总统后宣布让贤的第一人，堪称南非的华盛顿。曼德拉在狱中读了大量的书籍，从中汲取营养，得以遥控指挥非国大开展反对种族隔离的斗争；还阅读了包括《华盛顿传》这样的西方人物传记与著作，这些都影响了他日后的执政理念。曼德拉提倡建立的真相与和解委员会，让种族隔离期间犯下罪行的人，通过坦白与忏悔获得宽恕，避免了相互报复，促进了全国团结与民族和解，成为国际上解决内部纷争的典范。

三

从比勒陀利亚返回约翰内斯堡（简称约堡），途经桑顿区的商业中心时，当地朋友建议我们下车去欣赏另一尊曼德拉的铜像。

曼德拉铜像矗立在桑顿购物中心的广场上，所以这个广场也被称为曼德拉广场。铜像原计划放在比勒陀利亚总统府曼德拉就职演讲的位置上，不知何故移到了这里，也算是送给约堡一个很好的景观。

路上听到一阵阵节奏明快的鼓声和热烈激昂的音乐，循着声音，我们来到街心广场，身着彩装艳服的游行队伍正来到曼德拉铜像前，围成一个个欢乐的圈子，载歌载舞，气氛欢快。朋友介绍道，今天是 9 月 24 日民族遗产节，为了纪念、弘扬"彩虹之国"的多元文化遗产，朋友们正在庆祝这个新南非政府成立后确立的公共节日。

"每年的遗产节，曼德拉广场都有化装游行，这里成为约堡市狂欢的中心。但我今天也是第一次到广场上来欢度节日，真的很幸运。"朋友开心地说。

被人群簇拥的青铜雕像曼德拉，露出和蔼的笑容，端详高大的曼德拉，从他的眼神里似乎可以读到满满的欣慰。我想，曼德拉终生追求的理想，不正是他的黑人兄弟姐妹们，此时此刻能够在这个繁华都市的中心广场放歌纵舞，过着无忧无虑的生活？正如他在联合广场的总统就职典礼上所说的："让所有人的正义实现。让所有人的和平实现。让所有人都有工作、面包、水和盐。让每一个人都知道，他们的身体、思想和灵魂都已经获得了自由，可以实现自我。"

2020 年 6 月 14 日

初识奥克兰

一

多年来，新西兰城市奥克兰一直居全球最宜居城市排行榜的前三名，这是我向往奥克兰的理由。至于小伙伴说，奥克兰城南也是电影《霍比特人》主人公的故乡，对此我不太在意，因为魔幻片不是我的最爱。

抵达奥克兰时恰好是周日中午时分，完成酒店登记后，我们就直接去市区逛街，准确地说是去皇后街的 GUCCI 店购物。这次出差，同行的女同胞谈论公事之外，头等大事是替闺蜜买 GUCCI 包包，并说奥克兰的 GUCCI 包包是全球最低价，购物后还可以去机场提货，直接免税。其他男同胞听后也手痒痒，立刻把逛店列为头天下午的重要议程了。

初来乍到就被拉去逛奢侈品店，我感觉有些滑稽。同事告诉我，这些信息是国内一款名为"小红书"的软件所推荐的，这也反映了偏居一隅的奥克兰同样是国际商家们重视的消费市场。

奥克兰是新西兰最商业化的城市，感觉与其他发达国家的城市别无二致——街道纵横交错，汽车川流不息，两旁高楼林立，现代风格的建筑物往往带着整块的玻璃幕墙。

皇后街是奥克兰的商业购物街，全球奢侈品牌都在这里汇集，商品琳琅满目。同事们进店购物，我则独自在附近闲逛。街道尽头的渔人码头称为怀特玛塔港（Waitemata Harbour），轮渡与游船并列，海水轻轻拍打码头，空中海鸥飞翔。远处有几个钓鱼人不紧不慢地撒钩垂钓，半天也没有看到鱼儿上钩，但这不重要，他们享受的是钓鱼本身。奥克兰的冬季略感凉意，赶紧往回走了。回头眺望，那座高耸入云的太空塔亮起了轮廓灯，在夜空下格外醒目。

二

奥克兰是新西兰最大的城市，也曾经是国家的首都。全国约 1/3 人口居住在这里，其中有约 11% 是新西兰的原住民——毛利人。在皇后街尽头靠近渔人码头的街旁，矗立着一尊题为"身着斗篷的毛利酋长"的雕塑。这个无名毛利酋长耳饰羽毛，衣着光鲜，手持短刀，神态威武，是个艺术佳品。据文字介绍，该雕塑是由奥克兰市议会于 1964 年提议，并委托艺术家于 1967 年完成的，以此表示对毛利人的敬意。

看到此，我才忽然想起，已来到了毛利人的故乡。毛利人大约 13 世纪从太平洋波利尼西亚群岛搭乘小木舟迁徙到新西兰，成为这里最古老的土著居民。1840 年，在奥克兰北部一个叫怀唐依（Waitangi）的小镇，英国登陆者以英国皇室的名义与毛利人首领签订了新西兰的建国文件《怀唐依条约》，条约内容之一就是毛利人让出部分领土主权，与白人和睦相处。

相比北美洲的印第安人，毛利人是幸运的，他们与侵略者发生了短暂的战争后，以拿土地换和平的形式接受了统治。

走进奥克兰博物馆，有许多毛利人早期的生活用品和手工雕刻品、精美编织品的展览。博物馆小剧场里每天都有毛利人的歌舞表演。在 30 分钟的表演中，5 个男女毛利舞蹈家表演了迎客舞以及抵抗敌人的战舞。

在一楼的毛利文化馆，我对那件毛利首领专属的酋长斗篷展品格外留心。展品

文字介绍说，斗篷（披肩）是以一种古老的 KURI 狗的狗皮缝制的。KURI 狗可以作为宠物，也可以帮助狩猎，在特殊情况下还可以当作食物充饥。一件首领斗篷由若干只 KURI 狗的狗皮缝制而成，非常珍贵，如同"龙袍"。可惜这种珍贵的狗种已经灭绝了，或被英国人带到新西兰的欧洲狗类杂交同化了。

奥克兰博物馆里的镇馆之宝是一座毛利人使用的石头屋子，外面有精美的木雕人物浮像。这个人物造型结合了毛利人祖先的面孔与毛利神话中巨鸟的面孔，眼睛是用海里一种神奇贝壳制作的，象征着财富与权力。这种石屋不仅有储存物资的作用，也是每个毛利部落的标志，象征着部落的富裕强大。这件展品建筑于 1870 年，是我们了解毛利人文化习俗的直观教具。

客观地说，现在的新西兰政府及人民非常尊重毛利人以及他们的权利。在博物馆和其他许多庄严肃穆的场合，都能看到毛利语与英文双语介绍。我在新西兰学到的毛利语单词是"KIA ORA"，因为它反复出现在公园和博物馆的介绍栏或报纸杂志上。这个毛利语的意思就是"你好"。新西兰政府接待外国高层客人时，都请毛利人参与接待，表演毛利歌舞，给予毛利人很高的政治地位。

走出博物馆，来到了皇后街的街心花园，这里矗立着一尊军官的雕塑。雕像主人为新西兰总督伯纳德·弗雷伯格男爵（Bernard Freyberg），在"二战"欧洲战场上，弗雷伯格受命指挥新西兰部队，在战争中英勇杀敌，同时为了维护新西兰的利益，不惜违抗上司的命令。战争结束后，他被委任为新西兰总督，受到此地人民的爱戴。

新西兰地处大洋洲远端，本土没有经历过战争。但作为英联邦的成员国，新西兰人参加了两次世界大战，牺牲了数万名士兵，这给新西兰人民心灵留下了许多创伤。在新西兰旅游途中，看到许多城镇都建了死亡将士纪念碑。

在奥克兰市中心有座战争纪念馆，其实这座纪念馆与奥克兰博物馆是同一座建筑物。在不同的奥克兰城市地图上，标注博物馆或战争纪念馆兼而有之，不同兴趣的人殊途同归。这座于 1929 年对民众开放的博物馆，是新古典主义的建筑风格，据说选择这个方案是为了向参加一战凯旋的奥克兰士兵致意，他们从地中海沿岸归来，对于希腊罗马风格的庭柱与台阶是再熟悉不过了。

战争纪念馆里，我们看到了新西兰士兵缴获的日军军服与军旗、日本零式战斗机，以及日军绘制的新西兰地图。展厅还特意表现以毛利士兵为主的"毛利营"的战斗英姿。

在参观博物馆期间，不时有穿着校服的小学生们在老师的带领下列队进入参观。讲解员的声音抑扬顿挫，孩子们全神贯注地聆听记录。那一件件战场遗物、一张张历史照片，裹住硝烟硫黄味，诉说着昔日的辉煌与牺牲，情之所至，润物细无声。

在新西兰，爱国教育同样不会缺席。

三

朱先生 10 多年前来到新西兰读书，毕业后留在奥克兰，从事中新贸易，现在已经小有成就。他告诉我们，新西兰什么都好，就是工作效率低，一个市政工程在国内也许 3 个月就能完成，但此地也许拖延 5 年也完成不了。但新西兰优质的气候环境无与伦比，没有蛇，没有猛禽，当地人异常珍惜动物，就连自己圈养的鸡鸭也不能随意宰杀。

朱先生告诉我们一个趣事，他刚搬到新家，为了让宠物猫尽快识路，特意带猫去附近溜达。因为牵着颈绳遛猫，被隔壁邻居的老太太报警，当动物协会的工作人员抵达后，老太太描述他"虐待动物的野蛮行为"时，居然眼泪汪汪。

在拜访另外一个客户 John（约翰）先生时，他告诉我们，可以用两个特殊的英语词汇来表达他们作为新西兰人的自豪："kiwi"是颇具自我嘲讽般的自称，这是当地的一种"小笨鸟"，像个瞎子，还不会飞；"aotearoa"原是毛利语，意思为"白云绵绵之地"，新西兰人以此表达对美丽国土的赞美。我们在奥克兰博物馆看到了伦敦街头移民公司经纪人招募去新西兰的场景，展品包括当时伦敦报纸刊登的移民招募广告，这些广告极力渲染到新西兰去的幸福生活。John 说得不错，去新西兰的新移民大都是奔着美好憧憬而去。从朋友 John 的幽默谈话中，能感觉到他身为新西兰人的某种优越感，这是我来新西兰前未能想象到的。

在奥克兰东南郊的豪维克（Howick）历史文化村，我们参观了建于 1840—1880 年的三十余处历史建筑。这些建筑包括别墅、铁匠铺、商店、学校、邮政局与教堂。这个村庄是军人移民的居住地，他们从英国的军队退役后，自愿来到澳大利亚新天地，被称为皇家新西兰自卫军，英国政府严格按照军人的军衔为他们及其家人安排住所及耕地。参观这些老房子，可以看到维多利亚时期的生活用品、摆设，墙壁上的文字、照片会详尽告诉你有关屋子主人的故事。

离开奥克兰的最后一天，朱先生邀请我们去他家做客。这个坐落在奥克兰东北的别墅有游泳池、花园，景色幽美。朱先生夫妻养育两个小孩，他还把父母接到奥克兰，帮忙照料他的两个孩子，也享受奥克兰的阳光与美食。他母亲热情地邀请我参观他们家的花园与菜园，分享自家种植的斐济果、树番茄。当我们走近他们家的鸡场，他母亲笑着说，母鸡下蛋的专用鸡笼都有尺寸规定，否则会被邻居控告虐待动物。

朱先生一家是新西兰华人移民的一个缩影。

离开前，朱先生带我们去附近的 Omana 海滨游览，沿途绿草葱茏、空气清新。海滨沙滩游人稀少，略显寥落。斜阳在薄云浮动的间隔中透出光芒。海面上有人在滑翔，滑翔伞鲜艳炫目，与海鸥同飞，一派人与自然的和谐图景。众多游艇寂静地停泊在港湾里，仿佛说："嗨！朋友们，你们来错了季节。"

想起入境时翻看一本免费发放的介绍奥克兰的旅游观光小册子，扉页的欢迎词出自新西兰女总理阿德恩的手笔。她写道：

很荣幸您能分享对我们这座独特城市的体验。在您的旅途中，您会受到我们新西兰人民的热情接待，这是我们好客的新西兰人的标志。无论您是在（奥克兰）怀特玛塔港那波光粼粼的水面上，还是在丛林中漫步，您都会有很多能带回家的美好回忆。

总理女士，您推荐的海港我去过了，绿色丛林等待下一回吧。尽管如此，奥克兰如您所说，留给我许多美好的记忆，值得带回家。

2019 年 6 月 27 日

相遇在卡萨布兰卡的咖啡馆

冒雨参观完恢宏壮观的哈桑二世清真寺后，我们径直来到附近的瑞克咖啡馆（Rick's Cafe）。

知晓卡萨布兰卡的瑞克咖啡馆早于哈桑二世清真寺，我丝毫不奇怪。因为清真寺 1987 年才动工，并于 5 年后建成，而与咖啡馆关联的好莱坞经典电影《北非谍影》早在 1942 年就上映了，并且在美国世纪百年最佳电影中排行前三。

一

《北非谍影》以"二战"为背景，把男女主人公的邂逅安排在卡萨布兰卡的瑞克咖啡馆，咖啡馆兼夜总会的老板、美国人里克·布莱恩遇到旧情人伊尔莎（英格丽·褒曼饰演），伊尔莎此时已经嫁给捷克反纳粹组织的领导人。她为了躲避纳粹的追捕，请求初恋情人的帮忙，里克最终摆脱个人的恩怨决定帮助伊尔莎与她的丈夫脱险，也明白了当年伊尔莎在火车站与他离散的阴差阳错。他感叹："世界上有那么多的酒馆，她却走进了我的酒馆。"这句话成了许多浪漫情人背诵的名句。

电影里的咖啡馆是虚构的，但它让英格丽·褒曼留下了圣洁的形象，也让卡萨布兰卡这座城市一举成名。

美国驻摩洛哥前大使太热爱摩洛哥了，退休后执意留在卡萨布兰卡，模仿电影开办了这家同名的咖啡馆。

咖啡馆内环境幽雅，摩洛哥侍者彬彬有礼，屋内的钢琴、台烛、餐桌与吧台，

都还原了 20 世纪 40 年代的维多利亚风格，并且装饰糅合了阿拉伯风。二楼的咖啡厅一角完全按照电影里的场景布置，墙壁上悬挂着当年的电影海报和剧照，大屏幕反复放映着电影里咖啡馆的片段。这个小厅是不招待客人就座的，只是为了还原电影里的桥段。

在这里，我与许多慕名而来的游客一起，点上一盘牛排或海鲜，喝一杯鸡尾酒或咖啡，重温那段腥风血雨中的真挚爱情。

二

卡萨布兰卡在"二战"时基本保持中立，各路间谍在这座大西洋边城如鱼得水，翻江倒海。好莱坞紧跟形势，抓住商机投拍《北非谍影》，并使之成为经典，成为世界影坛的佳话。

《北非谍影》公映时，恰逢英美盟军在摩洛哥登陆，许多美军官兵的女友不远万里赶到卡萨布兰卡，为的是不让自己的恋人重蹈里克先生的覆辙，卡萨布兰卡摇身一变，从情报中心华丽转身为爱情中心。这些故事成为当时美国报纸杂志前方战况报道中最好的花边新闻。

是电影成就了卡萨布兰卡，还是卡萨布兰卡成就了电影，真有点说不清楚。

安静地坐在北非这个小咖啡馆里，四周萦绕着融合了阿拉伯风情的浪漫往事，我仿佛坠入一千零一夜的神话中，电影与现实已然难以分清了。

2017 年 12 月 19 日

西岱岛——玛丽皇后人生最后的监禁地

打开巴黎城市地图，流经巴黎市中心老城的这段塞纳河是东西流向，只是在老城的东西两端转为南北流向。整个塞纳河就像一座平缓的小丘，或像一把弓箭的弓背，顶部就是协和广场。而从地图上看，只有南岸和北岸。但为何通常把巴黎市区以塞纳河为界称呼为左岸和右岸呢？

这个一直让我疑惑的问题，无法在旅游手册上找到答案。查过巴黎历史后，我猜测古代巴黎只是塞纳河中间的一个被称为西岱岛（De La Cité）上的小渔村，岛上的主人就是法国人的祖先高卢人，他们根据自己的位置把塞纳河边上的地方分为左岸与右岸。时过境迁，巴黎已经成为国际大都市，但"左岸"与"右岸"的古老称呼却一直沿用至今。

既然如此，为何不尽快去西岱岛参观一下呢？

从最早的恺撒大帝率领罗马军团抵达西岱岛开始，统治者就注意到了西岱岛的战略位置，并有步骤地扩建。到了10世纪及以后的岁月，岛上分别建立了王宫、司法大厦及圣礼拜堂三大哥特式建筑。15世纪时，废弃的王宫被改造成监狱，成为巴黎最负盛名的"古监狱"（Conciergerie）。因为司法大楼可以免费参观，门口排着长长的队伍，我只得放弃，对着司法大楼拍张照片，才发现守卫这个古老建筑的警卫都荷枪实弹。

花13欧元买了圣礼拜堂与古监狱的联票，圣礼拜堂最著名之处是，法国国王花巨资从拜占庭皇帝处购得耶稣受难时戴的荆冠收藏于此处。礼拜堂内的玻璃彩绘让参观者浮想联翩。

古监狱是座5层的哥特式城堡建筑。监狱里设有牢房、看守房间、行刑室，还有一两间议事厅。楼梯过道都非常狭窄，牢房阴森灰暗，唯一的亮点是那间做祈祷用的小教堂。监狱中央有块不大的露天空地，种植在空地上的两棵古树算是给死气沉沉的古监狱带来一丝活力，犯人们能够到此放风一会儿真是奢侈的享受。把监狱设在司法大厦边上似乎很有道理，可以把判罪的犯人直接关押到近在咫尺的监狱里，至少免除了看押迁徙之舟车劳顿。

参观时，发现一个名叫Marie Antoinette的女人头像屡屡出现。回宾馆后查到，这位贵妇就是法国国王路易十六的王后玛丽，法国大革命时，她在这里度过了

人生最后的 76 天后被送上了断头台。

真不敢想象，高贵的法国皇后在那样阴暗潮湿的牢房里，是如何度过她人生短暂的 38 个春秋的最后一个夜晚的？

史书记载，玛丽皇后被推上断头台的时候，她踩到了刽子手的脚，这时玛丽说了句："对不起，您知道，我不是故意的。"可以说，直到死亡，玛丽王后也未真正低过头，始终维持着王后的尊严。虽然玛丽皇后香消玉殒，但一代佳人的悲剧成就了一段唯美的法国传奇。

告别古监狱，凉爽的秋风拂面，我们沿灯火辉煌的塞纳河岸漫步，闻名遐迩的巴黎圣母院在波光粼粼的江水中倒映着其金色的轮廓，历史烟云此刻都散去了。

2016 年 7 月 19 日

圣日耳曼大道上的双偶咖啡馆

巴黎塞纳河左岸，不仅是一个地理名词，更是法国文化的符号：时尚与浪漫的象征。

从地理上讲，巴黎的经济金融商业中心及政府机关大都在塞纳河右岸，左岸较多的是大学、画廊、书店及文人喜欢聚集的咖啡馆。巴黎有句名言：左岸动脑，右岸烧钱。

来巴黎，到左岸去喝杯咖啡，一直是几十年前自己还在做文艺青年之梦时深藏心底、萦怀不去的愿望。之后 20 年来数次造访巴黎，都跟着旅行团，无法如愿。这番赴法，终于可以如愿了。

周四一早，搭乘地铁 4 号线到圣日耳曼站，一出站台，隔着雷恩街（Rue de Rennes），就看到左岸拉丁区赫赫有名的带有绿色及褐色遮阳棚的双偶咖啡馆了。

坐在咖啡馆外面沿街的遮阳棚下喝咖啡聊天的人，比坐在咖啡馆里面的人多得多，但我还是径直进入咖啡馆。

"双偶"是指悬挂在咖啡馆墙角上的两个着清朝官员服饰的华人彩色雕像。这个和中国有着渊源的咖啡馆，因为许多文化名流经常光顾而名声大噪。萨特与波伏娃、毕加索与朵拉，都是在这里一见钟情的，海明威、加缪也是这里的常客。20 世纪 80 年代中国的文化界曾经掀起萨特的存在主义研究之风，知识才俊以不懂萨特为耻。除了哲学家、文学家的头衔，萨特声名显赫还因为他是个无契约结婚及多伴侣主义倡导者，他与情人波伏娃是一对未办理婚姻仪式的终身伴侣。

在咖啡馆的一角，那些名人荟萃的历史画面定格在老照片里。端详着泛黄的照片，我大致猜到照片中间的女人就是波伏娃，其他人就无法辨认了。

虽然顾客都喜欢坐在沿街的阳台喝咖啡、聊天、晒太阳（西方的阳台指的就是门口可以晒太阳的地方，而非一定在楼上），但我选择坐在里间，以便从容地欣赏这个历史悠久的咖啡馆。

经服务员的同意，我对着这两个华人塑像猛按快门。服务员知道我对咖啡馆的历史有兴趣，立即拿来了一份英文简介。根据简介，双偶咖啡馆最早于 1813 年开设，当时还是个时装店，店名因当时一部剧目《两位来自中国的老翁》在巴黎成功演出，引起热议。所以老板也随着潮流将店名取为"双偶"。1873 年原店搬迁到现地

址，并于 1914 年改造成为咖啡馆。

环顾四周，古朴的桌椅及店内装饰仍然保留了 20 世纪初的原貌，让人体会到一种历史沧桑感。

专门来此地探访的也许不止我一位。右手侧一位西方女子先我在那里就座，时而写字，时而看书，直到她结账离座时，背起长焦镜头的相机，我方才意识到她也是专门来此探索双偶历史的游客。

侍者卢埃尔向我推荐了该店最有名的牛肉丝色拉冷盘和双偶咖啡，并称这是最经典的法式午餐。我虽然不甚习惯，但饥肠辘辘时对任何美食都不会排斥。此餐共花去 28 欧元，比一般咖啡馆的价格要贵几乎一倍。这就是名店的历史价值所在吗？不，哲学家会说，珍贵记忆是无价的。存在就是价值。

另一处与双偶齐名的花神咖啡馆（Cafe de Flofe）就在隔了一条小街的对面，中间就是路易威登总店。那里总是挤满了来自世界各地的购物者，使得安静的街区多了几分喧闹。

喝咖啡是法国的文化，咖啡馆也是学术交流及情感倾诉的好地方。咖啡馆里外的桌子椅子都靠得非常近，使得顾客间既可以喃喃细语，又方便男女间相互搭讪。所以浪漫的法国人不是待在咖啡馆，就是在去咖啡馆的路上。

读过无数同胞女子写巴黎的文章，盼望在左岸咖啡馆与某个鬈发碧眼且富有艺术气息的法国男子浪漫邂逅，互叙衷肠。在左岸偶遇的机会甚多，殊不知西方人的浪漫铺垫仅仅是一杯咖啡的时光，约会完毕，通常邀请一同回家。至此东方女子便花容失色，落荒而逃。

徜徉在巴黎左岸拉丁区，闻到的不仅仅是咖啡的香醇，还能感受到法国文化以及逐步侵蚀此地的商业气息。

2015 年 11 月 31 日

被菜市场包围的火车站

如果你自诩玩遍泰国，却没有去过美功铁道市场（Maeklong Railway Market），那资深泰国驴友就会替你汗颜了。

美功铁道市场被称为世界上最危险的菜市场，因为一条铁路横穿菜市场的中心。当看到铁轨两旁拥挤的摊位和不停吆喝的小贩，你会以为它与泰国其他菜市场没有什么两样。当然，准确地说，这个菜市场更应称为商品集市，因为还有花草、服装、家用杂货等摊铺，只不过看上去像是建在废弃的铁轨之上。

这个市场在铁轨铺设之前早就存在，位于泰国湾的沙没颂堪（Samut Songkhram）省。当地人主要是渔民，集市上售卖各种喊不出名字的海产品、新鲜蔬菜与热带水果，最多的是海鲜。价格之低，让人不敢相信自己的眼睛。

来到集市，离下列火车到达还剩 45 分钟。逗留片刻后，越来越多操着各种口音的外国游客拥插入道口，并且奔向两侧的商铺。

但是横卧在这个集市中的铁轨并没有荒废，确确实实是在使用的！

一位交警来到道口，开始维持交通秩序。这是我到泰国这几天，第一次见到泰国交警。虽然汽车、摩托车、突突车（一种载客运营的三轮摩托车）在曼谷狭小的街道上穿行，但各行其道，秩序良好，听不到喇叭声，看不到互相抢道的情景。

随着火车到来的时刻越来越近，交警的指挥呐喊声越来越急促，恰有一辆小货车在道口前的斜坡上熄火了，堵住了繁忙的街道。一辆军车恰巧路过此地，迅速靠边后，从车里跳下 3 位军人（或是泰国宪兵、武警）帮助将熄火的汽车推过道口。在泰国看到助人为乐的事情真心很感动。

游客中有一些西方人，但最多的是日本人，他们都是通过旅行社安排过来的大型旅行团，我颇感诧异。

铁道口另一侧，也就是集市对面的站台售票处一带，开设了许多针对游客的餐厅及果汁铺，店员轮流用流利的日文、英文与普通话招揽生意。来此地的游客确实以日本人为主，其次是欧美人。国内游客注意此地是这两年的事情。

随着远处的火车鸣笛，铁道两旁的商铺迅速拉起遮阳篷。商贩们纷纷把货架后移。顷刻间，火车从人们身边擦肩而过，我观察到货架和摊位支撑杆底部都安装了移动滑轮，都是可以快速移动的。

半分钟后，火车远去。那些商贩迅速把货架复位，吆喝声在游客的惊愕中恢复了，仿佛一切都没有发生过。

由于商贩们通常在摊位上面架设遮阳篷，火车来临时，遮阳篷被迅速收起，而火车驶过后，遮阳篷又被迅速撑开，这样就能最大限度地利用营业时间。所以这个市场被当地居民戏称为"铁路收伞市场"。

曾经政府要在这里修建火车站并要求集市外迁，遭到当地人的反对。最终政府请当地德高望重的望族长者出面，才说服商贩们让出一条道来铺设铁轨，市场则不必关闭。政府要求各店铺需要在地上画出安全红线。当火车来临时，所有铺位及行人都需要站在红线外面的安全地带。

火车开通至今已有数十年。虽然在初期出现过事故，但到集市买菜的人们风雨无阻，反倒吸引了络绎不绝来此一游的观光客。

整个市场在火车路过的短短几分钟，迅速关闭再张开的遮阳篷，迅速散开又聚集的购物者，以及来回滑动的商铺摊位，演绎了一出杂技般的铁路市场奇景。

这也是世界铁路与集市的奇观。

这个曾经被称为最危险的集市，如今已经没有那么危险了，因为火车是以极慢的速度（目测每小时 20 公里）经过集市，还被涂成卡通风格，娱乐功能已经超过了运输功能，这也是当时的铁路规划部门始料未及的。

美功车站的购票房就设置在月台上，你只要花费很少的钱（大约 10 泰铢，约 2.5 元人民币）就可以购得一张火车票。火车每天八班次，从美功车站驶往湄南河畔

的邦兰姆（Ban Laem）车站，从那里渡过湄南河就可以搭乘另一趟列车去曼谷。

集市附近的美功火车站也俨然成为一个旅游热点。火车在此逗留约20分钟，使得火车与车站，连同游客成为一个狂欢的组合体。然后鸣笛返回。

以火车头为背景，在照相机的镜头前做着各种卖萌的姿势，成了一道亮丽的风景线。

不少游客还不过瘾，购票登上列车。站在月台看车厢是一道风景，乘客从车窗往下看集市也是一道风景。

离开美功铁道市场时，望着那些组团前来的日本游客，若有所思。日本是个有着铁路情结的国家，铁路就是日本的经济大动脉。随着铁路的铺设，农村人来到城市打工，促成了日本从农业国向工业国的转型，新干线更是日本现代化的象征。这期间，火车站前、月台上、车厢里，上演了普通民众多少悲欢情爱的故事。大量铁路或火车题材的电影、小说、漫画，如雨后春笋，层出不穷，培养了几代日本人对铁路与火车的怀旧情感。所以，日本人来此观光，就不足为奇了。

泰国美功铁道集市不仅是菜市场的奇葩，也是火车站的奇葩。二者和谐相处，不废其使用，又具备观光价值，纵观当今世界火车站，唯此独尊了。

2017年10月8日

美国大学毕业典礼亲历记

到美国参加儿子的硕士研究生毕业典礼，在现场与他分享喜悦，见证孩子在其人生道路上步上一个新台阶，一直是我和他母亲的夙愿。

儿子就读的佛罗里达州立大学（Florida State University，简称FSU）位于佛罗里达州首府塔拉哈西，俗称塔城。在从机场前往酒店的路上，道路开始塞车，接机的孩子跟我们说，塔城只有两个大事会造成交通如此拥挤：一是全美橄榄球联赛在佛罗里达州大学赛米诺尔队主场比赛；二是FSU毕业典礼周。此时，塔城沉浸在欢乐的海洋里，大学城周围酒店也涨价三到五倍。

佛罗里达州立大学创建于1851年。漫步在校园内，一座座红砖褐瓦的教学楼掩映在绿荫古树中；那座古老的教堂与学校几乎同龄，经历了同样的历史沧桑；人行道旁，一尊尊名人塑像，或坐姿或站姿，目光深邃。百年老校，处处都透出一股深厚的文化底蕴。

在学校毕业典礼前一天，儿子所在的学院提前为毕业生举行了一场毕业典礼，所有毕业生先向大家介绍了自己的亲友，我们是唯一来自国外的家长，当孩子介绍到我们是花费30个小时从中国飞来塔城参加毕业典礼时，全场掌声雷动。然后学院院长进行各类颁奖，例如社区服务奖、学院助教奖及创新设计奖，并邀请获奖学生发表感言。老师还逐一介绍了每位毕业生并邀请其上台合影。现场气氛既温馨又热烈。

典礼后的茶话会，一些同学不仅自己的父母到场，甚至配偶及配偶父母也盛装出席，可见美国家长对孩子的毕业典礼是何等重视。在美国，大学是宽进严出，拿到毕业证书才是真正值得庆祝的事情。在中国，考入大学就算成功，父母会举行庆祝仪式并陪孩子入学，至于大学毕业基本上属于顺理成章、水到渠成，连学生自己都不会担心毕不了业，这与美国的情况完全相反。这个现象应当值得中国教育界深思。

典礼结束后，在喷泉广场看到一些同学被扔到喷泉池里，据说这是FSU的一种传统，只有这样，才算是从FSU真正毕业。

佛罗里达州立大学正式的毕业典礼是第二天上午在学校礼堂举行的。

一路上行人看到我们的孩子身着毕业典礼礼服，都微笑着向我们道喜：Congratulations（祝贺）！

　　大礼堂前的广场上，毕业生与亲友团纷纷拍照留念，带有白黄红三色镶边的毕业礼服以及流苏礼帽在人群中格外耀眼。

　　我们入座不久，大礼堂就已经座无虚席，人声鼎沸。大屏幕不断显示主席台及观众席的实况画面。

音乐学院的学生乐队演奏着英国作曲家埃尔加（Edward Elgar）那首最著名的《威风凛凛进行曲》（*Pomp and Circumstance*），此刻听来格外动人心弦。九点整，毕业生和学校领导、教授们入座后，仪仗队高举美国国旗、佛罗里达州州旗及 FSU 校旗入场，全体起立，做毕业典礼上的宣誓。庄严肃穆的毕业典礼拉开序幕。

校长做了简短致辞、杰出校友进行了讲话。在毕业典礼上邀请一位知名校友登台给毕业生演讲是美国大学的传统。知名校友通常会提及母校对自己的栽培，介绍自己成长的历程，以及对社会的贡献（中国的大学也会时常邀请杰出校友回母校演讲，但作为毕业典礼的固定节目效果似乎更佳）。

最后，也是最重要的就是学位授予仪式。登台前，司仪官会大声宣读每个毕业生的名字，而该毕业生的亲友团随即发出激动的欢呼。有些毕业生还在台上做出各种萌态甚至翻个跟斗，恣意表达内心的激动。两小时后，当我举着相机拍到自己孩子与校长握手的场景时，手已经酸了。

仪式结束时，我问儿子："你与校长握手时，是否感觉到他已经握了一千多双手后的疲倦与无力？"他说不是的，校长的握手依然坚定有力，而且还拍了一下他的肩膀，说道："祝贺你，小伙子！"

校长最后以"good morning！Seminoles"（早晨好！塞米诺尔人）开场，感谢家长们远道而来参加典礼，谈到这样的毕业典礼仪式已经传承了上百年，至今没有变化，并表示了殷切期盼毕业生们大展宏图，以"go nole"（冲啊，塞米诺尔人）收尾。

毕业典礼在 FSU 颂歌（*Hymn to the Garnet and the Gold*）中圆满结束。

通过一场盛大的毕业典礼，强化了尊师重教的传统以及回报社会的意识。当然，对于年轻学子而言，更多的是把它看作奖励自己多年寒窗苦读终有所获的一场狂欢庆典，宏大的命题离他们似乎还很遥远。

注：塞米诺尔人是佛罗里达印第安人原住民，美国白人从西班牙人手里夺取佛罗里达州统治权后，驱逐印第安人离开他们的家园，把肥沃土地让给白人。头插羽毛，脸涂三道彩条的塞米诺尔人的形象，在校园以及塔城的许多场合都可以看到，它们成为佛罗里达州英雄的符号。FSU 师生也自称是塞米诺尔人，其橄榄球队就以塞米诺尔人为队名。

2016 年 6 月 20 日

在城中城探寻马尼拉的沧桑历史

马尼拉是一座超大型城市，它有着毁誉参半的评价。有人把它比作太平洋上耀眼的明珠，有人说它是一袭华美的衣袍，但上面爬满了虱子。

1565 年，西班牙人米格尔·洛佩斯·德·莱加斯皮（Miguel López de Legazpi）率领军队攻占了宿雾（Cebu），为被害的麦哲伦复仇。费迪南·麦哲伦（Fernando de Magallanes）是环游世界的大航海家，也是西班牙殖民军的首领，他于 1521 年进犯宿雾地区的麦克坦岛时，被岛上的酋长拉普拉普（Lapu-Lapu）杀死。洛佩斯重新占领宿雾后，在此地建筑了城堡、教堂并设总督府。6 年后，洛佩斯的军队北上占领马尼拉，发现这里的土地更加肥沃，一条大河（帕西格河）贯穿南北，出海更加便利。于是，洛佩斯决定把总督府搬迁到马尼拉。

西班牙人在河边建立起一座"西班牙王城"（Intramuros），用堡垒加固，前有壕沟和高 4.9 米的城墙，面积约 64 公顷。这座城中城俨然是 16 世纪东南亚地区最奢华的欧洲城市，至今仍然是马尼拉最负盛名的旅游景点。

总督府最早设在王城内紧邻河岸的圣地亚哥城堡里，但是它于 1645 年在地震中被摧毁。1733 年，第二座总督府建立在王城中央的罗马广场上。

那天，我们的大巴沿着卢纳将军（General Luna）大街进入西班牙王城。穿过那座古老的城门后，顷刻为浓厚的地中海风情所迷倒，整齐的街道、鲜艳的楼房、古朴的教堂、修道院、古堡炮台……令人眼花缭乱。置身此地，仿佛时光倒流数百年。

我们来到广场时，细雨绵绵，广场中央的喷泉不断喷射出漂亮的水线。西班牙国王查理四世的雕像矗立在池中央最高处，俯瞰着人群，这尊雕像是为了纪念国王引入天花疫苗而建。菲律宾人民很懂得感恩。

广场上的主角——马尼拉大教堂建于 1581 年，这座被战火损坏、重修 6 次的建筑，至今保留着文艺复兴时期意大利巴洛克建筑风格。优雅的钟塔圆顶与庄严的教堂，透出浓浓的宗教气息。

由于团队活动时间有限，我们进入教堂逗留半个小时便匆忙折返。屋顶的玻璃彩绘闪闪发光，一尊尊圣徒塑像沉默而肃穆。

西班牙人占领马尼拉之前，菲律宾还没有形成一个国家。西班牙人借助武力统

治了菲律宾。

菲律宾全境有数百座教堂，而坐落在西班牙王城罗马广场的这座天主教堂是菲律宾的教堂之母。菲律宾人民对西班牙的感情一定是复杂的，西班牙人统治了菲律宾，又提高了当地人的文化水平。

离马尼拉大教堂不远处，矗立着另一座同样古老的教堂——圣奥古斯丁教堂。步入其中，别有洞天。教堂由4座建筑围成，中间一片绿茵草地，还有棕榈树掩映下的喷泉。教堂内除了礼拜堂外，还开辟了各类题材的博物馆。其中一个博物馆讲述了天主教在世界各地的传播，有传教士为原住民治病，辅导原住民学习文化知识，他们整理的动植物标本和《圣经》至今保存完好；而传教士在各地传教时也有被异教徒杀害的情况，那血腥场景令人不寒而栗。

圣奥古斯丁教堂在深巷市井中，没有马尼拉大教堂的恢宏气度。所以，美西战争结束后，马尼拉大教堂成了西班牙殖民军向美国殖民军签署投降协议的场所。

从北美洲燃起的美西战争，怎么会烧到菲律宾呢？这要从当时老牌帝国西班牙与新兴帝国美国的冲突开始说起。美国南北战争结束后，经济迅速发展，上层阶级把贪婪的目光转向国外，准备加入世界殖民掠夺的行列。美国周边已经被老牌帝国西班牙瓜分完毕，这就迫使美国拿菲律宾开刀，抢夺其海外领地。1898年，美国为争夺西班牙殖民地的古巴、波多黎各，向西班牙开战，很快赢得胜利。随后，美国军舰驶向菲律宾，在马尼拉湾与西班牙舰队决战并取得胜利。

城头变换大王旗。在马尼拉湾取得胜利的美国军队借口帮助菲律宾人民推翻西班牙殖民统治，抢先攻占马尼拉后，马上掉转枪口对准美西战争中的同盟军——菲律宾军队，扑灭了昙花一现的菲律宾独立力量。美国殖民者统治菲律宾，也带来了基督教新教与美国文化，新教没有太多地改变菲律宾人的信仰，但美式英语却在菲律宾大行其道——日后，流利的英文成了菲佣们在东亚工作所具备的核心竞争力。

1944 年到 1945 年的马尼拉战役中，美军与日军在这里展开了异常残酷的拉锯战，导致这座古老王城被毁灭性地破坏，城内的 15 万菲律宾平民在战火中丧生，超过了同时期日本广岛与长崎在原子弹爆炸中的死亡人数总和。直到今天，还在进行谁应该为 15 万生命负责的争论。

我问当地朋友，马尼拉是否设有 15 万死难者纪念碑，朋友不敢肯定地说，你去黎刹公园看看，那里是马尼拉的中心广场，应当有类似的纪念碑。第二天，我来到黎刹公园，除了瞻仰何塞·黎刹纪念碑（黎刹是反抗西班牙殖民统治而牺牲的英雄），还找到了酋长拉普拉普的纪念雕像，首次攻占马尼拉的西班牙总督洛佩斯的雕像，但是没有找到战争死难者纪念碑。

那座不起眼的“二战”死难者纪念碑，其实设在王城某个偏僻的角落，那是我第二天参观圣奥古斯丁教堂时无意间发现的。它在 1995 年才被一个民间组织提议并设立。雕像中央悲痛欲绝的妇女，无助地望着怀中濒临死亡的婴儿，6 个同样被战争摧残的人围着她，弥漫着恐怖与绝望。

在黎刹公园广场，殖民者的纪念雕像与抗击殖民者的英雄雕像和谐相处；在街心公园里，威武的西班牙国王与绝望的战争死难者相顾无言，彼此守望。马尼拉的大街小巷，轿车、马车、吉普尼花车等各类交通工具并驾齐驱，井然有序。花车是由吉普军车改装而成的，车身被喷涂出各种图案，五彩缤纷，几乎替代了马尼拉的公共大巴，穿梭于大街小巷，成为马尼拉特有的风景线。

人们似乎都很满足，每天都在一种略带矛盾的氛围中快乐生活，跳上吉普尼花车逛街购物，其乐融融。直到 50 年后，才想起要为那些战争中遭受苦难的同胞做些什么。

2019 年 11 月 27 日

去长滩岛，辛苦并快乐着

国人比较熟悉的菲律宾旅游目的地，恐怕不是首都马尼拉，而是位于菲律宾中部西米沙鄢群岛的长滩岛。

我也未能免俗，在结束了马尼拉的行程后，直奔长滩岛。

去长滩岛颇为曲折，岛上没有机场，我们先搭乘亚航在邻近的班乃岛卡利博（Kalibo）机场降落，从机场转坐大巴车去卡迪克兰码头（Caticlan Pier）。颠簸2个小时后，被接机的地陪导游弗雷亚（Freya）小姐告知，机场无法容纳团队，还需要搭乘渡船过海。

后来我在当地的报纸上看到政府正在计划建造一座横跨班乃岛至长滩岛的跨海大桥，文章结尾宣称：若干年后再来长滩岛，将大大减少旅途中的舟车劳顿。我心想，如果少了中国人参与建设，大桥梦恐怕遥遥无期。

深夜渡海，船很稳，外面漆黑一片，感觉风平浪静。大约20分钟后我们抵达长滩岛的卡邦（Cagban）码头，上岸后不久，专门运载行李的渡船也靠岸了。在长滩岛旅游，专业搬运工搬运行李是一大特色。搬运工们用不同颜色的扎带给不同的旅行团标记行李，动作娴熟，即使游客与行李分离，也令人宽心。那些身材瘦小的搬运工背起沉甸甸的行李，跳上搭在船舷与岸边的踏板，步伐稳健。码头昏暗的灯光把他们的背影拉得瘦长。

在酒店办理住宿手续时，再次体验到菲律宾人的拖延懒散。弗雷亚解释说，长滩岛前几天刚刚恢复开放，他们也许还没有从休假中缓过劲来——根据菲律宾总统的命令，从今年4月底起，长滩岛关闭半年，进行环境卫生治理。如此说来我们是幸运的游客，明天迎接我们的长滩岛已经被精心打理过，就像一位晨起梳妆过的少女。

长滩岛，最美在黄昏

2012年，长滩岛被《旅游与休闲》（Travel+Leisure）杂志评为世界上风光最好的岛屿。为其带来盛誉的是岛上延绵4公里的白色海滩。

踏在软绵绵且面粉状的细沙上，穿过椰树和棕榈树，让海风轻柔地吹拂面庞。

此时太阳西沉，海面上霞光万丈，浮云不停地变幻着色彩与形状，装点茫茫长空与无边海面，更显出大自然的魅力。

夜幕降临，沙滩边一字排开各种海鲜档、杂货铺、酒吧、餐厅，热闹非凡。这里供应各种风味食物，找到自己爱吃的美食是很容易的事情。在露天餐厅吃上现烤的海鲜，听着菲律宾歌手演唱英文曲目，任由海风轻轻吹拂脸庞，望着不远处点点渔火，真是一种从未有过的体验。海滩美景与生活娱乐区紧紧挨着，形成一个充满烟火味的场景，这是长滩岛与众不同的地方（之前去过泰国芭堤雅、印尼巴厘岛、我国的海南三亚，没有看到类似的场景）。

街头巷尾，韩文的广告招牌随处可见，那些妆容精致、发型时髦的韩国姑娘、小伙也很容易辨认，置身人群中，"哈米达"的声音不绝于耳。弗雷亚说，长滩岛最初是由韩国人开发的，不过，这两年来旅游的中国人已经大大超过韩国人，中国人似乎更受当地人的欢迎。

韩国人对长滩岛的青睐，源于 2008 年上映的一部韩国电影《浪漫岛屿》（*Romantic Island*），这部在长滩拍摄的喜剧爱情片，讲述了社会地位悬殊的两对男女在长滩岛度假时邂逅了，很快坠入爱河，找到了各自的人生伴侣。

长滩岛在韩国影迷心中刻上了浪漫的印记，成为韩国新婚情侣们蜜月的目的地，此后每年都有数十万韩国人拥入这个阳光天堂。2008 年之后，随着韩国观光游客的蜂拥而至，豪华酒店、度假村、高尔夫球场等如雨后春笋般出现在这座瑰丽小岛上。

我不由得想起 15 年前到湖南张家界旅游时遇到的大批韩国游客，也是因为韩国旅游部门拍摄的电视剧中，取景的张家界风光，迷倒了千千万万韩国人，使得张家界成为韩国人的热门出境目的地。文创的力量不可低估。

长滩的秀丽风光也吸引了欧美游客。2011 年，美国内衣名模伊莉娜·沙伊克（Irina Shayk）在这里拍摄了系列内衣广告，进一步提高了长滩岛的知名度。

水上运动的天堂

长滩岛的英文是"Boracay"而非"Long Beach"，为此我请教了弗雷亚，她说应当是本地米沙鄢语的发音，本意是"白色的棉花"，指的就是白沙滩。其实长滩岛全岛周围遍布各种沙滩，诸如岛西的迪尼温德（Diniwid）、岛北的普卡（Puka）、岛东的布拉波（Bulabog），或喧闹或安静，千姿百态，各领风骚。许多知名酒店，比如凯悦、香格里拉、文华都有自己的专属海滩。

这里的海水湛蓝清澈，温度适宜，游泳时，可以清晰地看到海底的珊瑚石、贝

壳、海藻、小鱼，与城里的游泳池有着天壤之别。

任何一座海岛都不会缺少水上运动。在长滩岛，你可以尽情选择水上摩托、冲浪舢板、滑水板或者水上滑翔，还可以躺在一种奇怪外形的帆船上发呆。这种帆船猛一看，好像前后生出几对爪子，在海面上张牙舞爪，像极了螃蟹，故称螃蟹船。其实这些"爪子"是用粗麻绳缠结而成的牢固大网，可供人乘坐。我们出海后不时看到这样的螃蟹船。偶遇一个姑娘正在拍照，披着艳丽的花巾，做出泰坦尼克号上温丝莱特的造型，远远看去，非常有趣。

我们住在蓝水高尔夫度假村，它挨着18洞的高尔夫球场，从房间的窗户望去，舒缓起伏的坡地像绿色的河静静流淌。可惜我们在长滩岛只逗留两天，无法享受高尔夫球的乐趣。度假村位于岛北，我们在岛上旅行，都要沿着环岛公路前往白沙滩的码头集散地。这段公路非常简陋，路面起伏不平，车辆前后簇拥，狭窄处相互谦让，听不到噪声。司机们都非常有耐心。岛上看不到交警的身影，这也是长滩岛的特色。

交通拥挤，汽车行走缓慢，但可以观察沿街的民居和店铺，以及原住民的自然生活状态。当地百姓对游客的镜头毫不介意，甚至会特意做出各种姿势让你拍。如果有空进去闲聊，估计他们也不会拒绝。

由于长滩岛旅游是跟团走的，我们很少有机会与当地人交流。一次是和我们游船上的老大，他长相冷酷，但其实很友善，教我们蹼泳时如何使用呼吸面具；如果谁被海水呛了，他会及时递上矿泉水，还会站到船舷边的"螃蟹爪"处让我们拍照。

回程靠岸前，两个当地小孩游到船边，爬上螃蟹爪网杆，一遍遍地腾起，做出后翻滚跳水动作，直到我们为他们鼓掌喝彩。这时，他们便来到我们身边羞涩地讨

要小费。菲律宾孩子即使索要小费，也温文尔雅。总之，菲律宾人虽然有些懒散，但非常友善。

弗雷亚告诉我们，在小小的长滩岛上，有一座很大的天主教堂，位于长滩岛中部的山上，为本地居民祈祷礼拜之用。那天出海时，我们远远地就望到教堂前的那个巨型十字架。

弗雷亚是个来自山西的美女，来长滩做导游已经两年了。她说随着国内经济快速发展，老百姓的生活好起来了，钱袋子也鼓起来了，越来越喜欢出境游了，中国已经是长滩岛入境观光客源第一国。旺季时，观光团一拨接着一拨，她忙得连轴转地带团，每天晚上回到寝室就累得直接躺在床上不想动弹。好在她也雇用了当地保姆做清洁卫生，每个月花费3000比索（折合人民币450元）。众人调侃她是属于国人中雇用得起菲佣的顶尖的那拨人。她正色道："这可是最低消费。"

弗雷亚补充说，在长滩，如果雇住家保姆看孩子、做家务，要求一口流利的英文，月薪大约8000比索（折合人民币1200元），比起国内的保姆市场，性价比太高了。当问到她是否喜欢长滩，回答是"非常喜欢"。弗雷亚一再告诉大家，两天太仓促了，在长滩，最好的玩法就是疯狂玩转各种海上项目后，躺在沙滩上，来一杯鲜榨果汁，吃一顿特色海鲜，对着落日发呆。

她说得对，国人往往把旅游当成任务，掐着时间挨个景点打卡拍照，鲜有能真正进入悠闲的状态，享受轻松自在的生活。我相信，随着国强民富，人们很快便会找到与大自然融合的乐趣。

2019 年 12 月 14 日

走上佛坛的国王

我们到达曼谷后才知道，曼谷最著名的景点大皇宫不对外开放了。这里要为已故的国王普密蓬·阿杜德（泰国国王拉玛九世）准备一场为期数天的隆重浩大的国家葬礼。

从走出曼谷国际机场的那一刻起，我们就感受到了国葬的庄重氛围。大街上，拉玛九世国王的画像随处可见，许多场所都搭起了祭祀用的烛台。

由于无法参观大皇宫，我们有了计划外的半天空闲。浏览曼谷地图后，发现泰国曼谷艺术文化中心位于市中心，可以搭乘地铁前往，于是按图索骥，前往位于市中心繁华商业区的曼谷艺术文化中心。这里是曼谷最繁华的商业区，拥有许多购物中心，例如 MBK 购物中心与暹罗广场等。艺术文化中心设在富丽堂皇的购物大厦之间，令人意外，但转而想，这样的艺术馆设在熙熙攘攘的商业区，反而使得高大上的艺术接了地气，让普通市民更容易接受艺术文化的熏陶，这倒是非常亲民的城市规划。

艺术中心入口处装饰得很简易普通，但进去后别有洞天，正因为处在高楼大厦之间，每层的面积不大，但有九层楼之多，按照展览内容分层展出。内部装饰的一大看点是螺旋式旋转梯道，无论往上看或往下看，悬挂在墙壁上的画作与行进中的参观者都成了建筑设计里的艺术道具，不知不觉中形成一道艺术气息浓厚的风景线。

这里正在举办普密蓬国王主题纪念展览。

1946 年，普密蓬·阿杜德继其兄阿南塔·玛希敦之后，成为泰国曼谷（拉玛）王朝的第九位国王，在位 70 年，于 2016 年 10 月 13 日去世。普密蓬年轻时的志向是当一个杰出的工程师，却阴差阳错当了国王，而且是目前全世界任职时间最长的国家元首纪录的保持者。

普密蓬多才多艺，精通音乐、绘画及摄影。他能够演奏多种乐器，善作词、谱曲，获得奥地利音乐学院的音乐博士学位。他的体育才能也非常了得，飙车、赛艇样样精通，曾代表泰国参加国际快艇赛并获奖，可谓十八般武艺样样精通。

泰国是佛教国家，男人一生中要出家做一回和尚，否则姑娘都不愿意嫁给他。普密蓬也不例外，他曾于 1956 年出家 15 天，并从佛教经典中领悟到许多领导这个国家的道理。命运就是这样捉弄人，普密蓬既没有成为工程师，也没有成为音乐家，

他注定要当泰国的国王。

普密蓬还具有高超的摄影艺术造诣。在艺术中心，展示着他的多幅摄影作品。

普密蓬年轻时在欧洲留学，与泰国驻法国大使之女诗丽吉相识，陷入热恋。某次为了赶赴约会，普密蓬飙车途中出了严重车祸，一只眼睛也严重受损。据说诗丽吉父母当时还不太看得起普密蓬，认为他只不过是一个纨绔子弟。

在艺术中心，我看到一组国王为王后拍摄的肖像照，每张照片都传达着国王对王后的深厚爱意。

国王在位期间走遍泰国的边远村寨，探访民间疾苦，拿出皇室经费兴修水利，赈灾救贫，深受百姓爱戴。泰国百姓家家悬挂国王画像，敬奉如神。我们在多座寺庙里看到普密蓬立像与释迦牟尼佛像同时矗立在大殿正前方。国王走上佛坛，看遍当今政坛与佛界，极为罕见。

历代泰国国王对背井离乡前来泰国谋生的华人都给予很高的礼遇，所以说，到东南亚一带"闯南洋"的华人中，泰国华人是幸运的。华埠耀华力路建设期间，普密蓬国王亲临现场视察指导。在他的支持下，泰国华人成了先富裕起来的那拨人。

普密蓬曾经说，（森林燃烧与对森林的破坏）如果不采取措施加以制止，严重的温室效应将不可避免地出现。艺术中心特意开辟了以环保为主题的展厅，其中设置的一面画墙颇有新意。画墙上那些反映美好生活的画面中有几道裂痕，象征着环境污染会给人类生活造成触目惊心的破坏。

主题展大厅还摆放了众多关于国王及其家人的照片、油画和雕塑作品，让许多参观的泰国民众倍感亲切。正如展馆墙壁上铭刻的一段话："国家的统治者从其宝座上走下来帮助他的臣民，这样无与伦比的仁慈之心，获得了其子民同样的尊敬与感激。"

虽然普密蓬的祖先拉玛一世作为前朝的军官，在推翻吞武里郑信王朝时做得有

点血腥（前朝皇帝是被政变军人杖棍而死），但从拉玛二世开始，泰国国王都受到民众的支持，泰国民众对拉玛九世普密蓬的爱戴则达到了顶峰。

泰国的政治体制在东南亚可谓奇葩。从泰国拉玛七世开始，国王引入君主立宪制，但也开创了泰国政治动荡之先河。前几年，代表草根民众利益的红衫军与代表富裕阶层利益的黄衫军，通过民主选举轮流登场。在野党与执政党相互争斗、局势不稳时，民主政治又会被军方摧毁。而军方的介入引起民怨，无法控制局面时，由国王出面调停，便能立竿见影，恢复稳定。可以说泰式民主如泰式按摩，跌宕起伏充满戏剧冲突。最后一幕大戏就是国王出场，一言九鼎定乾坤。

走出艺术文化中心，我们在爱侣湾广场一家多次接待过普密蓬国王家庭的餐厅就餐。我与家人开玩笑说，坐在国王与王后的御座上品尝泰式佳肴，仿佛皇家气息顷刻沁人心脾，顷刻间，普密蓬从皇宫走到民间的亲民形象浮现眼前。

晚上搭乘邮轮沿湄南河驶入大皇宫附近的河道时，两岸的景色极其璀璨壮观。看着大皇宫飞檐斗拱的金黄色轮廓，眼前不觉涌现出国王正在里面伏案的场景。今天虽然没有进入大皇宫，但在曼谷艺术中心参观国王主题展览是更大的收获。

2017 年 11 月 5 日

暹罗往事，东西方在这里邂逅

曼谷市区以北约 60 公里的邦巴茵夏宫（Bang Pa-In Summer Palace，简称夏宫）是暹罗（泰国古名）国王拉玛五世（朱拉隆功）于 1889 年修复重建而成的行宫。亚洲皇家行宫不外乎亭台楼阁，小桥流水，花香鸟语，但在这里，还有大量的西式建筑。巴洛克式的宫殿，廊桥两边希腊神话的浮雕，意大利式喷泉，与泰式佛塔、中式庙宇群居合一，美不胜收。

湖中心耸立着的金碧辉煌的亭阁是典型泰式建筑，成为整个皇宫内的画龙点睛之处。游客可以租赁电瓶车游览夏宫，否则要逛遍 13 万多平方米的庭院真不是件容易的事情。

国王居住的宫殿只有前殿可以入内参观，后殿的寝宫则有卫兵看守，女士们必须套上长裙表示尊重。其他王室成员居住的宫殿沿湖而建，其中一座法式宫殿被称为"王室聚会厅"（Saphakhan Ratchaprayun），最初是国王兄弟居住，现在用来收藏各种珍宝异器。

行宫里有一通大理石纪念碑，是为了纪念朱拉隆功国王的第一位妻子苏南达·库里拉塔娜（Sunanda Kumariratana）和女儿而建：1880 年，皇后与公主在前往夏宫的途中因船沉双双溺水身亡，国王异常悲痛，下令在夏宫建造纪念碑，足见其用情至深。

我甚至看到一座典型的中国风格的宫殿，感到异常亲切。据说它是在中国建造，1889 年运到泰国，由中国商会的华侨赠送给朱拉隆功国王。旁边是瞭望塔，朱拉隆功国王很喜欢爬到塔顶，在高处欣赏夏宫的全貌。

当年的夏宫，应该存在许多皇家礼仪，但现在对游客没有那么多的苛刻要求，但我注意到那位在湖边摆放鲜花的女侍者正做着某种祈祷。祈祷前，她特意脱掉鞋子。

在泰王夏宫，东西方庭院"争妍斗丽"，也反映了拉玛五世在西风东渐的形势下，主动学习西方治国理念。他开埠通商，大兴教育，改革税制，使泰国很早就跨入亚洲现代化国家行列；他周旋列国之间，使国家保持独立主权，泰国从未被西方侵略，在整个东南亚堪称奇迹；他创办的大学是泰国至今最好的公立大学（朱拉隆功大学）。泰国未被西方入侵殖民，这与他高明的外交手段不无关系。泰国人民称他

为"最伟大的国王",把他的头像印在使用最频繁的 100 泰铢上。

拉玛五世的成功源于父亲拉玛四世。拉玛四世很早就意识到西方对东方的蚕食,懂得打开国门要比闭关锁国好。他邀请英国人安娜做家庭教师,让王子朱拉隆功学习英文,接受西方文明的启蒙教育。这段经历后来被好莱坞拍成电影《国王与我》,但是由于泰国政府认为国王与安娜相互爱慕,以及其与某王妃私通的情节亵渎了皇室形象,该电影被禁止在泰国上映。我至今仍然记得 20 世纪 90 年代的《安娜与国王》,周润发饰演的国王诙谐幽默、聪慧机敏,一改老版愚昧庸碌的形象。

应当阅读安娜·李奥诺文斯的回忆录原文,或许从字里行间读出的是寡居女教师对国王产生的暗恋情愫。安娜若在世,应当认可朱迪·福斯特对自己的演绎,她在皇权面前不卑不亢,傲骨柔情兼而有之。

离开夏宫,来到附近的芭堤雅 Samae 海滩上,闲翻那些拍摄于夏宫的照片,我不由得对拉玛五世和他父亲的那段历史产生了这些遐想,特以记录。

2017 年 10 月 22 日

从圣托里尼到雅典——走近蓝白色的希腊

爱琴海中的圣托里尼岛是希腊最负盛名的度假海岛，它被美国《国家地理》杂志评为一生中最值得去的 50 个地方之一。只要看过圣托里尼岛的照片，无不心向往之。

向海岛圣托里尼出发

去年 11 月，有机会到希腊，我毫不犹豫选择去圣托里尼岛旅行。

前往圣托里尼岛大都在首都雅典转机。我所搭乘的奥林匹克航空（ALIYMIC AIR）公司图标和航空小姐服饰都是蓝白相间的爱琴海颜色。不到一小时，飞机就降落在圣岛机场。机场很小，行李转运带也很陈旧，但一点也不妨碍如潮涌入的游客。

夜幕降临，我们几乎摸黑前往下榻的旅馆。

旅馆就在海边的悬崖上。石级陡峭蜿蜒，步行都非常吃力。随身带的行李只能让当地脚夫代为搬运。当脚夫将行李从公路边搬上崎岖的山坡，运到旅馆房间时，已经汗流浃背、气喘吁吁了。根据约定支付每件 2 欧元的小费给他们时，有些踌躇

小费是否足够。悬崖旅馆都是由民居改成，旅馆内部设施非常简陋。当我们第二天早晨起床后，临窗就看到美如天堂的爱琴海景色，立刻意识到，住到悬崖旅馆是多么英明的决定。

蔚蓝色的圣托里尼岛

爱琴海与蓝色的天际线几乎重合。絮状层积云占据天空，海鸟在云下展翅翱翔，远海不时有豪华邮轮经过。圣托里尼岛的基本色调就是蓝色与白色，无论是东正教堂还是悬崖旅馆，处处是白墙蓝顶，象征着蓝天白云大海融为一体的自然景观特征，这也是希腊国旗的颜色。

我们沿着山道行走，几乎移步换景，每张照片都是明信片般的效果。走累了，在道边的咖啡馆里小酌一杯当地的蒸馏咖啡，听着飘入耳畔的略带奥斯曼古风的希腊民谣，十分惬意。

因为过于陶醉于风景，我与朋友们走散了。沿着山海风景小道闲逛后，居然找不到回去的路。由于多个悬崖旅馆样式相仿，周围山势、坡道相像，如果不仔细辨别，确实容易迷路。我不得不打电话让酒店派人接我回去。这是本次圣岛旅行中的一件趣事。

来圣托里尼岛怎能不看一下日落，全岛最佳观赏点在欧拉（另一翻译叫"伊

亚"），从旅馆步行前往需要 2 个小时。但在岛上沿着饱经风霜的鹅卵石小道前行也是一种享受。

导游说，以前欧洲来度假的人多，这两年逐渐被日本人、韩国人、中国人取代，岛上的物价也水涨船高。悬崖旅馆的普通房间如同国内的经济型旅馆，淡季 130—150 欧，旺季 500—600 欧，现在的希腊本国人已经负担不起这里的物价，而选择去周边其他海岛度假。

沿途我们还欣赏了教堂、博物馆、数不清的咖啡馆、画廊及工艺品店铺。店铺里的希腊人见到中国游客，通常会用标准的普通话问候"你好"。

欧拉日落观赏点就在火山的顶端。当太阳沿着天际线慢慢隐落时，万道霞光从不同角度穿透云层。夕阳与海水相互映衬，变幻着色彩，此刻，我们仿佛看见上帝之手不停地涂绘出一幅幅人间巨画。此时此刻，再用文字来描绘欧拉日落都会显得苍白无力。

翻译小戴带我们深度游圣托里尼岛

在导游小戴的安排下，我们乘坐游轮去卡美尼（Nea Kammeni）火山岛。岛上怪石嶙峋，呈炭黑色，是由公元前 300 年的火山喷发岩浆堆垒而成。在荒坡上前行，仿佛在外星球上探险。

海底火山喷气孔至今未熄，在附近海域形成温泉。同船游客迫不及待地宽衣解带，零距离亲近爱琴海。

在 SANTO 酒庄，小戴推荐了一种当地的葡萄酒，口感甘甜醇厚。趁着少许醉意，小戴对我侃侃而谈。

26 岁的小戴是温州人，11 岁就随父母来到了希腊。如同其他温州老乡，他们在异国他乡艰辛创业，小有成就。小戴去年结婚，妻子是雅典本地姑娘，丈母娘是小学老师，他文化不高，希腊话讲得比中文更溜，说起古希腊神话中的 12 个大神如数家珍，他笑说全靠丈母娘私下教。小戴说他始终持中国护照，不入希腊籍，在办理婚姻登记时告诉希腊民政厅，为了爱情他忍痛放弃佛教，皈依东正教，让当地官员大为感动，即刻批准结婚。其实他都不记得是否去过一次寺庙。

回到雅典

雅典是我景仰多年，满怀敬意的城市。这里是代表希腊文明的雅典城，是西方文明的发源地。中世纪的意大利文艺复兴，以希腊文明为蓝本，兴起了一系列充满人文精神的文化艺术哲学运动，打破了几个世纪宗教神学对欧洲人民的桎梏。

在雅典老城区行走，环顾四周，看不到摩天大楼。街道狭小，甚至略微破旧。

两旁不时出现标记着古迹神殿的黄色地标或历史遗迹的指示牌，让我们看到这座古老城市几千年前所拥有的优雅身段。

来到雅典卫城已是午后。置身于雅典卫城中央，仰望着支撑帕特农神庙的那几十根略微倾斜的石柱以及依瑞克提翁神殿上那 6 座女神浮雕，肃穆庄重地屹立了将近3000 年，恢宏壮观。

雅典人为纪念战胜波斯人之役，倾举国之力建筑了这些神殿，给灿烂的古希腊文化作了直观的注解。

卫城内另一建筑阿迪库斯剧场的奇妙之处是舞台中央的演员哪怕轻微咳嗽一声，也能清晰地传到 3 层 6000 个座位席上每个人的耳朵里。该古剧场至今还在使用，由政府委托组织专业评委评审后，邀请世界著名的音乐家到场演出。希腊音乐人雅尼用音乐把卫城诠释得无比完美。

我国受邀在该剧场举办个人演唱会的音乐人目前只有刘欢。

我们在雅典的街道上处处感受得到古希腊文化的遗风。希腊人以苏格拉底、柏拉图、亚里士多德为荣，在许多景点，甚至我们下榻的酒店，都矗立着这些先贤的雕塑，或挂着他们的画像。

离开雅典前，我们参观了 1896 年的第一届现代奥林匹克运动会的主体育场遗址。公元前 700 年，古希腊各城邦在奥林匹亚共同举办体育竞技大会以及竞赛时的"神圣休战"规则，都作为古希腊文明传承至今。

　　小贴士：

　　希腊海关规定，所有购自欧盟的免税品若要在希腊退税，希腊口岸必须是离开申根国家的最后一个出境口岸，否则不予办理退税。不少人不了解这点，从希腊回国时选择在巴黎或罗马转机，打算在希腊海关退税未果，而到巴黎或罗马转机时退税，但那里候机时间很短，导致最终无法退税，造成损失。

2016 年 5 月 29 日

异域诱惑——摩洛哥纪行一

赢得这场旅程是我一生最幸运的事，他让我遇到了你。

——《泰坦尼克号》

摩洛哥归来数月，北非地中海异域风情的冲击过于强烈，让我久久难以提笔。

曲折入境

从摩洛哥的卡萨布兰卡入关就充满了戏剧性。临行前，我询问旅行社，也从网上查询到，从以色列直接去摩洛哥，入境没有问题。可当我搭乘土耳其航空的飞机从本·古里安机场经伊士坦布尔中转，来到摩洛哥的卡萨布兰卡机场，挨到边检口

时，边检官告诉我因为入境材料不够，不能入境。我拿出来回机票和酒店预订单表示我只是来旅游而已，他依然一脸严肃，甚至威胁要送我去移民局。僵持半天，最后他才指着护照上的以色列签证厉声地说："现在是什么时候，你还敢从以色列过来，摩洛哥阿拉伯人民不欢迎你！"

我终于明白问题所在，就在几天前，美国总统特朗普宣布把美国大使馆从特拉维夫搬到耶路撒冷，引起了整个阿拉伯世界的愤怒。从那个是非之地前来，正好撞到枪口上。我在沮丧之余，也暗暗敬佩这位边检官的大义凛然。

我岂肯被这位年轻边检官轻易挡道。反复纠缠半小时后，问题还没解决，我不断地说摩洛哥人民是世界上友善的人民，我会写文章歌颂他们和美丽的国家等，总算哄了这位边检官开心。入境签章敲击在护照上的那一刻，是我出国旅行以来最舒心的时刻。

接机的朋友听说我的入境遭遇不禁笑说："不会是那位官员暗示索要小费吧，摩洛哥很美，唯一令人生厌的就是宰客行为无处不在。"随后几天的游历，方知朋友所言极是。

卡萨布兰卡剪影，宣礼塔与浪漫咖啡馆

知道卡萨布兰卡，是因为那部好莱坞同名电影和同名经典老歌。当地人认为卡萨布兰卡只是一座浮夸庸俗的商业城市。即便对那座高耸海边的哈桑二世清真寺，当地人的感情也很复杂。一位当地人告诉我，建立清真寺时，因为建设资金捉襟见肘，政府要求每户家庭捐款，有点强制摊派的味道。当然，绝大部分摩洛哥人都非常自觉地掏了，这是作为虔诚穆斯林的义务。

第二天参观哈桑二世清真寺时恰逢暴雨，全身湿透，兴趣全无，又没有赶上内寺参观的规定时间，没有专门的中文讲解，只在大堂走马观花后就出来了。出来时，不断听到外国参观者听导游的英文讲解时传来的笑声、掌声，这让我们不禁浮想联翩，这座清真寺每个角落也许都发生过有趣的故事（清真寺目前

提供英法意西等语言的导游服务）。

耗资五亿美元建造的哈桑二世清真寺是世界第三大清真寺，大厅的洗漱净身场地之巨大，大理石地面、莲花喷泉造型与墙面马赛克装饰之精美，你会感叹果真名副其实。走出清真寺，我想拍一张它的全貌，但发现即使广角镜头也不易把整个宏伟的主楼与裙楼完整地摄入画面。

整个清真寺建筑的 1/3 建在大西洋的海面上，这个构思来自哈桑国王的一个梦想：真主的宝座应建在水上。

无论摩洛哥人对这座清真寺有何评价，哈桑国王无疑为世界奉献了一座宏伟的宫殿。

让卡萨布兰卡闻名遐迩还因为那部好莱坞同名电影里面提到的瑞克咖啡馆，它就在附近，为了躲雨，也有些饥肠辘辘，我们直奔咖啡馆。这天下午，在咖啡馆里，伴着咖啡香以及窗外传来的阵阵雨声，我写了很长一段文字，分享到朋友圈来记录这段经历。

离开时，雨已经停了，回酒店路上，我们再次望了一眼哈桑二世清真寺高耸的宣礼塔，夕阳给它的轮廓镀上了一层金色的光辉。

穿越百年沧桑，回神在不眠广场

之前询问朋友，如果在马拉喀什、菲斯与舍夫沙万三座城市中选择一座城市旅游，首选是哪个？朋友毫不犹豫地推荐了马拉喀什。

乘火车去马拉喀什，290 公里走了约 4 个小时。不过我们非常幸运地购到了一等车厢的票，这 4 个小时我们没有感到漫长。途中，同一包厢的一个中年男子指着远处的山脉告诉我们，那就是著名的阿特拉斯山，横跨北非三国，就像一道绿色的屏障，把荒寂无边的撒哈拉沙漠与丰饶的大西洋沿岸的平原截然分开，是当地人心目中的神山。这个男子得知我们从中国来，非常热情地自我介绍，说他在首都拉巴特的大学当教授，但家在马拉喀什，每个月回去一趟。他和夫人非常喜欢马拉喀什这座城市，舍不得搬到首都去。我们说每趟需要花费 6 个多小时，是否觉得时间很漫长。他耸耸肩说习惯了。我们介绍中国的高铁时速已达 300 公里，如果引进摩洛哥，可以大大节约时间。他回答政府正在跟日本谈新干线的引进，接着谈到中国产品如华为手机已在摩洛哥热销，比亚迪汽车还要来此投资办厂……到达终点时，他不忘祝福我们在马拉喀什开心顺利。

与摩洛哥教授无拘束的交流是我们马拉喀什之旅的有趣开端。

马拉喀什被当地人称为"南方明珠"，既有世界遗产杰马夫纳广场，又有充满浪漫艺术气质的马若雷尔梦幻花园（Jacques Majorelle）。斑驳的城墙都被涂上赭红的颜色，既有北京皇宫般的大气威严，也呈现出热情喜庆的迎宾氛围。

我们预订的酒店就在杰马夫纳广场附近，周围是马拉喀什的主要景点，比如巴伊亚王宫、巴迪王宫和杰马夫纳广场。

每天从酒店出来，穿街过巷，购物、聊天、喝茶，近距离接触摩洛哥人民，是一个非常难忘的体验。店铺小贩嘈杂的叫卖声，狭长的巷子里不时传出轻柔的当地音乐，街道上充满叮当的马车锣铃声、浓郁的阿拉伯香料及大洋葱的刺鼻味道；不时有穿着艳丽长裙（袍），用面纱把脸裹得严严实实的女人与你擦肩而过，置身此景，恍惚进入一千零一夜的奇妙世界。

都说半天内游玩两座王宫，可以穿越摩洛哥近百年的历史。摩洛哥的原住民是柏柏尔人，而后统治该地区的是腓尼基人与迦太基人。公元初年，汪达尔人越过直布罗陀海峡进入摩洛哥。而后，拜占庭人替代了汪达尔人成为新的统治者。公元 7世纪，阿拉伯人的势力染指摩洛哥，这里建立起了由阿拉伯人和柏柏尔人统治的王朝。摩洛哥在古阿拉伯语中有"太阳落下的地方"之意，传说阿拉伯大军进入摩洛哥西北部时被大西洋所阻，无法前进，此时已到傍晚时分，他们看到了火红的太阳从大西洋徐徐落下，脱口而出的感叹就成为这个国家的国名。到了 19 世纪，摩洛哥

遭遇欧洲列强的侵略、瓜分与控制，风雨飘摇，直到 1956 年，国家彻底独立。现在的摩洛哥人以阿拉伯人为主体，约 20% 是柏柏尔人。摩洛哥的曲折历史决定了其地域政经与文化的走向与独特表现，摩洛哥政治上实行二元君主立宪制，多党制议会选举，对外通商，文化包容，民族平等。

巴迪王宫与巴伊亚王宫都是古迹，但二者之间并不存在历史延续，前者的建造年代比后者早了 3 个世纪。修建巴迪王宫的是萨阿德王朝很有作为的皇帝艾哈迈德·曼苏尔（Ahmed al-Mansur）。不过，现在的王宫遗址已经是满目疮痍，只剩下断壁残垣。走出地下室，抬头望见斑驳砖墙上有不少鸟儿栖息筑巢，欢快鸣叫；荒地上野草葳蕤，唯有那个孤独地矗立在马赛克地面上的小喷泉塔见证了王朝数百年的风云。

巴伊亚王宫就在巴迪王宫的西侧，途经一个小广场，不少老人在攀谈，孩童们嬉闹玩耍，满眼都是阿拉伯风情画面，我仿佛从中古世纪又穿越回了现代。

一个土特产店铺里的柏柏尔女人穿着艳丽服装，浓眉黑眼，从容而安静。店里鲜有顾客，她似乎并不着急，一直低头沉思，很久没有改变姿态，那些零碎的香料好像已经存放了几个世纪。我连忙拍下这难得的画面，在摩洛哥，想要拍摄当地美女非常困难，如果把镜头对准她们，她们会立即躲开。年轻女人通常用头巾裹住面庞，只露出一双永远无法探究的眼睛。而柏柏尔女人与阿拉伯女人正好相反，不必戴面纱，反倒是柏柏尔男人出门需要戴面纱。柏柏尔人是真正的摩洛哥土著，也是世界上最古老的民族之一，据说带有一定的欧洲血统。恍惚间，镜头前这个油画般的画面好像已经凝固了数千年。

巴伊亚王宫建于 19 世纪，保存完好，富丽堂皇，庭院、花园、拱门所用材料均

从国外进口，装饰精美奢华。游客来到这里，惊叹之余，就是不停地拍照。在阿拉伯风格的庭院中间看到一个女子穿着艳丽的阿拉伯裙子，不停地摆出各种姿势自拍。爱美之心人皆有之，不仅仅中国大妈爱拍照。

严格来讲，巴伊亚王宫不应翻译成"王宫"，它是由阿拉维王朝宰相穆萨（Si Moussa）所建的宅邸。被人们津津乐道的是整个宫殿有 160 间不同风格的房间，供众多妃子居住，每个房间的奢华程度反映出妃子在主人心目中的分量。由此想到白居易的"后宫佳丽三千人，三千宠爱在一身"，可见，中国古代帝王"后宫"与摩洛哥宰相的后宫不相上下。

参观中，恰好进来一国内旅游团，导游讲解到宫殿主人穆萨宰相就如同我国清朝的和珅，而巴伊亚宫就如同北京的恭王府，私以为这段比喻不甚恰当。事实是，这个宫殿落成后不久，就被法国殖民者征用，作为总督府了。

阿拉伯的浪漫也属于夜晚，这也是夜宿马拉喀什的一种诱惑。杰马夫纳广场，这个被称为"不眠广场"的世界文化遗产地，直到太阳渐渐落下，才开始活跃起来。一排排店铺开门迎客，人流逐渐密集，殷勤的吆喝声总是接连不断；舞蛇杂耍艺人摆好了阵势；销售各种当地特产的杂货店前，讨价还价声此起彼伏，伴随着大西洋海风徐徐吹了过来。

夜幕终于降临，瞬间灯光璀璨，点亮了这个繁华的世界。我在广场上的三楼餐厅，悠闲地远观这生机勃勃的北非市井风情画卷。

杰马夫纳广场就像马拉喀什的心脏，让夜晚的城市跳跃起来。

此刻，我的不眠之夜才刚刚开始。

2018 年 7 月 20 日

迷眼醉看摩洛哥——摩洛哥纪行二

千娇百媚，万种风流，芸芸众生有谁能够抵御？

——薄伽丘《十日谈》

情迷妖姬蓝

摩洛哥的特色古城不外乎菲斯（Fez）和梅克内斯（Meknes），这两座城市的老城区都被评为世界历史文化遗产。但朋友告诉我，如果要拍摄情侣照或艺术风光照，他们更喜欢另外一座位于西北部的小城——舍夫沙万（Chefshaouen）。我的一对在阿里巴巴公司工作的夫妻朋友，在结婚纪念日专程飞去舍夫沙万，就是为了寻找那种惊艳的摩洛哥蓝。

我没有时间去舍夫沙万，但在首都拉巴特意外体验到了满城尽染一抹蓝的惊心夺目之景。拉巴特古城地势陡峭，街巷狭窄，拾级而上，房屋形状各异，唯独不变的是墙上那特有的蓝。穿过一条条深巷，进入一个个院落，蓝色的海洋映入眼帘，深深浅浅，前呼后拥，不断侵入游客的视觉。

站在古城乌达雅堡最高处的瞭望台，将拉巴特的出海口和远处的大西洋尽收眼底。湛蓝的海天几乎一色，几朵白云悬浮其上，与蓝白色的古城和谐交融。摩洛哥人是否因为喜欢大海，才把整个古城都镶嵌在蓝色之中？或者他们曾拥有一位挥舞蓝色战旗的英雄祖先，以此宣扬过去的辉煌？

偶遇一队刚从菲斯与舍夫沙万回来的湖南旅游团，首都拉巴特是他们的最后一站，他们说舍夫沙万的蓝与拉巴特的蓝没有太多区别。拉巴特的现代化街景，穆罕默德五世陵墓前威严肃穆的卫兵，舍拉废墟上古罗马的余晖让这座城市色彩斑斓，也让他们从铺天盖地的蓝色世界里缓过气来。

从瞭望台下来，漫步老街，画廊里的一张阿拉伯风俗画让我停住脚步，吸引我入内欣赏。购画结账时，我问女店主这里的人是否只喜欢蓝色。她笑而不答，送我一个精致的瓷盘，说他们也喜欢这种颜色。我接过瓷盘，看到盘面上釉烤着一面红底绿星的摩洛哥国旗，不禁赞叹女店主的绝妙回复，这里的人民还喜欢国旗的颜色，热爱自己的国家。

　　摩洛哥人对蓝色的喜好一直是个谜。而让摩洛哥蓝升华成妖姬般艺术的蓝，应当是法国服装设计大师伊夫·圣·罗兰（另译：伊夫·圣·洛朗，Yves Saint Laurent）的功劳。

　　1966 年，圣·罗兰到摩洛哥旅游，逐渐喜欢上这里的一切。在马拉喀什，他从当地风土人情中汲取灵感，打算用毕生的精力来设计建造一座花园。1980 年，圣·罗兰和伴侣从法国画家马约尔（Jacques Majorelle）手中共同买下一座花园。"马约尔花园仿佛是我取之不尽的精神源泉，我甚至常常在梦中见到那些独一无二的色彩。"圣·罗兰说。

　　起先不知道圣·罗兰是什么，当看到博物馆招牌画上那个万众瞩目的标志，顿有"似曾相识燕归来"之感。

摇曳的竹影、茂盛的花草树木、千姿百态的仙人掌,这个精致的阿拉伯花园似乎可以看到摩洛哥、欧洲甚至中国的影子。而这座花园的主基调就是被圣·罗兰升华了的摩洛哥妖姬蓝。

花园里的圣·罗兰艺术展览馆才开张两个月,这让远道而来的我们深感荣幸。在这个时髦的现代博物馆里,我们可以观看反映大师生平的电影;移步展厅,可以欣赏大师各个时期服装设计的风格,再到书店里细细品鉴原主人马约尔的精美画作;最后在露天咖啡馆坐下来,欣赏着绿翠植物环绕下的蓝色喷泉池与楼阁檐角,在浓郁的咖啡香味中追溯一个著名品牌的前世今生。

"如果要拍摄摩洛哥宝蓝色调的情侣照,就去马约尔花园。"我那位朋友后来这样总结。

宫殿民宿边的摩洛哥按摩

在卡萨布兰卡遭遇许多不愉快后,我们在马拉喀什的民宿获得了仿佛补偿般的愉悦。

坐落在马拉喀什老城的酒店都是民宿。我们预订的思里提尼庭院酒店离王宫非常近,又靠近不眠广场,是个闹中取静的好地方。出租车无法驶入老城,我们步行穿过熙熙攘攘的古巷,七拐八绕终于找到这个民宿。推开民宿大门,呈现眼前的是一座精美绝伦的阿拉伯庭院,无论是房间装饰,还是庭院水池,都带着浓浓的阿拉伯风情。我不吝惜所有赞美之词给这个酒店,除了民宿里精心摆设的饰物,庭院中种植的各类花卉,还有丰盛的阿拉伯、西式混合的早餐,以及服务生友善周到的服务,不仅带来了感官上的享受,也让精神无比轻松和愉悦。

因为酒店处在古城,所以我们每天都在深巷中穿行。狭小的巷道里,可以欣赏

不疾不徐的马车，也时刻提防着擦肩而过的摩托。阿拉伯男子的白色长袍与妇女们的绚丽袍巾形成强烈反差，花店、水果摊、工艺品店往往挨在一起，有点丽江古城的味道，不过小贩们的吆喝声与熏鼻的阿拉伯香料味总是提醒我们置身于摩洛哥。

到当地浴室去蒸一番再用精油按摩，也是摩洛哥文化的一部分。这是我们在马拉喀什才明白的事情。

从酒店到古城主干道的拐弯口，有家名为"IMRNA SPA"的浴室。每天经过那里，都看到门童在向路人介绍古老的摩洛哥按摩。他们按摩使用的阿甘精油，是从撒哈拉沙漠中生长了200年的阿甘树所结的坚果中榨取的，它也是当地妇女防晒美容的纯天然护肤品，可谓摩洛哥一宝。享受一下当地的按摩，也算不虚此行。推门而入，香味扑鼻而来。洗浴中心面积不大，一楼洗浴后更换浴巾进入二楼按摩室，房间布置得典雅大方。按摩技师是个端庄的摩洛哥女郎，穿着标准的制服。她示意我躺下后，先用木桶里的热水敷擦身体，然后用精油轻松涂抹。起先手法力道较大，因为语言不通，我只能比画着表示力度可以轻些，她笑了一下，减小了力度。按摩45分钟，顿时全身舒展。以前遗憾到了泰国未能享受当地的古老按摩，今天享受了摩洛哥式按摩也算了却了心愿，只遗憾无法与眼前的摩洛哥女郎深入交流，失去了一次深入了解当地社会的机会。

结账时，老板娘略懂英文，笑着说如果感觉满意，可以给按摩师一些小费，不在乎多少。我们每人支付了浴资500迪拉姆和100迪拉姆小费（折算人民币总计450元左右）。老板娘告诉我们，浴室的客人来自世界各地，但来自中国的客人不算多，她希望我们多多推荐这家浴室给我们的中国朋友。此刻我认真地记录上述按摩体验，也算是完成了我的承诺。

2018 年 11 月 17 日

山河吟咏

伟哉，五千年前的江南古国

"都听好了，更大的洪水就要来了，我们必须离开这里。"

国王头戴玉锥羽毛，手持玉钺，被众臣民簇拥着来到公主跟前，对着女儿，也是对着整个族群百姓急切地说道。

瑶放弃北上，琢通了玉琮。但洪水来了，水坝就快要决堤了。一旦决堤，整个良渚将会瞬间被吞噬。"神灵啊，你到底想要什么？我们命吗？拿去！我求你给我一个答案，我该怎么救良渚？"

公主跪在地上，高举玉琮王，向着苍天呐喊。担任国家大祭司之职的公主恪尽职守，直至被洪水淹没。

这是央视《国家宝藏》里的片段。饰演公主的演员周冬雨，兼任国家宝藏良渚玉琮王的守护人，她与栏目主持人张国立一起，讲述 4300 年前发生在杭州郊外王宫里的故事。这是良渚都城被罕见大洪水摧毁前惊心动魄的一幕。

良渚古城遗址内反山王陵展区游客休息区的电视屏幕上，正在放映着这段录像。

这个故事不完全虚构，就发生在反山王陵东南侧约 200 米的古城中央广场——位于皇城宫殿前，现在被考古学家命名为"沙土广场"。

2019 年的 7 月 6 日，在阿塞拜疆首都巴库举行的第 43 届世界遗产大会上良渚古城遗址被成功列入《世界遗产名录》，伴随着申遗成功的喜讯，一直建设中的良渚遗址公园宣布从第二天起试运营，每天限 3000 位游客进行体验式参观。半个月后，我与家人兴冲冲地步入良渚遗址公园，成为开放首月入园参观的体验者。

1936 年，考古学家施昕更在自己的家乡首次发现了新石器时代遗存。1959 年，考古学家夏鼐把太湖流域的新石器遗存统一命名为"良渚文化"。

2007 年，考古工作者发现了一段城墙遗址，进而发现城墙是环绕的，结合之前高等级墓葬的发现，判断出这里不仅是一座古城，而且是王国的都城，是"中华第一城"，良渚文明由此进入人们的视野。从"良渚遗址"经"良渚文化"再到"世界文化遗产"的确定，学者们整整走了 83 年。

在通往古城遗址的道路两旁，"热烈庆祝良渚遗址公园精彩亮相"与"良渚遗址是实证中华 5000 年文明史的圣地"的巨幅标语牌一路绵延，沿途彩旗猎猎，处处洋溢着申遗成功的喜悦。

5000 年前的良渚先民乘坐独木舟从东西南北的八条河道通过水城门进入古城，当时还没有马车，潺潺流动的河水就是古城的"古道"。

整个良渚遗址包括皇城宫殿区、内城、外城，以及城西北方向的大型水利工程。目前开放的遗址公园属于城址区，包括宫城与内城，占地面积相当于 4 个紫禁城。城内河网纵横，沼泽遍布，房屋都建在堆砌的土墩台地上，是一座典型的江南水城。

旅游专用道铺设在宫城与内城之间，沿途设多个旅游站点，这些站点分别为陆城门站、南城墙站、钟家港站、东城墙站、雉山站、莫角山站、反山站、凤山站、大观山站等。每个站点就是一个旅游景点，由园区内的电动游览车载客到每个站点，游客们可任意上下。

坐上游览车一路前行，清风拂面，时而驶上坡地，时而毗邻沼泽，两旁田垄阡陌，河网交叉，草木繁茂，鸟语婉转，美不胜收，让我们这些久居城市高楼的居民很是享受。

第一站从陆城门领略其宏伟壮观开始，再到南城墙遗址探知先人们用淤泥、碎石及黄土三层堆筑城墙的营造智慧。我们放弃了乘车改用步行，一路上满满的田园野趣。

古城内这座唯一的陆城门有 70 米宽，气势宏伟。背后有一组反映先民进出城门的雕塑群像。这些先民抬着狩猎到的梅花鹿，扶老携幼，三五成群，造型生动活泼。

良渚古城以水路交通为主，陆城门及门内外的宽阔通道或许是为了某种重大的祭祀活动而设，我这样猜测。

南城墙站与一大片沼泽、河塘相伴，城墙基础遗址露天展厅的北面有几座仿古的茅草屋，屋里正在举办"湿地营城"主题展览。良渚先民如何在沼泽湿地疏通河网、营造高台、搭建茅屋、临水而居？高超的建筑技巧及生活智慧令人惊叹不已。

"草裹泥"就是其中一例——用茅草芦荻包裹泥土，再用植物条带绑扎固定而成，大量用于高台土墩或城墙的基础中。正是这种"草裹泥"工艺，在后来的重大考古发现中扮演了重要角色。

钟家港站是富有生活情趣的景点。这里的河道边曾经发现黑石石片、玉料、钻芯和漆木器坯等遗物，表明此地是玉石加工、漆木器与骨角牙器制作的手工作坊区。人们以水稻为食，并驯养家猪，捕鱼、捞螺蛳，还种植葫芦、菱角等，丰富餐食。他们打磨玉器、制作漆器、烧制陶器及竹编草编，挖掘水井，把生活安排得有滋有味。令我印象深刻的是木陀螺的制作场景，我猜想这些木陀螺也许是世界上最早的儿童玩具。

整个都城里没有发现稻田的遗存，只有大量的手工作坊以及储存稻谷的粮仓遗迹。古城内没有农民，只有王宫贵族与手工匠人，这让学者们找到了专业化社会分工的城市特征。

雉山站成为古城东北处的最高点，我站在观景台眺望，古城尽收眼底，不禁感慨千年沧桑。

1936年发现良渚遗址后的50年里，上海、江苏陆续发现了良渚时期的大型古墓，浙江的学者们越来越为良渚地区的考古停滞不前而焦虑。他们根据考古界最新的"土筑金字塔"学术观点，把目光锁定反山与莫角山这两座土墩子。功夫不负有心人，1986年对反山及莫角山土墩子的挖掘，有了"惊天下"的发现。据考古学家回忆，当他们挖到1.5米深时，出现了许多遗存，从形状、尺寸以及细碎花斑土判断，这是一个大型墓葬。继续往下清理 1 米左右时，第一件玉琮被发现了。

反山墓第 12 号墓穴出土了迄今为止最大体量的"玉琮王"以及玉钺、玉璧等大量精美玉器，因此判定这个墓穴属于良渚国王。这种玉琮内圆外方，内部通孔贯穿上下，反映了当时"天圆地方"的宇宙观。

玉琮王上的神人面兽刻纹图案的解读五花八门，众口不一。但环太湖流域良渚文化时期的其他大型墓葬里出现的玉琮，也刻有同样的神人面兽刻纹图案，说明这是王国的标准"国徽"，是整个国民共同的精神信仰。

比较反山王陵的高等级墓穴群内陪葬玉器数量，国王、贵族与平民的阶层划分清晰可辨，这都是国家与文明的象征。这不是一次普通的考古发现，而是 5000 年中华文明的实证。良渚考古人是幸运的，反山王陵是他们梦寐以求的考古挖掘，怎样激动都不为过。

我们在莫角山站下车，来到古城区的最高点，也是古城的中心。高地上有 3 座土台，被称为大莫角山、小莫角山和乌龟山。这里共发现了 35 处房屋基址，构成了 3 个庞大的古城宫殿建筑群。

我登上小莫角山台基的房屋柱坑遗址，仰视着那 10 根从柱坑遗址中耸立起的复原立柱，这或许是仅次于国王的王叔或王弟的宫殿。这个编号 17 基址的宫殿面积约 138 平方米，分东西二室，在远古时期堪称豪宅。

对面的高地就是大莫角山台基，虽然没有插上复原的立柱，可看基址面积，这里的宫殿群应更加宏伟壮观。沙土广场格外平整，泥土地面结实而古朴。向四周眺望，南北两端的大雄山与大遮山在烈日下郁郁葱葱。远处的天目山余脉在蓝天白云间隐约可见。这里是良渚古城的中心，也是权力与信仰的中心。宫殿、内城、外城组成的三重结构，完美地规划出一个宏伟的都城。宫殿与王陵，城墙与护城河，城内的水道交通与功能强大的外围水利系统，呈现出一个组织能力空前的早期国家形态。

在一场由杭州杂志社、杭州图书馆、杭州市作家协会联合主办的考古专题讲座上，考古学家王宁远讲述了更多良渚遗址的有趣故事。王宁远是浙江考古研究所的研究员、考古领队，参与了良渚水利系统的发掘与研究。他告诉我们，外围水利系统位于良渚古城的西北方，是由山前长堤、谷口高坝与平原低坝以及两座自然山体形成的两个水库库区，起到抗洪、排涝、灌溉及运输的作用。2015 年前后，一次偶然，考古人员从疑似人工堆坝中发现了"草裹泥"，证明了这是一项与古城墙同时代建筑的外围配套水利工程。考古人员又从美国卫星照片上发现了另外两座大坝的痕迹，并通过最新的遥感技术，确定了整座面积为 13 平方公里的水库大坝的精确位置。正是这项浩大的水利工程，连同古城遗址中的玉琮、玉璧，证实了良渚社会具有王的权威和空前强大的社会动员能力，达到了国家的标准。

水利工程的发现破译了多年来的不解之谜，即作为都城的良渚古城为何不是位于环太湖流域的中心，而是偏安王国的西南。现在谜底揭晓，良渚背靠天目山，通过水库防洪蓄水，为都城提供丰沛的水源，并让古城内的水道交通不会因旱灾而干涸。杭绍嘉平原稻谷产地又为古城提供源源不断的粮食，所以这块宝地被先民们慧眼识中就不足为奇了。

在与王宁远研究员的交流中，他回答了我的两个提问，一是学界曾经认为文明的标志是青铜器、文字与祭祀的出现，良渚文化中没有青铜器和连贯的文字，西方学界为何认同良渚文明？二是良渚人从哪里来，又到哪里去了？王宁远回答，良渚展示出来的国家形态就是高度的文明，还何必纠缠于那些人设的条件。正如恩格斯所说，国家是文明社会的总括。至于良渚人从哪里来，又去了哪里，目前尚未有定论。他本人认为良渚人在大洪水后分成南北两支，南方一支融入百越族，北方一支进入黄河流域，融入蚩尤部落及中原文化圈。

王宁远的解答，我深以为然。带有鲜明良渚特色的玉琮等玉器，在后期的山西陶寺遗址、四川金沙遗址、广汉三星堆以及殷墟妇好墓里均有发现。良渚文明与中原文明存在着千丝万缕的联系。

公园电动游览车随上随下，我恰巧两次遇到同一位司机师傅，我们像老熟人似的聊了起来。"政府真把遗址当宝贝啊。"这位师傅感叹道。

师傅是本地瓶窑人，因为遗址保护，他的家被拆迁安置到保护区外，他也被招聘到遗址公园驾驶电动车。他告诉我，政府对遗址保护的力度真大，在遗址区红线内的厂房、民居都得到妥善的搬迁安置，这些都是靠真金白银堆出来的。他现在住在人均80平方米的新农居里，那都是成排的漂亮楼房。

良渚遗址大部分位于瓶窑镇，所以瓶窑当地有句调侃的话，"良渚出风头，瓶窑吃苦头。"师傅笑着补充。倘若施昕更先生当初是在反山发掘到新石器时代的黑陶碎片，今天的古城也许就被称为"瓶窑古城"。

告别良渚遗址公园前，我再次踏上宫殿区的沙土广场，恍惚间旌旗飘扬、山呼万岁，手持玉钺的良渚国王来到广场中央，向臣民们宣布下一个水坝项目。

此刻作为中国人，我们有理由感到自豪。一年前，我曾经参观河南安阳的殷墟商代遗址，那里的青铜器皿及甲骨文让我触摸到了3500年前的中华文明。良渚文明的横空出世，又把满天星斗般的中华文明向前推了1500年。5000多年前由暖变寒的气候大变化，使得北纬30°成为人类最适合定居的地带，由此诞生了世界四大古代文明。今天，作为唯一稻作农业为经济支撑的良渚文明向世人讲述着5000年前的大国故事，为中华文明添上了浓墨重彩的一笔。世界四大古代文明，唯有中华文明延绵至今，依然闪耀着璀璨的光芒。

伟哉，5000年前的良渚古国！

2019年8月17日

漫谈国子监

国子监在北京众多景点里存在感很低，几次来京甚至到过远郊的八大处，却遗漏了城里的国子监。因此，这趟旅游特意选择了位于车辇子胡同的客栈，紧靠国子监，以显诚意。

我们去得早，路上行人稀少不见车辆，得以在国子监街的牌楼前从容拍照，不必担心与其他游客同框，这在北京实属罕见。

国子监与孔庙各有一个大门，国子监平时是关着的，只能从孔庙大门进去，参观国子监免费搭配孔庙，或反过来讲也行。

北京国子监是元、明、清三代的最高学府和教育行政管理机构，孔庙与国子监相邻，构成了"左庙右学"的古代最高学府体制。我在越南、韩国旅游时，经常看到当地的文庙国子监基本参照北京的格局修建。左庙右学的布局据闻最早是由北宋

名臣范仲淹于景祐二年（1035）在苏州创立的，孔庙建成后，范仲淹要求将府学迁入孔庙，所以先有文庙后有太学殿。

关于北京国子监与孔庙哪个先建，抑或是同时建成，学界说法不一。我回到杭州在图书馆借到一本《孔庙国子监论丛》（中国社会科学出版社2014年版），里面考证至元二十四年（1287）元朝皇帝忽必烈在上都近郊打猎期间，与大臣们讨论时做出了"设国子监，设置国学监官"的决定，并"迁都北城，更立国子学于国城东而定其制"。也就是说，最初讨论国子监的地址时，没有讨论孔庙的建设。专家们进一步考证"国城东"，也就是现在国子监的原址。专家们又从元代吴澄《贾侯修庙学颂》文章中找到记载：元贞元年（1295），成宗帝诏令修建孔庙，但一直没有动工，直到七年后的大德六年（1302）开始大规模扩建，并于大德十年（1306）建成孔庙。

顺便提一下，此次陪同忽必烈打猎的大臣中，有一位大名鼎鼎的画家兼书法家——赵孟頫。我们不妨猜测，赵大画家应朝廷召唤，欣然北上，在与忽必烈的交流中，极力推崇科举和儒家学说，让这位蒙古皇帝潜移默化地受到了中原儒家学说及江南美学的熏陶。赵孟頫到元廷做官，世人颇有微词，其实这正是出于他对儒家仕隐观的认同与坚守——天下有道，则出仕而兼济天下。赵孟頫出仕也受其母影响。赵26岁时，元军基本平定中原。其母告诫他"圣朝必收才能之士而用之，汝非多读书，何以异于常人"。一介妇人，对局势有如此不凡见识，也折射了当时社会的整体心理变化。后来赵孟頫辞官而去，做了一个画家。

我认为后人应当对赵孟頫北上做官的举止予以充分的肯定。

参观国子监博物馆可以了解中国科举制度演变的历史，及其对世界众多国家教育与选拔制度的影响与示范，这是中国文化对世界的贡献。不得不承认，以元世祖忽必烈为代表的蒙古统治者，进入中原后虚心汲取汉文化，不仅传承了从隋唐开始的科举教育，也发扬光大了儒家思想，推动了中华文明的发展。在元大都设置国子监就是其中一例。

从元代起，历代皇帝都会来孔庙祭拜，仪式庄严隆重，绵延数里的皇家坐骑一直排到车辇子胡同，这正是这个胡同名字的由来。

孔庙前都有一块下马碑写着：文武官员军马人等至此下马，即使皇帝到此也要下轿步行，以示对孔子的尊重。北京孔庙也不例外。关于下马碑，最早的考证是金代第五任皇帝金章宗下诏设立，用六种语言书写，可以辨认的是汉蒙满回藏五种，最后一种就猜不出来了。

进入孔庙，近200通进士题名碑映入眼帘，保卫北京的于谦、心学领袖王阳明、戏剧大师汤显祖、万历首辅张居正、深情诗人纳兰性德、风流才子纪晓岚、冤屈将军袁崇焕……抚摸着石碑，曾经叱咤风云的历史人物涌入脑际，令人遐想，这些题名进士大多寒窗苦读，一朝金榜题名如鱼跃龙门，开始在历史舞台上大显身手。其中许多人留下了不朽的功绩或作品，被后人讴歌，也算是光宗耀祖，不枉一生。

起初这些题名碑由朝廷拨款建造，但到清末时朝廷已处风雨飘摇之中，国库空虚，无力支撑，进士刻碑留名就需要自掏腰包。我们在碑林中发现一个熟悉的名字——沈钧儒，他是末代进士，刻碑费用就是由沈家掏的钱。

孔庙主殿为大成殿。殿内悬挂着九块历代皇帝的御书匾额，正中梁上悬挂的是康熙皇帝御书的"万世师表"。1912年清帝退位后，民国大总统黎元洪下令挂上由他题写的"道洽大同"到正梁上，并把其他皇帝题写的匾额统统撤下。1983年，文庙修整后对外开放时，决定正梁上依旧按照民国的面貌，保留黎元洪的匾额，而把康熙皇帝的"万世师表"挂到了大殿的外檐。至于黎元洪总统与康熙皇帝的书法，如何分出伯仲，只能仁者见仁，智者见智了。私以为选择"万世师表"匾额作为殿外主匾更为恰当。

大成殿内供奉着孔子及其弟子的牌位。两千多年来，孔子的思想一直滋润着中国人的精神世界；他与弟子们共同整理修订的《尚书》《诗经》《周礼》等经典作品，为中国保留了珍贵无比的文化遗产；他所代表的儒家思想至今仍是人类思想宝库中灿烂的一页。法国大革命时期的《人权与公民权宣言》引用过"己所不欲勿施于人"；诺贝尔物理学奖获得者阿尔文曾说，人类要在 21 世纪生存下去，就必须回到 25 个世纪前，去汲取孔子的智慧。

国子监与孔庙内部相连，通道处放置着"十三经"刻石，十三经指的是 13 部儒家经典，其为我国仅存的一部最完整的"十三经"刻石。该部石经由江苏金坛人蒋衡书写成于乾隆二年（1737），由地方官呈献朝廷。手书本在皇宫懋勤殿沉睡 50 余年后，乾隆谕旨刻石于太学。历经 3 年，乾隆五十九年（1794）石刻完成，定名《乾隆石经》。此时蒋衡老先生已经去世 50 余年了，未能目睹这一盛事。我一直疑惑，乾隆帝为何要在 50 多年后才想起要做此事。不过蒋衡之孙蒋和被乾隆皇帝任命为刊刻十三经的收掌官，负责监督管理石刻事宜，也算替祖父做了一件功德无量的事情。

国子监里一处优美的地方被称为辟雍，它按照西周天子为教育贵族子弟而设立的大学建立，校址呈圆形，围以水池，前门外有便桥。从清代康熙帝开始，皇帝一经即位，必须在此讲学，美其名曰临雍讲学。从殿内一幅绘画可以窥得讲学的盛况：皇帝正襟危坐龙椅上，授课时的每句话需要若干传令官接力传播给广场上的百官，百官和监生贡生们匍匐跪地，神情严肃。不过，皇帝的每句指示通过传话官层层转达，到了广场上监生贡生以及众大臣的耳朵里，难道不会走样吗？

国子监和孔庙的历史堆积如山，外人仅凭走马观花很难管中窥豹。好在那天我们幸运地遇到一个志愿者女孩，她非常认真地向我们介绍了这里，比如孔庙正殿里牌位布置的规则，孔庙形制及建筑布局的特点。女孩还指着大成殿前的柏树，告诉我们它相传为国子监第一任校长（官名"祭酒"）许衡所植；明代奸相严嵩代皇帝祭孔，经过此树下时狂风骤起，掀翻了他的乌纱帽，故有"触奸柏"之称。

街口的那座"成贤街"的牌楼仿佛是古代太学的校门，把太学与熙熙攘攘的外部世界阻隔开来，里面殿堂庄重，古树参天，池水碧绿，环境幽美。在这个远离喧嚣的地方，你可以小憩一下，消除舟车劳顿之疲倦，让博大精深的国学殿堂涤荡一下浮躁的心灵。

诸位，若您打算来一趟亲子游，把国子监设为首选绝对不会失望。

2020 年 5 月 2 日

京城逛街记

游遍什刹海后，我突然想到今天是三八妇女节，应该去个节日氛围浓厚的地方，当地朋友说，那就去三里屯吧。

三里屯在京城东北角，之前是个汽配市场，20世纪90年代起随着附近使馆区的扩张建设，涉外友谊商店、燕莎购物商城的开门营业，这一带变得热闹而繁华。酒吧一条街更给三里屯平添了几多妩媚风情。

踏足此地时，已近黄昏，一个时髦摩登的北京逐渐向我展示面容——三里屯酒吧一条街就在太古里购物区旁边。也许因为三八妇女节，今天太古里被装饰得美轮美奂，无数情侣手捧鲜花相拥而行，店铺都打出了促销广告。有趣的场面是无数摄影师（我姑且把这些手持长枪短炮、身穿布满兜袋马甲的人称为摄影师）不断地追逐着行走中的靓丽女子拍个不停，那些姑娘们非常大方地配合拍照，对着镜头莞尔一笑。到底是北京姑娘，举手投足都洋溢着满满的首都人的范儿，真心佩服。一位摄影师告诉我，他们喜欢来三里屯拍照，因为这里是北京时尚的风向标，也是最容易捕捉现代都市元素的好地方。

从三里屯到南锣鼓巷整齐排列的胡同小巷感觉穿越了数百年。

南锣鼓巷是老北京的遗存街区，具有七百多年的历史，这里曾是清初八旗中上三旗镶黄旗的领地，仅次于什刹海的达官贵人的聚居地。光从胡同名就能读出老北

京的风情，帽儿胡同、北兵马司胡同、沙井胡同，每个胡同背后都有丰富的人文故事。

现在的南锣鼓巷已沦为商业一条街，虽然朱门大宅仍在，豪门贵胄的寒暄声与马车的辘辘声早已消逝在历史的尘埃中，人潮汹涌，很难寻觅到"旧时王谢堂前燕"的古风。沿街的店铺用各种文化符号装饰门面，也把整条老街布置得时尚艺术，蛮符合小资青年的品位。

走到街尾的时候，无意中看到一块标着"洪承畴故居"的牌子，原来那座紧闭大门不显山水的宅院就是清初开国汉族重臣在京城的居住地。我绕街边的胡同转了一圈，没有找到可以入内参观的门。洪承畴故居或许已徒有虚名。想起昨天在郭沫若纪念馆看到郭氏剧本《南冠草》的故事梗概，明末文人夏完淳投笔从戎抗清失败，拒绝已投靠清朝的大臣洪承畴的劝降。洪氏因帮助清朝稳定局面，被赐为镶黄旗，可居住在内城（按照清初规定，汉人只允许住在外城）的南锣鼓街，待遇颇为优厚。后人对洪承畴的评价一直争议不断，但多以郭氏观点为主流，视洪承畴为汉奸而不齿。现在有部分学者肯定其在清初时对社会安定、恢复经济、促进民族和睦方面做出的贡献。如今在洪承畴的故乡福建南安建起了承畴纪念园。

为了贴近老北京，第二天一早我特意把下榻处从三环外的宾馆搬到二环内车辇子胡同里的小客栈，方便去国子监与孔庙。

北京是美食的天堂。宾馆里中西餐均有，不过我更乐意去寻找传统的北京风味。新式北京烤鸭咸香鲜脆，不是传统的两吃，而是四吃；羊肉肉质细腻，入口即化；胡同里的熘肝尖、灌肠、酱肘子、豌豆黄、馅饼和打卤面……酒香不怕巷子深，羊杂汤是我的至爱，喝到胃里非常舒坦，也解乏，在其他地方很难找到那份京味儿。

北京小吃一路陪伴着前门外天桥大栅栏大街的艺人百姓，陪伴着西直门外的骆驼祥子，顽强地成为北京百姓饮食习惯的一部分。反观皇宫禁苑里的那些满汉全席、山珍海味，如今我们只能在书里浮光掠影了。

作为首都的一部分，北京的八大建筑与雄伟的天安门广场是国人心中至高无上的象征。离开北京前，国家博物馆正在举办"伟大的变革——改革开放 40 周年"大型展览，分为 5 个展区，主题分别为伟大的变革、壮美篇章、关键抉择、历史巨变以及大国气象，图片、模型和多媒体相结合，叙述了改革开放 40 年来中国翻天覆地的变化。每个展区内容都非常充实，给观众极强的视觉冲击，新颖的互动设计使人耳目一新。大厅里穿插挂着十几幅油画，以高超的技艺绘出了改革开放 40 年来人民群众昂扬向上的精神面貌。

军队现代化单元是最受欢迎的地方，这里有航空母舰辽宁号及各类战机、导弹、坦克等武器模型。许多观众在战舰模型前拍照留念。

让我印象深刻的是国家领导人 1978 年年初对于恢复高考的批示原件，以及我曾经工作过的上海宝钢的一号高炉点火仪式的照片。作为杭州人，娃哈哈最初的校办工厂及淘宝网首届双十一购物狂欢节的照片让我驻足凝视多时。这些照片是中国伟大发展进程的缩影，每个历史瞬间也是普通人人生前行的背景。

两个半小时，意犹未尽，走出国家博物馆，长安街上车水马龙，天安门广场上红旗飘扬。对面的人民大会堂里，代表们还在商议国是。

北京有许多国家级博物馆、美术馆、音乐厅、大剧院，再加上整个华北经济，它可以与任何一个国际大都市相媲美了。

一百个人心中有一百个哈姆雷特，北京同样如此。两天里频繁出入二环内外，在老北京与新北京中交替穿行，寻找着属于自己的首都印象。北京是一座宏伟的城市，也是一座普通的城市，它有古老历史，也有现代风韵，多少北漂人在此实现了人生价值，又有多少人黯然离开，写出不同的传奇故事。

我没有惊动北京的亲朋好友，就是想尽可能多地挤出时间找些感兴趣的地方看看，然而北京之大，是怎么也玩不够的。古玩琉璃厂、东交民巷、鸟巢、水立方、怀柔雁栖湖、运河遗址，老城区的晨钟暮鼓，老舍茶馆里的茶香京韵……这真是一个深掘无穷尽的文化富矿。

两天的北京之行，仍是太短暂了。

2019 年 5 月 3 日

什刹海景致

3月初的北京，春光乍泄，暖风熏人，路边的树枝开始冒芽吐翠。当我走出首都机场，看到大街上的姑娘们已经将臃肿棉服换成鲜艳春装，便知道衣服带多了，天气如此暖和，有些出乎意料。此时恰逢两会召开，北京的蓝天白云似在给大会助兴。

北京是祖国的首都，是政治文化中心，是元明清三大王朝的都城。现在的北京城，周边有层层防沙林，城内对各类污染源进行严格管控，还从千里之外的丹江口引入甘甜的水，水土保养有方，风沙治理得法，如同做过润肤补水保养过的姑娘，越发光彩照人。北京的蓝天也就成了新常态。"谁让咱北京是全国人民的首都呢"，想起马季的这段相声。

我到过北京很多次，除了在北京做毕业实习时游览了故宫、长城、天安门、雍和宫，之后出差来京都是办完事就匆匆而返。此番公差是去参加行业会议，出发前的杭州阴雨连绵近一个月，故打算在会议结束后再逗留两天，故地重游一番。

一般人以为北京成为都城是从元代开始，其实还应再前推100余年，金朝第四位皇帝海陵王于1153年迁都燕京，时称金中都。但对北京建设有特殊贡献的是金朝第六位皇帝金章宗，横卧在永定河上的卢沟桥就是在他任内建筑完成的。除了规划城建，金章宗还是最好的"旅游局局长"，他走遍了北京的山山水水，"开发"了"燕京八景"，分别是：居庸叠翠、玉泉垂虹、太液秋风、琼岛春阴、蓟门烟雨、西山积雪、卢沟晓月、金台夕照。那天搭乘地铁10号线，看到金台夕照的站名时，忍不住下车。今天的金台夕照，只剩下街头的一通石碑，周围密布高楼大厦，直耸云天，旧时的燕京景致早已不见踪影。

北京和杭州一样，基本上实现了电子支付，在地铁上和大街小巷里，无论做什么，采用移动端支付，比信用卡和现金更受欢迎，移动手机已经覆盖了我们的日常生活，地铁里几乎满车厢的人都在低头看手机。遗憾的是不乘出租车，就少了聆听首都的哥侃大山的机会。

依本人见解，北京其实只有两个区域，老城区与新城区。故宫皇城与清朝老内城基本在二环以内，看不到几十层的高楼大厦，可以称为老城；其他地方都是新区。建筑学家梁思成主张保护北京古建筑和城墙，在西郊建新首都，可惜没有被采纳。但要寻找老北京，还是要到二环内。在报亭里买了份北京地图，没有找到崇文区（东城区）与宣武区（西城区），想必都合并到东城区与西城区了。"左崇文右宣武"这样的老话，新北京人也许未必知晓，想起来不免有些唏嘘。

地铁 8 号线可以直达什刹海站，这里能体验到老北京皇城根儿的气息。出站后扫码解锁了一辆单车，先去鼓楼留个影。对鼓楼以及什刹海的印象最早来源于刘心武的小说《钟鼓楼》。沿着地安门外大街、地安门西大街，途经烟袋斜街、白米斜街、荷花市场及前海南门，前往恭王府。遗憾的是这几天恭王府内部正在装修，无法参观。懊恼之时，一位穿着"胡同游"马甲的三轮车夫凑到我跟前说：恭王府无法参观，那就参观什刹海胡同吧。

胡同游是北京某旅游公司推出的一个游览项目，至今已接待 200 万次的中外游客。蹬车的师傅姓唐，东北人，来北京已经十几年了，对这里的风土人情了如指掌，如数家珍。我们沿着什刹海体育运动学校、郭沫若故居、南官房胡同、大金丝胡同、

银锭桥从前海来到后海。唐师傅问我是否知道胡同一词的来历。我赶紧说不知道，请师傅赐教。他笑着说，带游客坐三轮车是每个车夫的责任，当然他们也希望游客听得高兴，能给些"赏钱"。接着他继续说，元朝开国皇帝忽必烈打到北京城，定都为元大都，但大军要烧饭喝水，军马也要饮水，所以定都后找水井是最急迫的事情了。从水井里打水时用木桶或者竹筒拴个绳子，从上面往水井里扔，扑通一声，木桶碰到了水就发出了这种特殊的声音，慢慢地，蒙古人就叫这样的有水井的小巷子为胡同。北京的胡同有上千条，它既连接着王公大臣的深宅，也与寻常百姓的生活相通，豪门恩怨，市井哀乐，多少年来上演了多少悲喜剧，深深融入北京的历史文化中。

在南官房胡同，我们进入了一家四合院，说是国际奥委会主席也去参观过，但游人太多，一时仓促没有品出什么味道，倒是对四合院大门的讲究多了不少了解。比如院落越深，门当的数量就会越多，这就代表主人官阶越高，如果该宅院是三进深，那么就有 12 个门当了。门当户对，就是双方门当的数量一样，否则就是攀高枝或下嫁了。另外，门墩也很讲究，比如文官宅院的门墩是长方形，代表着书籍，意喻读书人出身，此宅乃是书香门第。而宅院的门墩若是圆形的，代表着战鼓，那么主人必是从战场归来，见识过旌旗猎猎、鼓角阵阵。

今天的后海，波光潋滟，树木吐翠，望着湖中泛舟的游客，任凭微风轻轻拂过脸颊，甚是惬意。唐师傅忽然指着湖边上那座朱门灰墙黑瓦的大宅说："那是张伯驹与他妻子潘素的故居。"

张伯驹是大玩家，被称为"京城四少"之一。他穷尽一生，散尽家财，收藏国宝字画，如陆机的《平复帖》、黄庭坚的《诸上座草书卷》等国宝级文物，全部捐献给国家，余生却遭尽劫难。潘素是张伯驹在青楼结识的上海滩当红名妓，弹得一手好琵琶，且擅长作画，张伯驹几经周折，终于抱得美人归，两人从此度过坎坷的一生。这所宅院由张伯驹后人捐出，辟为纪念馆，也成了后海一道独特的风景线。我们正在门前参观时，一位大爷主动走过来，向我详细介绍了张伯驹生前的故事。

唐师傅告诉我，什刹海附近一些退了休的老北京人经常不请自来，他们喜欢跟外地游客唠唠本地故事，对张伯驹高度推崇。他们以张伯驹这样的北京人为傲。

在什刹海随便走几步，就会走到名人的故居前。感觉时间还早，既然恭王府关门，就顺道去郭沫若故居参观一下。郭沫若故居也是三进院，曾经是恭王府的一部分，也曾经作为蒙古国驻华大使馆办公地。郭沫若于1963年11月迁入此地居住，直到去世。门口的古树参天，庭前有个院落典雅精致。在院落花园内，一株高大的银杏树引人注目，看到树下一小牌，才知它乃郭沫若亲手栽种，并详细记叙了何时栽种以及背后的故事。我喜欢名人故居里多设这样的说明牌，触物及人，主人生前的场景就会浮现脑际，变得生动起来。

沿着红绿相间的中式回廊走到尽头，是一座典雅的四合院。游客在院内可以参观主人的客厅、办公室与卧室。郭沫若早年就颇为大气，在北伐战争中投笔从戎，参加过南昌起义。他在白话文、诗歌、戏剧，还有考古等不同领域皆有独特建树，是多学科复合型的大学者。临终前，他嘱咐家人把自己的骨灰撒在山西昔阳县大寨村（时称大寨大队）的虎头山上，那里的"郭沫若纪念碑"成为热门景点。

什刹海紧挨紫禁城，每座豪宅深院都充满着贵族的气息。在恭王府后门沿柳荫街行走时，看到一尊解放军士兵雕像。仔细阅读旁边纪念碑上的文字时，方知这是为一名叫袁满屯的战士而立，他因为抢救落入后海的学生而英勇牺牲。徐向前元帅为这个普通士兵题写了碑名。

旧时皇亲国戚扎堆的什刹海，因为一尊普通士兵的雕像变得"和蔼"了许多。

先有什刹海，后有北京城。什刹海是古代皇帝的水龙脉，相连积水潭，再通大运河，皇恩就这样浩荡四方了，这是老北京人的调侃。今天的什刹海比起京城众多景观显得低调了很多，而笼罩着什刹海的文化和情调依然毫不逊色。

2019年4月7日

到西双版纳寻觅傣家风情

一

西双版纳是个迷人的地方。

最初领略到西双版纳傣家风情，是通过某美术杂志上一幅题为《泼水节》的国画。原作是北京首都机场候机厅里的一幅观赏壁画，画中的傣族人民载歌载舞，表现了对生活的热爱、对自由幸福的追求，其中有 3 个傣族姑娘正在河中沐浴，画面清丽秀美，在艺术界很受推崇。那年我在北京机场候机时特意寻找此画未果，询问后方知被三合板假墙封住，终成遗憾。

2016 年的最后一天，我来到了那幅壁画中的世界——西双版纳。

西双版纳是傣族的大本营。

傣族有上千年历史，在东汉时期就向中原皇帝称臣纳贡。傣民原先有名无姓，

后统姓为岩（男）玉（女），刀姓是元朝皇帝给傣王赐的姓，多用于大户、贵族。这么说来，孔雀舞皇后刀美兰应当出自望族。

大象与孔雀是傣族的精神文化图腾，分别代表力量吉祥与美丽神灵。至于西双版纳的名称，首次在明代使用，"西双"的意思是"十二"，"版纳"的意思是"一千块稻田"。当时此地有12个傣族头领，分管着12个辖区，所以就以"西双版纳"作为地名了。

在景洪市的大街上，大象、孔雀灯与菩萨的雕像随处可见。在每个旅游公园，服务员全部是身着傣家服饰的女孩，她们头戴花朵，身着紧身无领窄袖短衫和彩色筒裙，充满青春活力。

在曼听傣王御花园，傣族姑娘小玉笑容满面地向我们介绍傣族分水傣、汉傣、花腰傣。水傣因为生活在水边坝区，生活条件较好；而汉傣则较多生活在山区；花腰傣因腰部彩带图案精美，且挂满艳丽闪亮的樱穗、银泡、银铃而得名，一般生活在红河中上游。我们笑称小玉一定是高贵的水傣时，她说自己是汉傣，因为她父亲是汉族，母亲是傣族。

我不禁想起20世纪90年代风靡一时的小说《孽债》——上海知青沈若尘到西双版纳插队落户，与当地美丽纯情的傣族姑娘韦秋月相爱，生下一女沈美霞；当知青返城大潮掀起后，沈若尘夜夜难眠，寝食不安，妻子秋月心疼丈夫，主动提出离婚，让心爱的男人远走高飞，回到繁华的大都市。沈若尘回到上海后，很快建立新的家庭，把傣族前妻忘到爪哇国去了。但他没有想到的是，前妻因为日夜思念他，悲伤成疾，在他离开西双版纳的若干年后去世了。当女儿美霞在母亲去世后来到上海寻找父亲时，又引出了另外一段悲喜交集的故事。

西双版纳秀丽迷人眼，但对于上山下乡插队落户的知青们来说，这里是一块伤心地。叶辛在《孽债》里充分描写了西双版纳的傣族兄弟姐妹谦和、热情、善良，而恰巧傣族婚俗中的结婚、离婚手续比较简单，导致大返城时知青的离异更加简便一些。这些情节在小说里得到合理的安排，也是真实情况的再现。据此改编的同名电视剧在上海电视台黄金时段热播时，几乎万人空巷。

小玉告诉我们，傣族在民族改革前还是母系社会，存在走婚现象，现在早已是一夫一妻了，但在婚礼上仍然保留男嫁女娶、男人入赘的形式，也算是对传统的致敬。傣族姑娘饮食清淡酸香，喜欢喝茶、嚼槟榔，大多身材苗条、面庞姣美、热情奔放，这也许是当年上海知青与傣族姑娘成婚较多的原因吧。

小玉还笑着说，西双版纳房价便宜，气候适宜，生活节奏较慢，而且大多数在景洪的傣族家庭有多套房子，非常喜欢汉族小伙入赘，让我们带话回去给还没有对

象的小伙子。

二

因为行程紧凑，我们没有时间去傣家村寨竹楼，也无法到勐寨江边一睹傣女浴江的场景。

在傣王御花园里，八面佛、飞龙白塔、古榕树以及各种热带兰花，展现出浓烈的傣族风情。其中超大的放生湖，碧波荡漾，湖畔绿草如茵，繁花似锦。传说，古代傣王妃曾来这里游玩，回宫后便生了一场大病，傣王请大巫师占卦，巫师说只有让王妃重回御花园招魂才能治愈，王妃第二次来到此地，果真病好了。所以这里还有个傣语名字叫"春欢"，就是"灵魂之园"的意思。

景洪总佛寺给了我更大的震撼。从佛寺的后门越往里走，越感觉到整个佛寺建筑气势如虹、金碧辉煌。佛寺广场中间高耸的一尊金身立佛，和蔼慈祥，左手略微抬起，仿佛把吉祥与幸福撒给来到此地的善男信女。佛寺大殿为二级重檐顶，屋顶高耸，坡面由三段瓦顶相叠而成。台阶两旁分别有各路菩萨、神佛把守，皆姿态飘逸，造型夸张，还伴有祥龙瑞狮等各种动物，极具南国绮丽特色。坐落两旁的钟楼与鼓楼，风格体量与惊艳程度丝毫不亚于主殿，令人叹为观止。一些神兽青面獠牙，堪称典型的小乘南传塑神风格，很难在内地看到。景洪总佛寺恢宏浩大，是南传佛教在傣族世界的圣地。即使傣族的两支部落分别迁徙到了泰国及老挝，成为其国家主体民族，这些国家的皇室与政界高管也时常来景洪总佛寺参拜。祖国边陲的西双版纳绝对称得上是个非凡的地方。

中国的佛教均来自古印度，不同的支派因传入的路径不同，修行方式与目的也不同。与汉传大乘佛教直接引自天竺不同，南传小乘佛教则是经缅甸辗转传入，其目的是把自己修炼成金刚，修炼成佛；大乘佛教不仅要求把自己修炼成佛，还要普度众生，建立佛国净土。也许小乘佛教皈依从简、还俗容易，更加接地气，在傣族群众中普及率极高。据说许多傣族家庭的小孩在成人前都要到寺庙学佛念经打坐，几乎家家都是佛教信徒。

走进佛殿内，看到台基座的正中供奉着一尊高大的释迦牟尼金像，背景是金色的菩提树。我们敬拜后，仔细瞻仰了佛祖边上的其他几座神态各异的佛像。中国佛教有三大支派，除汉传佛教和南传佛教外，还包括藏传佛教，博大精深，需要不断地研习精进，正如历史学家范文澜所说："不懂佛教，就不能懂得中国文化史。"

寺庙东院有两株贝叶树，据说是泰国僧王法驾亲临此地种下的。泰国公主到访此地时种下一株菩提树。

<h2 style="text-align:center">三</h2>

傣族是爱唱歌跳舞的民族，也是喜爱过节的民族。每年四月中旬，傣历新年的开始，人们会举行最重要的泼水节。

1961年4月，周总理陪同缅甸总理来到西双版纳参加泼水节，让傣族儿女欣喜若狂。我曾经读到一个趣闻，西双版纳当地的驻军首长很想去见周总理，但在这场外事活动里没有被安排。首长心有不甘，穿戴整齐来到泼水节现场，挤进相互泼水的人群，好不容易来到总理面前，恭恭敬敬地给总理敬了个礼，刚要开口说话，总理劈头盖脸地向他泼了一脸的水。事后这位首长也为自己的行为感到好笑，在泼水节欢快热烈的场面下，他即使想见总理，也应当参与泼水，所以身上不被泼些水才怪了。

我们在御花园看到了周总理与傣家人欢度泼水节的雕像。周总理身穿傣族服装，头扎傣家头巾，手持水盆，神采奕奕。导游小玉还讲了一段关于周总理的故事，以前傣族称为"泰"族，周总理从中泰友谊的大局出发，提议把在中国境内的"泰"

族改成"傣"族，以表示中国完全尊重泰国的主权。

　　泼水节源于纪念为民除害的天女。相互泼水时，身上被泼得越湿，越能交上好运。我们没有赶上泼水节，但在晚上的"澜沧江／湄公河之夜歌舞篝火晚会"上体验了一把。晚会的歌舞表演有傣族的泼水活动，也有动人的孔雀舞，还有与西双版纳相邻的老挝、缅甸、越南、泰国及柬埔寨等东南亚国家的民族歌舞。

　　表演结束后，我们到河边点燃孔明灯，相互祝福。此时河面礼花灯火千姿百态，氤氲多彩；一盏盏孔明灯冉冉升天，把天河点缀成人间仙境；远处已经篝火熊熊，傣家象脚鼓的鼓点声随风而来；周围的人群里顿时涌起一阵阵欢歌热浪……我们体验了从未有过的西双版纳神奇之夜。

　　入夜，在澜沧江边找了家傣族风味餐厅，要了啤酒，对江畅饮。江两岸灯火璀璨，披银戴红，此时，江上驶来一艘游船，悠扬的歌声随着江风时而高昂时而低沉，令人陶醉。

　　此刻，2017年零点的钟声响起，河上空烟花绚烂。明天就是新年，第一次在祖国西南边陲傣族聚居区度过辞旧迎新的时光，内心饱满得几乎要溢出来了。

2017 年 1 月 1 日

回眸金上京

一

金庸的《射雕英雄传》把故事背景设置在南宋与金国对峙且蒙古崛起的年代。小说主人公郭靖曾是蒙古大汗的金刀驸马，而反派主角杨康则是金国六王爷完颜洪烈的养子。随着故事展开，刀光剑影，大漠江南，悲欢离合，侠骨丹心尽显在家国情仇之中。这里的敌国就是金国，是南宋的宿敌，而蒙古铁木真部落是南宋的盟友。小说里的蒙古首领成吉思汗豪情仗义，英雄气概，骁勇善战，帮助南宋抵抗金兵。

数百年来，在杭州西湖栖霞岭南麓的南宋岳王庙前，络绎不绝来此凭吊抗金英雄岳飞的百姓们，不会忘了在宰相秦桧的铸铁跪像上打几拳或吐上几口唾沫，以发泄对秦桧迫害忠良的气愤，以至于岳飞坟前的那座秦桧的铸铁跪像不得不用铁栏杆保护起来。岳王庙门匾上的四个大字"心昭天日"，表达了岳飞蒙冤遇害前的悲愤心情，那就是此生未能收复中原，雪耻靖康，直捣金国黄龙府，可以说是英雄壮志未酬。

记得我读大学那阵子，收音机里正好在播放刘兰芳的评书《岳飞传》，那档节目俨然是课程表里的一项，同学们每天都会按时凑在收音机前听完这档晚饭间的评书，这丝毫不亚于一道上品佳肴。若错过这档节目，我几乎失去了上晚自习的动力。刘兰芳嗓音洪亮，字正腔圆，讲得颇有感染力，增添了我们对岳飞的敬爱以及对金国侵略者的憎恨。我有时拿学弟小傅的满族身份打趣道，满族属于后金民族，祖先或许也是金人的一支，他听后只是笑笑。

当我今年 6 月底来到哈尔滨时，最想拜访的就是城南阿城区的金上京遗址。这是当年大金帝国的开国都城，女真人从这里出发，推翻强大的契丹辽国的统治，接着铁蹄踏足中原，攻陷汴京，俘虏宋徽宗、钦宗二帝北上，北宋灭亡。金国占据了燕京、山东、江淮等广大地区，与南宋对峙上百年。

此番去金上京，凭吊金都遗址，就想穿越到 800 年前，探寻那些堙没在历史长河里的早期女真人的神秘逸事。

二

金上京皇宫遗址怎么去，导航上没有查到，搜索栏里跳出了"金上京历史博物馆"，令我喜出望外。先找博物馆，再探访实地，是游览古迹旧地的最佳方式。

从哈尔滨驱车去阿城区，沿着哈牡高速，不到 2 个小时就进入阿城地界。下高速口继续行驶，穿过阿城城区后，远远望见一座古色古香的牌楼，南北两面各书"上京会宁""渊远金源"，牌楼看上去很新，应当是近两年的建筑物，让来访者多少感觉到此地曾经是威严皇城。经过阿城区，街道上颇为寂寥。但来到金上京历史博物馆时，不觉眼前一亮，馆前广场矗立着金太祖完颜阿骨打的塑像，马上的金太祖手执武器，威风凛凛。背后几个涂金大字"女真肇兴地，大金第一都"，遒劲有力，彰显此地的皇家气派。

博物馆造型奇特，外观新颖，楼与楼间规正不一，楼群间廊道相连，楼顶尖兀，壁立面线条斜横粗犷，既不是唐宋建筑风格，也不像伊斯兰风格，莫非这些建设样式是设计师们从历史典籍里考证出来的女真人的金帐行辕风格？

三

要讲金国历史，就得从北宋讲起。宋太祖赵匡胤陈桥兵变，黄袍加身，剿灭各地残余势力，统一了中国，建立了北宋王朝，只可惜未能收回北方领土燕云十六州，这块土地已经被军阀石敬瑭割让给契丹人。北宋的敌国就是契丹辽国。辽人属游牧民族，时常到宋境内掠夺百姓财物，因此，宋辽之间战火不绝，诞生了杨家将、穆桂英挂帅这样的传奇故事。直到辽国萧太后掌权，与北宋签订了澶渊之盟，才换来了长达上百年的和平时期。

辽国的中后期，其东北地区的白山黑水之间，以完颜部落为代表的女真族逐渐崛起，他们以渔业和畜牧业为生，骁勇顽强。

女真地域称海东，此地出产一种猎鹰，"铁钩利嘴，顾盼雄毅"，善捕天鹅，故称"海东青"。契丹贵族酷爱海东青，把其豢养成为宠物用于娱乐，他们每年向女真人索要，使得女真人不堪其扰。辽国派往女真的使者，腰配银牌，称银牌天使。他们到达女真居地，还要求女真人每晚献出未出嫁的漂亮女孩陪宿。后来发展到无论是否婚嫁都要霸占，连女真贵族及部落酋长的妻女也不放过，这激起女真人的强烈仇恨，纷纷聚众起义，与契丹人抗争。女真人里最有才华的统帅完颜阿骨打（《金史本纪》称赞他：英谟睿略，豁达大度，知人善用，人乐为用）于天庆四年（1114）起兵伐辽，在黑龙江阿城称帝，建立了金国。

完颜阿骨打就是金国的开国皇帝金太祖。

我们在历史博物馆里看到金太祖起兵及登基大典时的场景绘画，契丹使臣腰配的银牌以及海东青的照片。

金兵于天会三年（1125）抓捕辽国天祚皇帝，辽国灭亡。此时，北宋皇帝在干吗呢？

北宋第八代皇帝宋徽宗赵佶是个大书法家、大画家。他的存世画作《雪江归棹图》《四禽图》以及《写生珍禽图》都是艺术界的珍品。他的书法自成一体，独树一帜，被称为"瘦金体"。但是，这位杰出的艺术家却是个昏庸腐败的皇帝。他起用蔡京、童贯这样的奸臣宦官，妄想利用金兵伐辽节节胜利之际，与金人联盟，共伐辽

国，乘机收回燕云十六州。宋金的"海上之盟"签订后，童贯以为辽国已经被金国打得奄奄一息，只要自己的15万大军一到，辽国守将耶律淳会立刻献城求降，城内的汉人会箪食壶浆以迎王师般地欢迎童贯的大军，这样，自己不费吹灰之力便可坐享其成，成为收复燕京的大英雄，班师回朝将有享不尽的荣华富贵。但是，宋军来到燕京城下，看到城墙上高悬皇帝宋真宗和辽国皇帝辽圣宗的画像，辽军守将耶律淳站在画像前面质问童贯：宋辽和好已过百年，现在突然背后插刀，难道就不怕天理昭昭？不等童贯开口，耶律淳就让人大声朗读契丹文和汉文的和平誓书……宋军将士感觉理亏，无心恋战。

北宋与女真的合作，是一次重大外交失败。数百年后，南宋不懂唇亡齿寒的道理，重蹈覆辙，又与蒙古合作共同伐金。金国灭亡后，彼时的战友立即转身向南宋开刀，逼得南宋皇帝崖山跳海，此乃南宋重大的外交失败。

战局已经注定。童贯军抵达燕京城，根本不受燕京百姓的欢迎。即使汉族百姓不习惯于辽国的长期治理，渴望和平安宁，但他们并不希望宋军入侵，扰乱他们的和平生活。当宋军入侵，城内军民同仇敌忾，以少胜多，把宋军打得溃不成军，就可以理解了。

宋军的失败不仅仅在战场，消息传到金太祖完颜阿骨打的耳朵里，他不敢相信大宋军队如此不堪一击。这为日后金国进攻北宋埋下伏笔。

宣和七年（1125），好大喜功且又平庸的宋徽宗接纳辽国叛将，破坏"海上之盟"，终于诱使金国对北宋发动进攻。在北宋首都汴京即将被攻破前，宋徽宗匆匆将王位让给他的儿子宋钦宗，希望他儿子抵挡住金人的进攻。然而无可奈何花落去，由金军大将完颜宗翰率领的游牧铁蹄毫无悬念地攻陷了北宋首都汴梁城。靖康二年（1127）四月，统治中国167年的北宋王朝随着宋徽宗和宋钦宗被押往金营而宣告灭亡。

四

走进金上京历史博物馆，可以看到4座金国皇帝坐像，分别是金太祖完颜阿骨打，金太宗完颜吴乞买（完颜晟），金熙宗完颜亶和海陵王完颜亮。这4位皇帝中的前3位都在金上京打理国务。第4个皇帝完颜亮则是弑杀金熙宗后登基。他为了巩固自己的政权，把威胁自己王位的宗室亲王全部杀掉，还决定迁都到燕京。天德五年（1153），金迁至燕京，改燕京为中都。5年后，海陵王下令，原上京城里的宗室贵族一律南迁，原宫殿及宅院一律拆毁，夷为平地。

所幸的是第5代金国皇帝金世宗完颜雍上台后，认为金国上层贵族大臣需要维护女真旧俗，防止骁勇善战、艰苦朴素的民族基因退化。大定二十五年（1185），金世宗带领满朝文武返回女真肇兴之地上京会宁府，凭吊祖先足迹，告诫大家不忘初心，继续发扬光大女真人当年质朴的优良传统。

如今我们看到的金上京会宁府遗址，就是金世宗恢复民族传统时重新建造的皇宫及王城遗址。根据遗址考古，上京城拥有南北二城，其中北城北垣1门，东垣1门，西垣1门，腰垣2门，南城南垣2门，除腰垣东侧门址处，均带有瓮城遗迹。瓮城的瓮门多为转角形，以增强防御力量，扩大防御界面。皇宫设置在南城，所以宗室贵族大部分居住在南城，普通百姓居住北城为多。

金世宗统治下的金国与南宋达成了隆兴和议，换来了几十年的和平。在这样的和平环境下，金国抓民生、搞建设，走向盛世。天下闻名的北京卢沟桥也是金世宗诏令兴建的。

这里特别要提一下金世宗的夫人乌林答氏，如果没有这位聪慧孝慈的妻子，金世宗完颜雍也许早就被海陵王杀掉了。在金熙宗晚期及海陵王早期，完颜雍每每陷入危险时刻，都是妻子乌林答氏为其出谋划策，劝完颜雍献出祖传珍宝，韬光养晦，低调做人，因而化险为夷。当好色的海陵王贪图乌林答氏的美貌，将完颜雍调派外地任职，诏乌林答氏去中都陪寝。乌林答氏明白如果不去中都燕京，丈夫必遭谋害，她毅然踏上去燕京的不归路，并在途中投河自尽。乌林答氏作为一位政治家的妻子，以英勇赴死的气概保全了丈夫的前程，捍卫了自己的贞节。可以说，随即而来的盛世金朝也有这个叫乌林答氏的女人的一份功劳。作为女真族抑或是中国历史上最杰出的女性之一，乌林答氏的生平事迹完全可以拍成一部跌宕起伏、荡气回肠的电视剧。

五

我们在历史博物馆广场上以及馆内，多次看到金兵统帅完颜宗翰的雕像。这些雕像都是由迁居到台湾的完颜宗翰后裔（台湾彰化粘氏）捐款兴建的。完颜宗翰本名粘罕，金熙宗上台后，他被迫害致死，其后裔改姓粘，逃亡福建晋江，后迁徙到台湾彰化，功成名就，光宗耀祖。博物馆前的停车场也是粘氏后代捐建，命名为粘氏广场，广场围墙上是歌颂宗翰事迹的浮雕。

完颜宗翰就是进攻北宋京城汴梁，抓捕并押送二帝回上京的军事统帅，也是残酷统治中原汉族百姓的最高将领。把其列为第二位英雄，就塑像及生平介绍的数量及内容，甚至超过金太宗等其他3位皇帝，令我吃惊不小。完颜宗翰确实对金国建立了特殊的功勋。完颜宗翰的主要功绩是，推举并拥戴完颜阿骨打登上帝座，创建

大金：带兵作战勇猛，用兵如神，在伐辽灭辽中建立头功；对宋作战坚决果断，为金国夺取大片土地，攻陷大宋都城。如果说以上金国的荣耀反衬北宋的耻辱，那么以下二事倒是值得汉人尊敬了。

一是完颜宗翰高度尊重敬仰汉文化，主动融入汉民族。他在攻陷宋都汴梁后，积极收集保护汉文典籍、礼器文物，运回上京。在俘虏宋徽宗、钦宗二帝及大臣、宗室宫妃家属以外，还带走大量的工匠、倡优、画家，这些人到了金国，客观上传播汉文化，推动了金国的汉化融合，也推动了金国从游牧酋长制（游牧奴隶制）转向更为高级的封建制，推动了社会进步。二是保护了孔庙寺庙祠堂免遭破坏，保护发扬了儒家文化。天会五年（1127），宗翰南伐攻入山东曲阜，有当地降官献媚让宗翰掘孔子墓，以屈服汉民，宗翰问曰："孔子何人？"随从参谋高庆裔答："古之大圣人。"宗翰大怒，说："大圣人墓焉可伐！"下令把这个出馊主意的降官推出斩首。

除了完颜宗翰，另一位与之比肩的金军杰出大将就是与岳家军长期对垒的完颜宗弼（金兀术）。这位将军在金宋战争处于相持阶段时，利用南宋皇帝赵构急于求和的心理，逼迫皇帝杀掉岳飞，解除了金国的心腹之患。此时正是宋军在岳飞、韩世忠的率领下，开始掌握战场主动权之际。当岳飞率军四次北伐，收复大片被占疆土时，被赵构12道金牌催回。岳飞悲愤叹息道："十年之功，废于一旦。"金兀术借南宋皇帝之手杀掉死对头岳飞，并在金国已经处于颓势时，与南宋"绍兴议和"，为金国争取到最大的国家利益。我们在哀叹宋高宗、秦桧之流无能卑鄙之余，也不得不对金兀术高超的外交谈判手腕与军事才能表示钦佩。

在历史博物馆里，我们没有找到完颜宗弼（金兀术）的塑像。完颜宗弼官至都元帅，还兼任文官中的太师职位，领三省事、行台尚书省事，相当于担任了军委副主席兼任国务院总理，可谓一人之下。

六

历史博物馆还有许多在上京地区出土的陶器、玉器，尤其值得一提的是龙纹铜镜展区。在这里可以看到各种造型的金代铜镜，构思精巧、线条流畅。可以肯定，那些被掳到上京的中原巧匠，为金源文化的崛起起到了推波助澜的作用。

女真人能够占领中原并取得燕京一带汉民的拥护，除了军事统治外，也离不开金国文化软实力对百姓的熏陶。在历史博物馆的讲解中，我们不止一次地听到"金源文化"一词。女真族建立金国后，积极使用归顺的辽将汉臣，在文化、教育、艺术各个方面，兼容并蓄，完成了游牧文化向农耕文化的转型。

现在当地政府正积极推广金源文化。我们在某饭庄吃饭时也感受到了当地浓烈的文化氛围。

七

博物馆旁边就是金太祖陵墓。因为没有明显指路标记，颇受游人冷落。与其他古代帝王之陵大致相仿，陵园设有一条中轴大道，道路两旁有各类动物石雕，径直往前走，踏上数十级台阶，来到金太祖完颜阿骨打的陵墓前。墓碑上写"大金太祖武元皇帝之陵"。转身眺望山丘下颇为荒寂的北国黑土地，感到一丝凉意。讲解员告诉我，陵墓前这块空地，也就是我们脚下这块空地，是闻名于世的斩将台原址，当年徽宗、钦宗二帝被押解到上京，金军还特意在此举行了献俘仪式。

从陵墓出来，绕山丘一圈，道旁古树参天。后山设有宁神殿及陵墓地宫。宁神殿里设有完颜阿骨打塑像，还有金辽战争初期他的六位功臣的塑像。

地宫里现在是空穴，因为开国皇帝遗骸已经在海陵王时期就迁移到中都太祖陵寝（位于今北京大房山一带）。地宫里墙壁上的许多绘画，特别是阿骨打坐骑的雕像倒是值得欣赏。例如，我们从其中一幅绘画中可以了解到女真人的衣着装饰。女真的辫发样式也很奇特，额头无发，发束梳成两辫并垂在身后。

八

参观完历史博物馆及金太祖陵墓，沿着指示牌驱车前往会宁府遗址探究，汽车在坑坑洼洼的土道上颠簸了很久，都没有看到任何高大的城郭古墙。如果不是矗立着的几处遗址纪念碑，根本无法辨别出眼前这片土地，或者准确说这几块被淹没在绿色庄稼中的城垣夯土土堆，就是曾经辉煌的会宁府遗址。我们停下车，走到夯土土堆前，拍几张照片，算是纪念。

远处村庄里传来几声狗吠，旁边的大槐树下，一些村民在打牌消遣。走在田野里，微风吹来，麦地里的麦叶子随风摇摆，野外的气息里还混杂了些驴、骡子的粪便味。不禁想起了那首名句：萧瑟秋风今又是，换了人间。

金国女真人，这支从东北白山黑水中走出来的游牧民族，能够击败强大的辽国及北宋，绝非单凭运气及老天眷顾。除了对手腐败没落，初创时的女真人团结包容、善于学习、锐意进取、兼容并蓄。女真贵族对汉文化的痴迷，从几位皇帝学习汉文化可见一斑。

金太宗偏爱北宋词人苏轼及黄庭坚的诗词，还专门学习了司马光的《资治通鉴》，他交代金兵将领完颜宗翰攻入汴京后，保护好宋皇宫内的文学书籍，尽可能多地带回上京。

虽然海陵王好色又残暴，但拥有极高的汉文学素养，当他读到柳永《望海潮》中的词句"东南形胜，三吴都会，钱塘自古繁华"时，不禁对杭州西湖的美景无限向往，动起了再次南征的念头。海陵王提笔言志：

> 万里车书一混同，江南岂有别疆封？
> 提兵百万西湖上，立马吴山第一峰。

难以想象，如此豪放大气的诗文，竟出自异族军政统帅之手。

纵观中国历史，就是个民族融合的大历史。无论契丹辽国，还是女真金国，甚至之后的清朝，都虚心接受汉文化，汲取汉文化中的营养与精华，最终融入华夏文明中，而汉文化也在这个过程中得到新的发展与升华。

如果把中国历史比作一首宏大的交响曲，女真大金帝国的历史就是其中一段华彩乐章，值得我们聆听与鼓掌。

2017 年 9 月 24 日

杭州北山街的神秘老楼

杭州北山街84号，对于大部分杭州市民而言是一个陌生的地方。2016年12月之前，即使你用地图导航软件，也无法寻觅到这里。

84号院落里的30号楼，是一幢靠近杭州西湖葛岭的西洋风格小楼，建于民国时期。汤恩伯就任国民党京沪杭警备总司令后，入住此楼，故称"汤公馆"。中华人民共和国成立后，这里成为浙江省委机关的办公场地。

1953年12月28日，宪法起草小组的成员在这里度过了77个昼夜，起草了中华人民共和国的第一部宪法（俗称"五四宪法"）草案初稿，史称"西湖稿"。

杭州人以前只知道在西湖刘庄（今天的西湖国宾馆）有座亭子，亭子里有通碑，碑上铭刻着一行字："中华人民共和国的第一部宪法草案在这里诞生。"其实，这个提法并不准确。宪法起草工作期间，毛主席只是居住在刘庄，实际上他每天乘车经过西山路（今称"杨公堤路"）、岳王庙、里西湖，到达北山街84号，与其他工作人员在这座小洋房里办公。所以，这座小楼才是我国第一部宪法草案的诞生地。

2016年12月4日，随着第三个"国家宪法日"的到来，北山街84号院落第30号洋楼揭开了它神秘的面纱，作为"五四宪法历史资料陈列馆"对公众开放。

笔者在开放日后的第三天，就兴致勃勃地来到这里，探访这个全国第一家以宪法为主题的陈列馆。

北山街84号的院门不大，进入院内却别有洞天。院内幽静空旷，古柏参天，植物茂盛，满眼翠绿，是个坡地大花园。沿着山坡，几座中式宾馆楼群错落有致。山边曲廊相连，既可闲庭信步，也可坐饮香茗。

这里曾经是省政府的高级疗养院及省委领导办公地。G20杭州峰会圆满落幕之后，84号院落改名为"浙江西湖山庄"，以高档宾馆的形式正式对外开放。

30号楼位于西湖山庄的中心，青砖黛瓦，古色古香。这座建于20世纪30年代的别墅，是由一幢平房、一幢二层楼房组成，总面积756平方米，由时任浙江省委第一书记的谭启龙居住兼办公。当谭书记获知毛主席需要一个办公地点与宪法起草小组工作人员一起办公，立即将自己的住宿地点腾让出来。毛主席对这栋老别墅的办公条件非常满意，在这里度过了两个多月不平凡的时光。

当我来到别墅前，一个巨大的铜牌镶嵌在台阶边的石壁上。铜牌上铭刻着

"五四宪法历史资料陈列馆"这几个大字。台阶另一旁立有一通刻有"毛主席起草宪法处"中英文的纪念石碑。不时有参观者在此拍照留念。用于开馆典礼的红地毯及花篮还没有被移走。

拾级而上，在别墅的露台前，一面鲜艳的国旗映入眼帘，这堵国旗墙上还镌刻着国家公务员宪法宣誓的誓词。默读这些文字，庄严肃穆之感油然而生。

进楼参观之前需要登记个人身份，并且套上鞋套。工作人员告诉我们，陈列室都是真品真迹，是国家的文物，弥足珍贵。

进入室内，我们见到一尊乳白色的毛主席塑像耸立在鲜花翠柏丛中。主席端坐在沙发上，正在阅读手中的宪法草案。在灯光的衬托下，背景墙上一段毛主席到杭州时的语录闪烁着金光："治国须有一部大法，我们这次来杭州就是为了集中精力，做好这件立国安邦的大事。"

在一楼的平房里，我依次参观了会议室、会客室、警卫员办公室以及卫生间。所有屋内的物品都是按照当时的场景摆设。

陈列的物品中，毛主席当年攀登五云山时使用过的竹拐杖格外引人注目。

资料陈列室设在主楼，分成六个单元的主题陈列。第一、二单元分别为"历史背景""毛泽东主持〔西湖稿〕起草"，设在主楼的一层。第三、四、五、六单元设

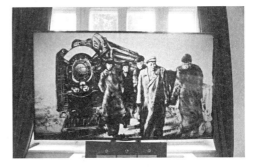

在二楼，主题分别为"全国人民参与大讨论""人民宪法获全票通过""五四宪法精神的传承和弘扬""全面实施宪法"。

陈列室里展出了毛主席对宪法草案的修改意见以及批示，宪法起草小组研究了世界法律文明史，包括苏联、东欧、法、德、印度等国的宪法，做了大量功课。如今透过这些泛黄的纸页，略显陈旧的字迹，背后的法治精神同样历历在目。毛主席逐条审定了宪法的草稿，对宪法制定提出了许多独到的建议，可以说"五四宪法"是真正的"国家一把手工程"。

我们还见证了宪法起草小组当年参考使用过的外国宪法文本，甚至可以拿起20世纪50年代风格的电话，聆听毛主席的讲话录音，感受了时空的跨越。

根据记载，随同毛主席来到杭州的宪法起草小组人员是陈伯达、胡乔木、田家英等。起草过程中，胡乔木与田家英基本上推翻了陈伯达写的第一稿，使得陈伯达很不开心，说："我不行了，要回家当小学教师了。"我们从陈列馆的影像资料里获知了这些有趣的细节。

第一单元展厅里，讲解员正在介绍从《民国临时约法》到苏区《宪法大纲》的宪法历史背景，伴随着她的甜美声音，眼前那些文物瞬间都变得灵动起来，仿佛此刻也一起一伏地呼吸着。

陈列室的第四单元有个很大的电视屏幕，参观者可以根据自己逗留时间的长短选择浓缩版、剪辑版或完整版有关宪法起草的影像资料。我特别欣赏这档影像节目，整个节目以一位画家用如椽之笔作画贯穿始终，沙画不断地变换，时而写意，时而写实，一幅幅艺术沙画穿插着当时的照片，配上旁白解说，使我们宛若置身在火红的50年代，心潮澎湃。

历史档案陈列馆里既有图片又有实物，还可以聆听现场录音，观看当事人的采访录像，使得人们在阅读那段历史时丝毫没有枯燥乏味之感。在参观结束后，从二楼沿楼梯下来，恰好是楼内的电影厅。略感疲惫的参观者正好在此欣赏名为《新中国第一部宪法诞生记》的历史纪录影片，并小憩了一会儿。整个历史档案陈列馆布置得格调高雅、品位时尚，充满了现代展览艺术之美。

"五四宪法历史资料陈列馆"的开馆，不仅为杭州这座历史文化名城增添了厚重的人文积淀，留下了流光溢彩的一页，也为目前全面推行"依法治国，建设社会主义法治国家"做了很好的历史注解。

2016 年 12 月 15 日

殷商都城

当我来到河南安阳殷墟商朝都城遗址，那种强烈的震撼与视觉冲击，丝毫不亚于站在洛阳龙门石窟之卢舍那石佛前的那一刻。

这是我的第三次河南之行，前两次我游遍了洛阳、开封、郑州。这一次选择安阳，是因为这里的殷墟遗址。

从新郑机场出来后，可以搭乘高铁前往安阳，耗时两小时。便捷的高铁让这座位于冀豫二省交界的边远小城不再遥远。高铁车厢里有许多安阳当地的乘客，当他们得知我们是旅游者时，推荐我们去桃花谷欣赏自然风光，或去林县观看红旗渠的人工奇迹。我推辞说要去殷墟，他们大感意外，认为安阳那么多风景名胜，殷墟只是个古迹，怎么会作为首选？

出了高铁站，出租车在广场一侧，标志统一，司机彬彬有礼，这使我对这座中国第一古都陡然增添好感。

出租车司机姓庞，他说参观殷墟遗址首选是宫殿宗庙遗址，第二个值得去的地方是殷墟王陵遗址。他又建议我们参观完殷墟遗址后，应当再去参观中国文字博物馆。途中庞师傅还告诉我们，安阳人杰地灵，诞生了民族英雄岳飞和民国总统袁世凯。

来到殷墟宫殿宗庙遗址时，已经接近晌午。遗址公园正前方的红色木栅门，公园内的殷墟及甲骨文发现地的两通刻着红字的石碑在烈日的照射下鲜艳夺目。此时，参观者不多，遗址公园显得有些寥落。但你踏在这片殷商古地之上，望着蓝天白云，遥想三千多年前的殷商故土上，男耕女织，狩猎捕鱼，雕石琢玉，持贝买卖，占卜祭天，这些活生生的场面被用文字书写下来，仿佛就在眼前，不觉得激动起来。不要小看殷墟，它已被公认为世界文明的起源地之一。

"看这条小河，可是当年宫殿的护城河。"讲解员的声音让我从畅想中回过神来。讲解员指着密草树丛旁的小河，告诉我们这条河叫洹河。此时波澜不惊的小河驮着远古的文明，流淌了3000多年，缓缓而来。

环顾四周，整个宫殿遗址就像一座秀丽的大花园，满眼翠绿，鸟语花香。在没有建立遗址公园前，这里是一片农田。2006年被世界教科文组织列入世界文化遗产名录后，这里就被严格保护起来。

如果不是看到"殷墟博物馆"这几个大字，我们没法想到这个展示世界古老文明的博物馆几乎淹没在地下。讲解员解释说，这样的设计最大限度地保护了那些古老的文物，同时尽可能地与整个殷墟遗址景观相协调。

博物馆入口下坡处的墙壁上有个甲骨文的"子"字，这是甲骨文中最先被辨认出来的象形文字，也是商朝望族的姓氏。这个"子"已经成为博物馆的馆标。

在下坡道旁有一条青石板的时间长廊，铭刻着从商朝到清朝的公元纪年。每块青石板长度不一，象征着各个朝代存亡时间的长短。我们一步步地往下走，感觉每步都跨过一个百年。当跨过青石板尽头的"西周"，进入布置着篝火、茅屋的展厅内室，我们仿佛穿越到了远古的殷商年代。在不同的展厅，我们为一系列令人目眩的文物所震撼，虽然它们此刻"安详"地躺在恒温陈列玻璃箱里。

从精致的盛酒觚爵，我们仿佛闻到了商朝夜宴的酒香；

完美的陶三通水管，撑起了商王宫殿完善的地下供水系统；

各类动物骨骼加工制作的饰品，洋溢着商朝女人爱美的心；

透过那些实用的石刀石镰，我们仿佛看到了商朝农民们在耕田劳作；

冰冷的青铜刃戈，让我们仿佛听到战场上的阵阵厮杀声；

一枚枚贝壳，喧哗于市；一片片龟甲，惊动天下；

直观那些珍贵的出土文物，3500 年前商人的一段段生活场景，化成一幅幅逼真的画，仿佛历历在目。

展厅里最令人瞩目的就是司母戊鼎，这是商王武丁之子献给其母亲的大鼎，鼎身鼎足鼎耳均刻有各类怪兽浮雕，精美绝伦。怪兽的纹饰狰狞怪异，充满了神秘的色彩。这些纹饰震慑力很强，象征着商朝王室至高无上的权力。该鼎重达 832.84 公斤，是当今世界上最大的青铜礼器，也是镇国之宝。

司母戊鼎原件存放在北京的国家博物馆。据说在申遗时，该宝物特意从北京借调，荣归故里，顷刻间让殷墟遗址大放异彩，也赢得了在场的联合国教科文组织评审专家们的赞叹。

目睹这些精美的陶器、玉器、青铜器，无人不惊讶中国史前王宫里的奢华排场，殷商时代的高超铸造、绘画、雕刻技艺以及从远古时期传承而来的工匠精神。

离开博物馆，会经过"乙七基址"殉葬场，红色木桩是祭祀坑的标注，商代贵族遇到类似建造房子这样的重大活动，都会活埋一个小孩作为祭品。每一具破裂变形的殉葬尸骨背后，是陪葬者死前的挣扎。讲解员说，商代六个奴隶可以交换一头健康的耕牛，而这些奴隶通常是战俘或从敌国俘虏而来的平民。虽然我们不忍目睹那些殉葬坑，但也明白，从石器时代走向奴隶社会是人类发展过程中的必经之路。

令人印象深刻的还有兵马坑里那些庞大的战车。根据战车的轮廓推测，殷商都城的街道已经分成快车道与慢车道，一个完整的城市规划布局完整地呈现在我们的脑际。

经过甲骨文长廊，就是宫殿宗庙遗址。在这里，我们意外地看到了一块毛主席视察此地的纪念石碑。毛主席生前从不参观古人坟墓遗址，来殷墟是他老人家一生中极其稀少的一次。

据说在殷墟现场，毛主席还与文史专家们讨论了甲骨文碎片上重复出现数百次"妇好"二字的含义。讲解员说，1952 年 11 月 1 日，主席当时所站的位置正好是妇好墓室的出口，领袖指点的位置正是妇好墓穴的中心。这真是一次难以置信的巧合，难怪当地盛传这是人神之间的天灵感应。

公元前 14 世纪，第 20 代商王盘庚迁都到殷，就是今天安阳市洹河南岸的小屯村一带，在此建立了都城，延绵 270 多年。盘庚侄子武丁掌权后，殷商达到鼎盛。这段历史被太史公记载在《史记》里："殷道复兴。诸侯来朝，以其遵成汤之德也。"武丁时期的商疆土辽阔，源于商王对北方羌国的一次征服。此次战争是甲骨文记载殷商时代规模最大的战争，出动军士 13000 人，统率这支军队的将领正是商王武丁的妻子妇好。妇好是中国历史上第一位女将军，也是一位杰出的政治家，她协助丈夫多次主持国家祭祀等重大政治活动，文武双全，极受商王宠爱。妇好去世后，商王悲伤不已，将她的墓地直接安排在自己办公的宫殿旁边，日夜相思相伴。殷墟王公墓穴几乎被后世的盗墓者洗劫一空，唯有妇好墓保存完好，因为无人会猜到商王宫殿旁居然会有王后的墓室。

爱情的力量挽救了妇好墓。

1976 年的妇好墓考古工作者，一定会觉得这是他们一生中最温馨浪漫的考古发掘。他们从墓里出土的器物表面的铭文辨别出墓主人妇好的身份，这是令现场考古者激情澎湃的时刻。这些青铜器、玉器、骨器，见证了妇好与商王武丁之间瑰丽伟大的爱情。

在妇好墓室看到的殉人，很少有挣扎或被刀砍的迹象。后人猜测，妇好生前待人和蔼，她去世后，她的近臣侍卫或仆人不愿主人孤独长眠于地下，甘愿伴随而去。

广场前塑了一座妇好的雕像，她威风凛凛、英姿飒爽，手持的兵器正是从妇好墓里发掘的大铜钺。

女将军妇好给殷墟增添了浓墨重彩的一笔和无穷的传奇。

之前在看殷墟博物馆里的视频资料时，有一段根据殷商出土遗骸复制的古人"子商"用纯正的安阳口音向参观者作自我介绍的视频。我猜想，博物馆是否想用这种方式告诉大家，虽然安阳是河南的一个边远小城，但这里诞生了中国首位巾帼英雄，历史源远流长！

2018 年 2 月 3 日

一片甲骨惊天下

一

步入殷墟遗址公园，刻有"甲骨文发现地"的石碑首先映入眼帘，在空旷的大地上向来客诉说着这个伟大的事件。

妇好墓使人得以窥探商朝武丁鼎盛时期的风貌，真正让殷墟闻名天下的是甲骨文的发现。

殷墟遗址公园博物馆里，七块龟腹甲甲骨文的仿制品整齐地悬挂，那块刻有卜辞文字的牛肩胛骨作为镇馆之宝，详细记载了商王准备第二天打猎，占卜是否顺利的历史。

从博物馆出来后步行几分钟，来到甲骨窖穴。

这个平凡的洞穴，让安阳市小屯村名声在外——这里出土的 15 万片甲骨及其上刻录的文字，帮助人们破译了整个商代社会的方方面面，因此也被称为人类历史上最早的"图书馆"和"百科全书"。

二

谈到甲骨文，不能不提清末金石学家王懿荣。

1898 年，清廷国子监大臣王懿荣在北京的中药铺抓药时，偶然发现一味龙骨上刻有奇怪的文字——甲骨文，这个伟大的考古发现由此浮出水面。我们永远怀念王懿荣，不仅因为他发现了甲骨文，而且因为在八国联军侵犯北京时他临危受命，担当团练大臣，抵抗侵略者，兵败后率夫人与长媳投河自尽，守职尽忠。我们应当向这位忠勇殉国的金石学家致以崇高的敬意。

王懿荣去世后，浙江人刘振玉通过老乡刘鹗获得了王懿荣遗留下来的部分甲骨文，开始寻找甲骨文的来源地，最终探访到河南安阳小屯村，这里正是商朝都城遗址——殷墟。

甲骨文起先用于占卜，刻字于龟腹甲与兽骨，其文字已经具备了中国书法的用

笔、结字、章法三要素，体现了古人的聪明智慧。

今天见到的甲骨文绝大部分是卜辞，商王在祭祀、战争或畋猎等重大活动，或当遇到灾害都要进行占卜。贞人是主持占卜的官员，商王与贞人在每次占卜时，把他们之间的对话记录下来，刻在龟甲或兽骨上。贞人在龟甲上凿个洞，放到火中去烧灼，烧灼后龟甲沿洞口出现裂纹，根据纹路可以猜测未来。一篇完整的卜辞包括叙辞（时间及贞人名字）、命辞（占问的事由）、占辞（过程记录）、验辞（是否应验）。我们可以想象，在商朝，贞人是绝对的高危职务，如果经常发生占卜错误，影响商王的施政，很可能会丢掉脑袋。

除了用于占卜的甲骨文，还有一些甲骨文是记录日常生活或自然现象的，比如干支表刻辞。之前学者认为干支纪年方式始于西汉，甲骨文证明了从殷商之前，天干（甲、乙、丙、丁、戊等）与地支（子、丑、寅、卯、辰等）的纪年方法已经使用。

离开殷墟博物馆，我听从司机庞师傅的建议，前往安阳市区的中国文字博物馆。

这座冠以"中国"之名的国家级博物馆建筑，将浓浓的殷商宫廷风韵和现代风格相结合，很好地演绎了远古与今天的人文对话。

我在战国时期六国文字及秦国统一文字后的"马"字图片展览前伫立许

久。甲骨文这样的象形文字，无论古今方言声韵如何变化，人们颠沛流离到哪个角落，含义永远不变，只要文字留存，精神不灭、文明不息，中华文明从古至今，绵延不绝，原因在此。秦始皇横扫六国，统一文字（书同文），客观上为中国古代文化教育的发展做出了重大贡献，今天我们怎么称赞秦始皇都不为过。

甲骨文以其线条挺拔、粗犷遒劲的"刀笔"特色，成为人们喜爱的书法艺术。在考古现场许多甲骨文已经带有笔书的痕迹，以及明显的刀刻勾勒的特征。将其他地方出土的甲骨文与殷墟出土的甲骨文相对照，可以发现书写方法并不相同，显示了不同地方的书写流派。

由此推测，在远古的殷商时期，存在各种流派的刻字工匠，他们相互切磋，取长补短，"争艳斗丽"。也许每年在商城王宫还会进行各种隆重的刀刻书法的比赛，评出"书法大师"。商王兴许会给荣获大师称号的书法家颁发奖品。

从甲骨文数千年前的那一刀精雕细刻开始，苍穹中一道道灵光闪现，天地间一簇簇火团燃烧，在中华大地上"烹饪"出一道道文字盛宴，让我们品味到青铜金文的华丽图纹、篆书的凝重峻奇、隶书的清秀灵动、楷书的古朴俊秀……在这些盛宴的觥筹交错中，我们看到了王羲之的长袖善舞、颜真卿的低吟浅唱、赵孟頫的狂草高歌……

三

甲骨文让中华文明以无懈可击的文字昭示天下。尔后，一系列殷墟考古挖掘开始了一个伟大文明的历史追溯。零星记录在《尚书》《春秋》《山海经》等古典文献里的商朝，终于被揭开了神秘的面纱。太史公在《史记》里那段"洹水南，殷墟上"有了坚实的依据。中华文明探索从周朝又向前延伸了600年，直抵公元前16世纪。

不要小看这600年，它把欧洲的古罗马文明抛在了后面，把大部分可考的古希腊文明抛在了后面。

同时期世界上还存在另外两种文字，一种是古埃及的象形文字，可惜，在波斯铁蹄的践踏下，古埃及伴随它们的文字灰飞烟灭。我们只能在法国巴黎协和广场上的方尖碑、大英帝国博物馆里的罗塞塔石碑旁凭吊。

还有一种就是诞生于古巴比伦的楔形文字。公元前17世纪，古巴比伦国王汉谟拉比把其统治时颁布的法典用文字刻在了石碑上。只是，巴比伦先被北方的亚述国所灭，复国后又被波斯人血洗殆尽。那座被称为《汉谟拉比法典》的石碑，被法国人掠夺至卢浮宫。

世界上没有人能够直接阅读以上两种古老文字：古埃及文字是通过罗塞塔石碑上的古希腊文破译的，古巴比伦文也是通过与古波斯文铭刻在同一个石碑而转译的。

通常说的四大文明古国，还包括古印度文明。但古印度文明没有文字流传，正如马克思所说"印度的历史就是没有历史"。所以，若以文字来排定文明发祥地的座次，印度根本排不上号。

四

全球最大的软件公司之一，美国甲骨文的英文名称 ORACLE CORPORATION 直译是神谕公司，有好事者翻译成"甲骨文"，不料该公司高层非常喜爱这个译名，可以把现代化的数据库软件技术与中国古老的文明联系在一起，岂非幸事。他们于 1986 年在中国商标局申请注册了"甲骨文"的计算机运用类方面的商标，又于 1996 年收购了另外一家中国公司注册的网络 IP 类的"甲骨文"商标，并于 2002 年正式启用"甲骨文"作为公司产品的中文商标。

美国人理查德·西尔斯，几十年如一日痴迷汉字，他节衣缩食，整理甲骨文、金文、小篆等字形并做成"Chinese Etymology（汉字字源）"放到网上，让汉字学习者输入汉字就可查看字形、字意及其渊源。西尔斯的网站被称为线上《说文解字》，他本人也成为中国"网红"，被誉为"汉字叔叔"。

甲骨文和汉字文化对世界产生的影响越来越大，甲骨文项目顺利入选《世界记忆名录》理所当然。

现在甲骨文还成为文化创意的"源代码"，成为手机壳、T恤衫、电脑包及新年红包上的图案元素，令人耳目一新。

古老的文字还有许多谜团待解开。在安阳中国文字博物馆里，我们看到了这样的通告：欢迎全世界甲骨文研究者运用云计算、大数据等现代技术手段与传统研究手段相结合，破译 2000 多个尚未解译的甲骨文，单字奖励金额高达 10 万元。这是何等的豪气。

有关甲骨文的故事，还会继续被讲述。

五

西方某些学者对源于夏商周的中华文明始终抱有怀疑。甲骨文的发现成为高度发达的商代文明存在的"铁证"。近几年在浙江良渚发现的古城，距今 5000 年，这让我们阐述"中华5000年文明"有了百分百的底气。良渚出土的许多带有刻画符号的陶器与玉器，是否就是殷商甲骨文的先祖？我们期待着专家们更多的发掘与解答。

世界古代四大文明，若论久远，古埃及第一，华夏第二，若论传承，华夏至今唯一。

如果把中华文明比作一个勇往直前的巨人，巨人身上流淌的血液是由一个个方块汉字打造的，其干细胞从甲骨开始，经过木简、竹简、丝帛、纸张一路承载，跌宕起伏，伴随文明巨人浩荡前行。即使外族屡次入侵，文字也未被消灭，入侵者反而被文字及其承载的文化同化。以甲骨文为基础的象形汉字，即使发音不一样，神散形不散，它永远铭刻在一代代中华儿女的记忆中与血液里，凝聚成一股坚不可摧的力量。

离开安阳，心头涌起四个字：殷墟不朽！

2018年3月4日

临海古长城与战神戚继光

久闻临海古长城（又名台州府城墙）依山而建，雄伟壮观，留有当年戚继光的英雄足迹。恰逢临海正联合西安古城墙申报世界遗产，便筹划元旦前往参观，一睹为快。

抵达临海已近傍晚，接车的司机告诉我们，由于央视正在热播《抗倭英雄戚继光》，其中故事大都发生在台州临海，这两天来临海的游客增多了。另有电影《战神戚继光》摄制组正在临海古长城拍戏，主演是赵文卓和洪金宝，许多市民闻风而动，前往拍摄现场探班。

第二天早晨，拉开宾馆卧室窗帘，阳光射入，满屋金辉，心想我们是沾了戚战神的光。

吃完早餐后直奔老城府，穿过位于老城东北角的刻有"雄镇东南"大字的大门牌坊，沿 198 级台阶而上，抵达揽胜门，雄伟的古长城跃然眼前。

在揽胜门城楼上，戚继光的雕像巍然矗立。戚将军身披战袍，佩戴宝剑，目光炯炯，傲视远方。雕像旁一隅静卧一门火炮，炮口指向灵江对岸。

在英雄的雕像前肃穆站立良久，耳畔仿佛听见了军鼓喧嚣，烈马嘶吼，眼前仿佛刀光剑影，满地血肉横飞。400 多年前那场伟大的抗倭战争仿佛就发生在今天。

戚继光是登州区（今山东蓬莱）人，少年从军，于明朝嘉靖三十四年（1555）被朝廷调任浙江都司参将，带军进入浙江，时年 28 岁，英姿飒爽。当时，以日本海盗为主的倭寇屡犯浙东沿海，日益猖獗，百姓苦不堪言。戚继光来到浙江后，积极训练部队，研发先进兵器，巧用兵法，在台州九战九捷，以少胜多，全歼入侵倭寇，取得浙江抗倭的全面胜利。

戚将军不仅是军事统帅，还是杰出的军事工程师。古长城若干座空心双层敌台就是由他设计首创，分上下两层，用于士兵的瞭望观察和储备休整，是明代军事防御工事的典范，该设计也因戚将军调任北方而在北方长城中广泛使用。所以，我认为与其形容临海古长城为"江南八达岭"，不如改称为"戚继光长城"。

戚将军善武也能文，书法精湛，多才多艺，只可惜明朝皇帝重文官、轻武将。戚将军也是懂政治的军人，但他依靠自己的人脉，不是为了投机取巧、升官发财，而是为了训练新军、研发武器而筹集资金，保家卫国。

关于戚将军，有许多有关他惧内的笑闻，将其中一段摘抄如下：戚继光被部下所激，命亲兵接其妻入军营，帐内众将皆盔明甲亮，手执利刃，一派杀气腾腾，想给其妻一个下马威。不一会儿，其妻抵达营帐，见了这等阵势，却无丝毫恐惧之色，反而目光威严，对着戚继光喝道："唤我何事？"戚继光闻言，胆战心惊，扑通一声跪下说道："特请夫人阅兵。"

此段子大概率是虚构的，但不怀疑戚将军对夫人一片深情。在以夫权为中心的封建社会，大丈夫尊重、体贴、关爱自家夫人较少，一些无聊之徒编出这些笑话，恰好反证真实的戚将军铁骨柔情，豪放不失细腻。

戚将军因其战功显赫，官升总兵（相当于现在的大军区司令）。但万历皇帝朱翊钧登基后，荒废朝政，听信奸臣小人，将戚继光贬到广东，使其郁郁离世。

戚继光忍辱负重，懂得政治斡旋，尽管被小人诽谤遭贬，还算有个好下场，在明朝忠良难得善终的年代，这相当不易（中兴名臣张居正去世后，万历皇帝开始清算自己这位首辅，并诛杀流放其后人就是例子）。这样文韬武略、政治成熟、充满家国情怀的军事人才，真是千年难遇。戚将军去世后，台州百姓在多个地方设立戚公祠，怀念这位大将军，有关他的故事传颂至今。

沿着古长城行走，途经白云楼、北固门、朝天门、靖越门，古长城蜿蜒曲折，矫如神龙、气吞山河，现在城墙砖瓦间长满青苔。在朝天门参观了附属的瓮城，以为是囤积粮草之用，当看到封门用的升降绞索车，方知此瓮城是用来诱敌深入，瓮中捉鳖的。

走下古长城，看到一支临海当地民间乐队手持各种乐器，自弹自唱，声音婉转悠扬。此时阳光洒在游人身上，一片祥和景象。

2016 年 1 月 2 日

三星堆文明来自何方？探访真相！

去年秋季出差途经成都，首先想的就是去三星堆遗址参观。

从成都去三星堆费了番周折。

我首先查了三星堆的官网，没有记载任何交通信息。

我致电旅游公司，询问是否有三星堆一日游，答曰无人报名，项目取消了。上网搜了一下，说武侯祠有免费大巴，感觉不靠谱；另一条帖子写着新南门客运中心有专线大巴，9:50 出发，再查客运中心官网，没有信息。相信帖子吧，我 9:40 赶到新南门客运中心，售票员说，专线车 10 分钟前出发了。

客运公司门口有许多"黑车"，一位司机说："可以拉你去另外一个客运站，那里也许有到广汉的客车，你可以到广汉后再叫出租车过去。"此时边上一个的哥劝我："你干脆包我的出租车直接去吧，否则外地人过去很不方便的。"他说平时 500 元包来回的车费，按照 380 元算，我在博物馆待多久都可以。他还补充，看这个博物馆是要花时间的，他懂的，今天专门陪我了。坐上郑师傅的出租车，我终于在中午 12 点赶到了三星堆。

三星堆是成都的名片，去一趟如此不易，我甚感不解。

三星堆文物的璀璨惊艳几乎令人难以置信

三星堆博物馆就像一个大公园，坐落在小山坡上，周围绿树葱葱、鸟鸣声声，溪水潺潺流过。公园广场上竖立着许多带有三星堆文化符号的雕塑作品，给园区带来了几分神秘的远古气息。园内步行小道与电瓶车道互不干扰，各行其道。当我步入园内，还看到某个剧组在这里取景拍摄现代剧呢。

博物馆按照出土文物，分成陶器、玉石器、青铜器等几个单元，有古蜀国农业与商贸、历史文化几个特殊单元展区，加以三星堆特有的神兽造型雕塑，辅之"长江文明之源"大型现代壁画，揭示了古蜀国都城的繁荣昌盛，三星堆文明的深邃厚重。特别是这些制作于公元前 4800 年新石器晚期到公元前 2000 年春秋中期的青铜器，做工精湛至美、亦人亦神，如此肆意的怪兽奇禽的造型设计，它的奇特魅力让每位参观者都为之倾倒、为之震撼。三星堆文物的璀璨惊艳几乎令人难以置信。

记得多年前，我在参观埃及国家博物馆时听到埃及导游得意地讲，能够承载世界四大古文明的最早文物，当属古埃及文物。现在看来，三星堆文物与其相争，也毫不逊色。

根据考证，这些文物制作年代是新石器时代晚期到春秋早期。进一步推论，广汉三星堆地区是古巴蜀国的首都，该国历史至少延绵两千多年，鼎盛时期应在商代末至西周之初。博物馆展出的这些琳琅满目的文物，其高超的制作水准反映了古巴蜀国极其光辉灿烂的文化。就工艺水准，丝毫不亚于我们之前在陕西历史博物馆与中国历史博物馆里看到的商周时期的青铜器。也就是说，华夏文明不仅仅是以黄河流域文明为代表，巴蜀文明也参与其中而且绝不逊色。遗憾的是，古巴蜀国在春秋战国时期神秘失踪，没有留下任何文字。

三星堆文明来自何方？谬论与真相

三星堆之古人来自何方？三星堆文明来自何方？那些精美绝伦的玉器、青铜器，以及布满象征权力图腾的金杖、金面罩，还有海洋生物化石，为何出现在三星堆这个偏居一隅的西南地区？

种种疑问，博物馆的解说词里没有详尽解释。络绎不绝来三星堆参观的大多是

考古专业人士和历史爱好者，相信他们也在思索这些问题。根据出土文物上的花纹、人物造型等，有人推测三星堆主人是夏桀部落的一支，反叛后流浪此地，还有人说来自亚述以色列，甚至怀疑是外星人。

最近网上疯传的一篇题目叫《中国历史学家为什么隐瞒三星堆研究，因涉及中国文明到底是原发性还是外来的问题》的奇文，宣称中国不是文明古国。其把三星堆文明讲成是西亚文明，推理主要依据是：（一）三星堆的青铜面罩、黄金面罩的人物特征不像华夏族，更像埃及总统穆巴拉克；（二）三星堆所处的广汉地区是早期羌族所在地，古代羌人是非洲现代智人的后裔，他们首先从非洲进入西亚，再从西亚经过中亚进入印度，再至缅甸，然后进入古蜀国；中原文明是从古蜀国的古羌人这里引进的，并非原创性的。这种简单粗暴的低级推理，居然还获得了十万多的阅读量，难道谎言讲一万遍就变成真理了？

那么真相究竟如何呢？笔者在一些学者的研究基础上，做如下推测：

三星堆遗址博物馆里的那些精美绝伦的陶器、玉器、青铜器，都能从黄河流域同时代的文物里发现。目前的考古已经证明：首先，黄河流域二里头出土的陶器、玉石与青铜器，与三星堆极其相似。其次，三星堆遗址并不是孤立的，在最近发现的四川什邡箭台村考古中（《光明日报》2016年5月30日报道）发现了成规模的与三星堆二期、三期相近的文化遗存。这些证据说明了古蜀国先民从山地农业到平原农业的漫长变迁。这也同时证明三星堆文化是由夏商文化通过岷江地区传入成都平原的。证据显示三星堆青铜器的冶炼及矿石原料的采取，是在岷江上游与成都平原之间的龙门山地区进行的，这里至今还有多处炼铜的古迹。龙门山正是古蜀人迁徙的必经之地。

三星堆遗址里的海贝等，与目前考证的从四川经过云南、缅甸，经印度抵达西亚的南方丝绸之路形成物证对应。这些海贝是从西亚通过货物交换流入四川盆地的。这些海贝也能在河南安阳的商代殷墟妇好墓里找到。

布满象征权力图腾符号的金杖、金面罩，在中原文物里确实比较少见。那么它们的出现有如下两种可能，一是金杖、金面罩等文化符号物品，确实是通过南方丝绸之路传入中国四川的，但这不能推翻华夏文明的原创性。这就如同华夏文明所催生的陶器、瓷器，通过丝绸之路交换到西亚（只是当今考古界在西亚地区尚没有发现来自中国四川的新石器时代的文物而已），不能因此怀疑西亚两河流域文明的原创性是一样的道理。二是古蜀国先民完全有其魔幻般奇特想象与无限创造力的设计，勾画出与西域相似的人物造型及金杖祭拜文化，如同当今的四川人创造出川剧里变脸这样的夸张脸谱。

在博物馆的展厅里，古代世界的金面罩的图片一一排列出来，供参观者对比参考。奇文讲中国历史学家在隐瞒对三星堆的横向对比研究，博物馆的这个金面罩展区有力地批驳了这种说法。四大古代文明通过商贸等方式相互学习沟通交流，并不影响其自身的原创性。

最后，我们需要讨论羌人的历史起源。那篇奇文，把非洲智人与羌人联系在一起，完全不是一个时间尺度上的比较，有点关公战秦琼式的荒唐。从人类学的角度，全世界所有的人种都可能是从非洲现代智人演变进化来的，何止羌人一个民族？

中华儿女统称自己是炎黄子孙，其实炎帝就是羌族部落的后代。夏王大禹治水主要依靠的就是羌民族。到了殷商时代，羌人才在与商军作战时节节败退，逐渐被历史驱逐到非主流的位置。古蜀国传说中的鱼凫族与杜宇族，都可以从古羌人那里找到他们的蛛丝马迹。直到今天，羌族百姓还在川西一带生活。还有一些自认为是藏族的百姓仍然保留着古羌人的饮食生活习惯。羌笛不须怨杨柳，春风已度玉门关。今天我们对羌族的文化，要始终保持谦虚的态度，向他们脱帽致敬。而那篇奇文把古羌人推断成从非洲草原走来的民族，以此证明是古羌人引进了西方文明，真是贻笑大方。羌族从来都是华夏民族的一分子。

西方主流社会对三星堆的暧昧态度

三星堆的发现轰动世界考古界及历史界。但西方主流学界都不敢把西方文明与璀璨悠远的华夏文明相比，因为他们知道这是矮子与巨人的比较。记得旅法学者边芹在她写的《谁在导演世界》一书里提到，西方一直推销他们的价值观，拔高西方文明史，有意无意地漠视或贬低华夏文明。当如此辉煌的三星堆文物作为中法政府交流在巴黎展览时，根本进不了主流博物馆，降格到巴黎市政府的橱窗里展出。西方主流媒体都哑然失声，不予报道。边芹在书里还提到，西方某些博物馆明明摆放的是中国的文物，参观手册上也只提是来自柬埔寨、越南、缅甸、尼泊尔等亚洲文物，居然不提中国！其在普通民众前拒绝承认中华文明的居心可见一斑。

我们不要被西方主导的价值观误导，在巴蜀文明及中原文明高度发达之际，欧洲大部分地区还是荒蛮之地。笔者那天在博物馆展厅参观时，看到来参观的外国人约占1/3，且许多是来自欧美的年轻人。无论如何，中华文明对西方社会的影响力越来越大了。

尾声

回成都的路上，出租车郑师傅问我对三星堆文物的印象如何，我告诉他，很精彩，值得一看。他说他是广汉本地人，但文化不够，看不懂，所以至今没有去博物馆参观过。待到他的儿子考上大学时，会带他来看。他又说，今天还有一位学历史的大学生，也包了辆出租车来欣赏三星堆文物。郑师傅的同伴问我是做啥事情的，郑师傅回答道，估计是大学里的历史教授。他偏过头来笑着问我，他答对了没？

2016 年 6 月 11 日

四明山上山茶艳——浙东抗日根据地旧址寻访录

几天前，浙江省著名画家徐立明先生告诉大家，他的国画《四明山上山茶艳》被选调北京军事博物馆，参与纪念人民军队建军90周年主题展览。在向他表示祝贺的同时，也为他的题名叫好——一株株茶树枝繁叶茂，一簇簇山茶花红艳似火，正是四明山秀美的景色。

浙东四明山是一座英雄的山，是浙江人民引以为荣的山。

第二次来到四明山区的心脏——梁弄镇，感觉换了一个世界。20年前第一次上山时的崎岖山路已经不见踪影，现在的双车道宽敞平坦。快要到达山顶的梁弄镇地界时，高大的"四明山"牌坊下，六车道直通远方。梁弄镇主街正蒙街沿街商铺林立，行人往来，十分繁华。今天的梁弄镇已经从一个偏远旧陋的老镇变成了环境幽美的山中大花园。

如果不是随处可见的红色旅游景点标识，人们很难想象70年前，这里曾经硝烟弥漫、战火纷飞。梁弄镇是浙东抗日根据地的中心，这里的抗日军队就像是我党孤悬敌后的一把尖刀，搅得日伪军日夜不得安宁。四明山如南天一柱，昂然屹立在东方抗日战场上。

四明山由南向北伏卧于浙江宁绍平原，与浙中的天台山脉夹出了一片滨海平原。北部隔着一条走廊式的余姚盆地，跨过余姚江就是三北地区。皖南事变后，党中央决定重建新四军，电令华中局在浙东建立抗日武装。1941年年初，两支戴着国民党帽子的抗日游击队的浦东部队（淞沪三五支队）横渡杭州湾，悄然来到三北地区，成立了三北游击司令部。部队登陆后不久，就遭遇日军的扫荡。他们展开了第一次战斗，这是在国民党军全面败退浙东地区后，游击队打响的第一枪，史称阳觉殿战斗，22名日军被击毙。从此，三五支队这个响亮的名字在浙东乃至全国被传颂。

儿时住在省政府机关宿舍大院，经常听发小们聊起父辈们的"三五支队"。他们总会以肃穆的口吻，谈及父辈们如何参加革命，走进四明山。四明山就相当于浙江的"井冈山"。今天来到四明山，仿佛是与父辈们开展一场新的对话。

我首先来到根据地旧址群（革命纪念馆），走过中共浙东区委、军政干校、报社、银行、行政公署，可以想象当时根据地欣欣向荣的景象，无不为我党在敌后的艰苦条件下发动群众、建立政权、开展对敌斗争所感动。

出于对军史的爱好，我特意来到城郊的新四军浙东游击纵队司令部旧址。这座清代四合院民居建筑已经淹没在东溪村晓岭街的一片民居中，如果不是看到那块引导标识牌，我几乎要放弃寻访了。三北游击队于 1942 年 10 月挺进四明山，1944 年 1 月，由于国民党军对四明山游击队的围剿，三北游击队公开自己的部队番号为"新四军浙东游击纵队"。

浙江是老蒋的家乡，是国民党苦心经营的大本营。因此，我党在浙江发展武装力量是异常艰难的。1930 年，我党就在浙江温州永嘉县创建红十三军，坚持 3 年，最后遭残酷围剿而惨败。三五支队作为一支地方游击队，从 1942 年挺进并创建四明山根据地，前后坚持 7 年直到胜利，委实不易。抗战胜利后，根据国共协议，三五支队（浙东新四军）主力北撤，编入新四军及华东野战军主力，屡建战功，参加了诸多战役，其中包括英勇惨烈的孟良崮战役。可见浙东子弟兵经过四明山血与火的考验，百炼成钢，具有很强的战斗力。

在司令部旧址纪念馆里，我看到很多熟悉的名字，谭启龙、何克希、张文碧、薛驹、刘享云、王平夷……许多朋友的父辈都曾经在他们的麾下并肩战斗过。谭启龙作为从井冈山出来的老红军干部，由党中央派遣，领导浙东根据地军民由此走向革命之路，这也是浙江的幸事。

我看到浙东新四军的抗日战绩统计：毙伤日军 610 名，俘日军 21 人，毙伤伪军 3062 名，俘伪军 5004 人，攻克敌据点 110 个。有人说四明山的战斗规模不如其他兄弟部队，但我要说的是，在浙江敌后，红旗不倒，具有很高的战略意义。美军飞行员托勒特被日军击落，是四明山根据地的军民营救了他，这让美国当局意识到，在中国的抗日战场，尤其是敌后战场，美国军队需要与"中共"军队配合。

我的发小华兄，经常讲起他母亲一家参加革命的故事，其中他的舅舅投奔新四军时，不到 15 岁。他的阿姨曾经是宁波地下党的交通员，每次回忆起战友李敏烈士的事迹，往往热泪盈眶。我们读初中时有篇课文《浙东的刘胡兰》，李敏作为中共鄞江区区委书记，在四明山区发动群众时不幸被敌人抓捕。敌人说，只要李敏投降，交出情报，就可免死；李敏宁死不屈，被刺 27 刀后牺牲，年仅 21 岁。李敏牺牲前最后一句口号是"民族解放万岁"。

四明山根据地前后牺牲了1200多名干部、战士。在曾经发生过激烈战斗的狮子山战斗遗址，如今矗立着一座英雄纪念碑。"一寸山河一寸血，四明处处埋忠骨。"纪念馆里刻着这句话，是对四明山革命历程的生动写照。

三五支队（新四军浙东游击纵队）于1945年编入粟裕、叶飞为正副司令的新四军苏浙军区序列，成为其第二纵队。纵队司令员为何克希，政委为谭启龙。参观了浙东区委及纵队指挥部旧址后，下榻到四明湖畔奢华的开元山庄，从房间的落地窗往外看，四明湖水波光粼粼，湖边鸟雀鸣翠，昔日在此地发生的烈马嘶鸣、号角呜咽，都如云烟而逝。我们在此追逐他们的足迹，寻找到他们的精神，那些疑虑就不足挂齿了。

四明山这座有着红色传奇的大山，如今更加郁郁葱葱，满眼繁花似锦。今天来到四明山的游客，不仅可以参观红色经典，还可以参与冲浪划水，到农家乐去摘葡萄和水蜜桃，在青山绿水中度过美好的休闲时光。当我离开梁弄镇，在开元山庄宾馆大堂等待退房时，倏然看到了大墙上挂着一块"中国机器人永久会址"的铜牌。看来，这个当年的革命老区早已经走在时代的前列了。

徐立明老师画作中那一簇簇盛开的四明山茶花，不正表现出四明山先辈的事业如火如荼、发扬光大并且已经结出了累累硕果吗？

2017 年 7 月 30 日

到阳朔寻找刘三姐踪迹

大年初四，我们从阳朔漓江边的兴坪古镇匆匆离开，向大榕树风景区前进。

大榕树风景区能够成为游人们心仪的目的地，重要的原因是刘三姐与她的心上人阿牛哥在此定情。

路上异常拥堵，幸亏出租车司机黄师傅是本地人，带我们走了条乡道捷径。沿途一座座奇岩异峰相邻，一片片阡陌中野花摇曳，农舍田庄、小溪流水，构成了一幅秀丽的山水长卷。黄师傅遥指一座屋子告诉我们那就是他的家，我们一同发出歆羡之声，这生活赛过神仙，并建议他把自己家改造成农家乐，比开出租车强百倍，说得他连连点头称是。

刘三姐是流传在广西壮族民间故事里的美丽仙子，关于她的传说，从明清以来就有许多文献记载。据说唐朝时，在广西壮族某小山村住着一位美丽姑娘，因在家里排行第三，故名刘三姐，她既能干农活，又能随口唱出一串串优美的山歌。刘三姐后来行走于广西各地，到处传唱山歌，被称"神仙歌后"。

美好的山水才能滋润出美好的歌喉。在桂林阳朔地区，处处是景色，步步有惊艳。刘三姐这样的歌仙，恐怕只能诞生在这里。

黄师傅告诉我们，大榕树风景区是桂林最受欢迎的公园，许多年轻人谈恋爱，都喜欢到大榕树下拍照留影，当作爱情的见证。甚至有些年轻人特意来这里，期待邂逅一段情缘，有时居然也能梦想成真。

我们到达大榕树风景区时，游人稀少，终于可以舒心地透口气，闲庭信步，享受难得的悠闲时光。

这棵榕树种植于隋代开皇十年（590），距今1400多年，是阳朔漓江一带最大的榕树。古榕树像个大蘑菇，高18米，树围9米，直径约3米，树冠覆盖面积1260平方米，古朴苍劲、枝繁叶茂，主树干上挂着许多红纸条，估计是游人挂上去为讨个吉祥的彩头。

让刘三姐家喻户晓的是电影《刘三姐》，这是由当时的广西区委第一书记韦国清主抓的国庆十周年献礼片。广西特意邀请长春电影制片厂协助拍摄，但韦书记专门交代，要在广西漓江取景，要采用广西的演员。最终电影由苏里导演，乔羽编剧，雷振邦作曲，主演由桂林戏剧学校未满17岁的黄婉秋担任。

电影上映后，风靡全国，根据电影剧照制作的刘三姐明信片成了20世纪60年代初最抢手的印刷品。刘三姐那俊美的面容、优美的歌喉，随着电影传到东南亚及全世界，让无数海外华人为之倾倒。刘三姐成了那一代青年人的梦中情人。今年桂林春晚分会场，黄婉秋身着美丽的壮族服饰，再次唱起《刘三姐》中的山歌。优美的歌声让电视机前六七十岁老人们的心中泛起阵阵涟漪。

绕着大榕树走一圈，微风吹来，树影婆娑，树下拍照的游客不断地试穿各种漂亮鲜艳的刘三姐服饰，而孩子们摆出的姿势尤其可爱。我们已经很难分辨，是刘三姐成就了大榕树，还是大榕树捧红了刘三姐。

离开大榕树，我们来到了清澈的金宝河边，看一排排竹筏横在水面上，山峰倒映水中，乡民在田边悠闲地牵着牛和马，无限田园风光。夫人看到对岸岩石上刻着"对歌台"三个字时告诉我，电影中有个镜头，财主莫老爷请了一帮秀才与刘三姐对歌，没有赚到便宜，囧相百出，气急败坏，就是掉进了这条河里，当时河对岸岩石上就刻着那三个字。

在阳朔，刘三姐无处不在。从刘三姐啤酒鱼到刘姐鼻炎药，草根一些的是牛嫂米粉（刘三姐嫁给了阿牛哥，自然成了牛嫂），机场里还有高大上的三姐私房面馆。

原电影中的反派人物莫老爷如今也是香饽饽了。也难怪，莫老爷当年想封刘三姐的口，用重金欲收她为妾，以现在的标准，不是恶霸，最多是个土豪。所以莫老爷砂锅饭在街头赫然出现也不足为奇。如今想来，幸亏编剧乔羽手下留情，没有让莫老爷背上几条人命，这在当时强调以阶级斗争为纲的时代背景下，难能可贵。不过，乔羽因为剧本与当地彩调剧《刘三姐》产生了许多版权纠纷，这是后话。

在阳朔，《印象刘三姐》成了"新地标"。

大型歌舞剧《印象刘三姐》是张艺谋团队在全国首创的实景山水演出。春节期间这台实景歌舞剧一票难求，当晚连演四场，最后一场居然是夜里11点开场，开创阳朔史上之最。进入剧场，我们发现观众席仿佛被12座山峰围绕，脚下就是寂静地流淌着的漓江水。入座后略感天气有些寒冷，还特意穿上毛衣。开演后，我们立即被原生态的壮族女对歌吸引，忘却了寒冷。演出中还穿插附近村民举着村牌，列队进入场地，参与赛歌，以及水上划竹筏的情景，使得实景演出别具一格。面对着一座座灯光下的秀丽山峰，江面上的点点渔火，以及渔船上的风情舞蹈，我们仿佛置身山水中，融入自然，欣赏着人间优美的歌舞，这正是张氏实景山水演出的意境与精髓。

但整台歌舞与原来的传说没有什么关联，只是借用了名号，刘三姐已经成为桂林阳朔的金字招牌。她是美丽聪慧的象征，更是不朽的文化遗产。

2017年3月12日

西湖碧波漓江水

引子

丁酉春节期间，我到桂林旅游。飞机降落到桂林两江机场时，我倏然思忖，我们是否从中国一座美丽的城市来到另一座美丽的城市？

上小学时，念过一首诗，开篇第一句就是"西湖的碧波漓江的水，比不上韶山冲里的清泉美"，语文老师解释说，韶山是毛主席的故乡，杭州桂林不要与它相比。所以，天底下最美的城市就是杭州与桂林了。

去市区的路上，出租车司机兴奋地告诉我，桂林将是今年央视春晚的分会场。为了这场晚会能圆满成功，全市动员，上自政府领导，下至普通市民，全力以赴，

满城皆为春晚，终于把一台美轮美奂的水景歌舞呈现在亿万电视观众面前。第二天即大年初一上午，我们来到分会场所在地——象鼻山景区，临时水景舞台还在，入园游人如潮水般涌来，以致公园管理方紧急设入园栅栏，凭票限制入园。当天桂林媒体一片欢呼，全国几处分会场，桂林无论从歌舞编排到灯火置景，都堪称第一。我也颇受感染，当晚回到酒店写了篇游记《短短七分钟——桂林春晚分会场侧记》，该文发布后经转载，成为我首篇"10万+"的文章，此乃后话。

有历史的桂林，首先从饮食开始

其实桂林不需要春晚效应，这座城市早已誉满天下。秦始皇三十三年（前214），即在此设置桂林郡，开凿灵渠，沟通漓江与湘江，这是一条早于隋炀帝开凿京杭大运河800多年建成的古老运河。桂林最著名的小吃——桂林米线，就是把大米碾粉做成面条状的食品，特供吃不惯南方大米的秦军士兵，让他们身处异乡依然吃到可口的面食。那位发明桂林米粉的师傅如果活到今天，应当获得一枚金灿灿的国家发明奖章。

从象鼻山景区出来后，我们沿着正阳古街来到一家店门挂满奖状的圣麦金桂——爽园园米粉店。桂林米粉需要用优质大米制作，吃起来柔滑、细韧，面汤里加有豆豉、八角、桂皮、牛肉、猪肉、卤蛋，再浇上特制卤水，色香味俱佳。据说每家米粉店的卤水味道都不同，令人百吃不厌。桂系军阀白崇禧之子、文学家白先勇曾在其小说《花桥荣记》里写了不少关于桂林米粉的掌故，盛赞桂林米粉天下美味，并说"称赞云南过桥米线的人一定没有吃过桂林米粉"。我们在饥肠辘辘的此刻，匆匆吃了一碗热腾腾的米粉，感到的只有惬意，但还是能想象到远在他乡的桂林人能够从米粉里吃出浓浓的乡愁。

与桂林米粉相当的带有历史典故的杭州风味小吃，首推葱包桧儿。这道小吃是选用上好面粉制成春卷皮（或叫薄饼），再裹上油条，配少许葱段，放入锅中油炸而成。公元1142年，民族英雄岳飞以莫须有的罪名被害于临安大理寺，杭州百姓痛恨秦桧夫妇。相传有一天，杭州有一家卖油炸食品的业主，捏了两个人形的面块比作秦桧夫妇，将他们揿到一块，用棒一压，投入油锅里炸，嘴里还念道"油炸桧吃"。这就是油条及葱包桧儿的来历。

大年初二，椿记烧鹅餐厅座无虚席，招牌椿记烧鹅脆酥鲜香。另一道榴莲酥造型优美，仿佛工艺品，我许久不忍动嘴。桂林煮田螺、荔浦芋头，均鲜美异常。据说椿记烧鹅在桂林地区有多家连锁店，堪比杭州的外婆家。

桂林与杭州，哪个知名度更高？

自宋至清，广西的行政中心在桂州（或桂林府），秦时，广西设桂林、象郡、南海三郡，而桂林郡的人口远超其他二郡，故广西简称"桂"。中华人民共和国成立后，广西壮族自治区首府设在哪里，还曾有一番争论。最后是叶剑英元帅拍板把省会定在南宁。他曾说："（关于省会选址问题）对今天的广西，要有全面的认识，要从今后东南亚形势的发展上看广西。"老一辈革命家看问题就是长远。今天的南宁已经是环北部湾经济中心，东南亚经济圈的连接点。

这样比较起来，作为省会的杭州，似乎知名度高许多。时光倒流到20年前，事实未必如此。

许多老杭州人若要谈到访问过杭州的重量级外宾，总会津津乐道起美国总统尼克松。尼克松于1973年来杭州时，国家还专门拨款把杭州笕桥机场到市区的道路修缮了一遍。不过尼克松也到访过桂林，自从这次访问后，美国人开始为这座城市的独特魅力所倾倒，以至于后来又有两位总统布什与克林顿接踵而来，桂林成了北京、上海之外美国总统到访最多的中国城市。

20世纪90年代，我到德国出差，与外国友人聊天时谈到中国城市，除了北京、上海，就是桂林。甚至他们的夫人孩子们往往不知道北京、上海，只知道桂林。心里真有些愤愤然。朋友解释道，在关于桂林的画册里，风光旖旎的漓江以及两岸奇异的喀斯特风格山峰，给他们非常震撼的视觉冲击。漓江山水成为代表中国风景的名片也不足为奇。

电影《面纱》在桂林取景，使得桂林成为第一个被好莱坞青睐的外景地。《面纱》取自英国著名作家毛姆的同名小说，但原小说发生在一个虚构的"梅潭府"，导演约翰·卡伦酷爱漓江的山水，便把故事发生地安排到了桂林。

二战时，桂林曾是美国空军飞虎队的基地，许多抗日勇士从这里起飞，血洒碧空，让桂林诞生了无数惊天地、泣鬼神的故事。

20世纪90年代初第一次来桂林，站在江轮甲板上，眺望漓江两岸风光，恍惚中以为置身人间仙境。当时感觉若论风景之独特秀丽，桂林似乎略胜杭州一筹。20世纪八九十年代，桂林的名气要大于杭州。

桂林的精华：漓江山水与兴坪古镇

在漓江中段的兴坪古镇，因为美国总统克林顿的到访名声大噪。古镇被漓江环绕，依山傍水，风景独特，旅游部门还专门推出"总统之旅"一日游，沿着克林顿当年的足迹游遍兴坪。我们沿着石板街，依次走过古戏台、关帝庙，只是游人太多，失去了幽古的情趣。其中有许多金发碧眼的外国游客，甚至许多外国人也到这里打工。在一个比利时香肠的招揽牌下，果真看到了一个来自欧洲的小伙子，认认真真地为食客烤着香肠，另一个印度小伙则在一家印度餐厅门口殷勤地叫卖。没有想到小小的兴坪古镇居然如此有国际范儿。

兴坪古戏台里有个历史陈列馆，却发现已经变成了销售各类土特产的商店，由此猜想大部分来此的游人匆匆拍照就离开，很少有人会花 20 元去耐心参观历史陈列馆。为了经济效益，把博物馆变成土特产商店就不足为奇了。

兴坪古镇恰处漓江黄金水道中段，集漓江山水之精华。九马画山、黄布倒影、舞绕青螺等都集于此处。20 元人民币背景观光点也为古镇招揽了众多的游客，我们自然不会免俗，希望饱览"钱"景，带回财运。

由于时间紧迫，"总统之旅"的最后一站"兴坪渔村"没有去，留点遗憾，也是再去的理由。

坐游船，顺流而下，从桂林到阳朔。今日的游船豪华舒适，与当年拥挤简陋的游船不可同日而语。我们时而上甲板，摆出各种造型把漓江美景放入自己的相片里；时而在铺地毯的船舱内边品尝漓江美食，边透过明亮舷窗欣赏移动的山水，更新了记忆中上一次漓江游船拥挤不堪的糟糕体验。

杭州人游览桂林的双城记

除了郊外，桂林城区也值得走一走。

正阳街是桂林城区的中轴线，街上矗立着许多名人像，比如蔡锷、徐悲鸿、洪秀全、马君武。20 世纪 20 年代，马君武创办了广西大学，其与北大校长蔡元培被誉为"北蔡南马"，是桂林人的骄傲。

在我们下榻的宾馆里，有座孔夫子的大雕像，每天早出晚归都会不觉对孔圣人行礼一番。

杭州西湖边也散落着许多名人雕像或纪念馆，比如苏东坡、欧阳修、鲁迅等。

浙江大学玉泉校区对面街口的墙壁上，有老校长竺可桢和浙大学生的群雕，以及竺校长当年的训词。

用文化提升城市的品位，是现今城市管理者的共识。但并非每个城市都能挖掘到历史的华彩乐章。有历史故事的城市宛如上天眷顾的幸运儿，为历史杰出人物塑像就成了城市文化建设的重点。优秀的名人雕像不仅为城市增添了艺术的氛围，也给这座城市增添了厚重的历史底蕴，并让生活在这里的人们对过去及未来，有了更多思考及前行的动力。

沿着正阳街往前走，就是桂林城里最重要的历史建筑群——靖江王府。靖江王府是明朝开国皇帝朱元璋为他侄儿建的府第，坐落在桂林城区之独秀峰下。王府布局规整，殿宇巍峨，而独秀峰岩石嶙峋，拔地而起，尽显王者气概。导游告诉我们，那句"桂林山水甲天下"究竟出自谁之手一直争论不休。一直到20世纪80年代中期，文物工作者才从独秀峰下的一块鲜为人知的摩崖石刻上发现了这句题字，书写者是南宋嘉泰年间的地方官，浙江人王正功。

独秀峰让桂林出彩，浙江人王正功的这句名言又使桂林成为不朽。

王正功本是读书人，作为地方官代表政府宴请当地中举学子时，席间诗兴大发，随意之作居然流芳百世，也是他始料未及的。清代，这座靖江王府被改造为广西贡院，我在狭小的格子间里体验了一把科举考试，从寒窗十年之苦海到金榜题名、喜跃龙门，颇为不易。

我在参观王府时，意外了解到这个王府曾为北宋静江府治，而北宋时的静江军节度使赵构在北宋开封府沦陷后，成为宋廷南渡杭州的南宋第一皇帝。莫非冥冥中，杭州与桂林早就被命运相连，成了情不断理还乱、相互依存的姊妹城市？

唐宋之际，无数文人墨客来到杭州，留下赞美杭州的诗句，诗人白居易在杭州当刺史，写出了"乱花渐欲迷人眼，浅草才能没马蹄""未能抛得杭州去，一半勾留是此湖"等诗句。那时候，广西被视为偏僻之地，而白居易从未到过桂林，却写下了"桂林无瘴气，柏署有清风"的名句，并大赞桂林名树"身倚白石崖，手攀青桂树"。白居易因修建白堤、歌颂西湖而被杭州人认为是最好的"市长"之一，他若能来桂林当官，能帮助桂林拉动多少GDP呢？

桂林另一处历史名人旧居是李宗仁官第。想来距离不远，便临时步行前往。李宗仁官第是中西合璧的别墅式建筑，坐东朝西，威武森严。

李宗仁与白崇禧在民国时，是统治广西的桂系军阀代表。李宗仁还担任过中华民国副总统，晚年从美国回到大陆也算叶落归根，且受到党和国家相当的礼遇。李、白二人在抗战时期指挥正面战场的中国军队，在台儿庄歼灭敌一万余人，取得对日军作战又一场战役级别的胜利。

参观完官第陈列馆，走出庭院，桂树茂密，榕树翠绿。

晚上，我们沿着杉湖返回酒店。隔湖望见日月双塔倒映在湖水中，随着水波推出阵阵晶莹绚丽的涟漪。此时微风拂面，仿佛置身仙境中。杭州西湖边的保俶、雷峰二塔与桂林杉湖日月双塔均建于唐宋之际，源于佛事，现在均成为城市的标志，可谓异曲同工。

根据桂林旅游手册，我们还去了阳朔西街、龙脊梯田。春节期间的阳朔西街人满为患，龙脊梯田尚未大面积插秧，梯田呈黄褐色，田垄旁野草相伴。从索道往下看，脚下这片土地确实与大龙的背脊十分相似。在山顶，许多游客租一件瑶族红服招摇而过，与满眼的绿草黄垄交相辉映。

但给我更多深刻印象的是每次从郊外返回桂林城区的沿途风景。途中经过的一座座山，峰峦叠翠，一条条河，水流轻缓，在清晨旭日或黄昏霞光的映衬下，如同一道道绚丽的彩虹，让人产生异样的震撼。

站在桂林城区中心，无论你从哪条街往外走，跨过几条河后，最终都能站在某个山峰脚下欣赏到喀斯特的优美景色。"千峰环野立，一水抱城流"，城内城外，山

水交融。这就是桂林独特的魅力。

在桂林欣赏到的最后景观就在我们下榻的江大瀑布饭店，这倒是事先没有料到的。回到酒店时，众人伫立于酒店的外墙边，观看从 45 米高的墙顶泻下的人造瀑布。瀑布如串串水银珍珠，伴随悦耳的音乐呼啸而下，在地面的水池里溅起朵朵水花，水池喷泉也随着音乐翩翩起舞。在城市中心，利用宾馆外墙建造这样一个 45 米高的人造瀑布，让城市里呈现"银河落九天"的奇景壮观，我平生还是第一次遇到。酒店工作人员自豪地告诉我，这样规模的宾馆人造瀑布，世界唯此一家。

桂林与杭州，两座城市各领风骚

离开桂林时，我再次拿杭州与桂林作比较。时光荏苒，离上次游玩桂林已过去 20 多年，杭州已属中国经济最发达的沿海城市之一，又借 G20 峰会之雄风，一跃成为新一线城市。深究缘由，杭州大手笔改造钱塘江，使得杭州城从"小家碧玉，温柔婉约"的西湖印象，变为"气吞江湖，刚柔并济"的钱塘江印象算是其一。桂林似乎变化不大，依然风调雨顺，不紧不慢。但就旅游业，杭州已经把桂林远远甩在后面。据官方旅游部门的统计，杭州的旅游创收已是桂林的 4—5 倍。我在桂林几天，深感桂林的交通状况有待改善。尤其节假日的阳朔，交通混乱堵塞，看不到城市管理的痕迹。

如果把杭州比作丰腴绰约的少妇，长袖善舞，惊艳四座，而桂林还是面纱下的少女，天然无雕琢。不过，桂林人是幸福的，你可以信步来到河边，听摇橹船过河。举步数里，你就能在各种造型奇特的山峰前或嶙峋岩壁下，看到四周满是翠绿，耳闻鸟鸣莺啼，闻到阵阵桂花丹香。桂林每条道路都是风光无限。

耳畔响起了那首曾经风靡大江南北的歌：

> 我想去桂林呀我想去桂林
> 可是有时间的时候我却没有钱
> 我想去桂林呀我想去桂林
> 可是有了钱的时候我却没时间
> ……

2017 年 5 月 12 日

应县木塔告诉我们什么

　　查阅山西省地图，惊喜地发现山西朔州的应县就在大同市南边，离北岳恒山50多公里。知道应县这个地名是因为此地有座千年不腐的木塔，而知道这座木塔还是孩提时代热衷集邮，苦苦寻觅那枚"应县木塔"，以便凑齐手头持有的四缺一的古塔系列邮票。当拿到那枚"应县木塔"时，思忖这座古木塔怎么不建在大城市，比如我们杭州钱塘江边的六和塔，而是建在遥远且不知名的小县。

　　从恒山下来，沿荣乌高速公路乘车约一小时就到达应县了。收费口出来后不久，远远就望见那座闻名天下、巍峨耸立在晋北平原的千年木塔。

　　应县木塔建于辽代清宁二年（1056），塔高67.31米，底层直径30.27米，是世界上现存唯一最古老高大的纯木结构楼阁式建筑。全塔在结构上没有用一根铁钉，全靠木构卯榫咬合而成，古塔外形呈八角形，五层六檐，建造精致，仿佛一座科学和艺术结合而成的宫殿。木塔每层都悬挂多个大木匾，有名人题字"天下奇观""天柱地轴""峻极神功""中立不倚""天宫高耸"等，字迹或拙朴遒劲，或潇洒俊秀，

与宏伟端庄的木塔交相辉映。

要感谢建筑大师梁思成在 20 世纪 30 年代的现场考察，才让这颗建筑史上的明珠得以重放光彩。据说，梁思成起初以为该木塔虽然历史有记载，但一定是后人仿建的，最早也不会早于清代；但是当他长途跋涉来到古塔面前时，惊讶得喘不过气来——这座古称应州佛宫寺塔的大木塔，居然是货真价实的辽代建筑。他后来撰文写道："这塔真是一个独一无二的伟大作品，不见此塔，不知木构的可能性到了什么程度，我佩服极了，佩服建造这塔的时代和那时代里不知名的大建筑师，不知名的匠人。"

那么为何在此地建造这座木塔呢？何人建造？木塔里面究竟藏了多少秘密？我企图在网上寻找答案，但回复往往语焉不详，让我产生了更多疑问。

木塔建造时，朔州已属辽国境内，猜想木塔应当是辽国工匠所造。我们参观底层的佛祖坐像，发现佛祖耳朵上有洞。讲解员说，当时的契丹男人都挂耳环，所以木塔是辽国人所建，确凿无疑了。

导游还说，应县在古代称应州，出了三位辽国皇帝和三位辽国皇后，其中包括大名鼎鼎的萧太后。不过我查阅历史书籍发现"杨家将"故事里小名燕燕的萧太后萧绰去世于 1009 年，早于木塔建造时期，但真假难辨。有人说当时建塔主要用于军事，古应州是辽宋边界，双方必争之地。古塔是最佳的军事观察建筑。

木塔里究竟藏了些什么呢？木塔称佛宫寺塔，塔内及塔后的佛宫寺庙供奉着多个佛祖坐像，以及东西净土今生来世的各位菩萨。人们一直猜测塔内某处应藏有高僧的舍利，具体是哪位一直无法确定。

1974 年考古专家从二楼佛祖胸部藏着的银盒里的两颗佛牙化石，考证出这居然是全世界最珍贵的释迦牟尼佛祖的真身遗骨。古书曾经称应县古塔为"释迦塔"，缘由就在此。

现在，所有的谜团都迎刃而解了。1000 年前，因为得到了世间无比珍贵的佛祖真身舍利，辽国的皇后决定在她的故乡应州建造一座与其匹配的宏伟佛塔作为安身供奉之地，这就是今天我们看到的应县木塔。

天下佛塔无数，"释迦塔"唯此独尊。中国山西应县的佛宫寺及释迦塔应当是佛教的圣地，也是天下善男信女一生中应当朝拜的地方。现在，这两颗佛牙舍利已经被储存在专门设立的佛牙舍利展厅里。

应县木塔历史上经历了多次的地震、兵灾、火害，居然千年巍然不倒，难道真是佛祖舍利遗骨的保佑？

历经千年，木塔的一些木构件已经开始腐朽，早就到了该维修保养的时候了，但现代人居然无法找到维修保养古塔的办法。

古塔内的所有木构件都如钟表般相互精密契合，试图把任何一块木构件拆卸都会导致多米诺骨牌似的坍塌，这样的后果是无法想象的。是否可以把所有木构件整体拆卸，标上编号，维修后重新搭建呢？问题在于 12 万个构件形态各异，如此工程无人斗胆承接。全国的建筑专家们每年都在苦苦思索，讨论古塔的修复方案，至今一筹莫展。科学家们已经让卫星升天、蛟龙入海，一座古木塔的维修问题却把他们难倒了。

为了保护木塔，游人已被禁止登塔。我们只能在狭小的底层驻足观赏一会儿，就依依不舍地离开了。无法细致地欣赏木塔的建筑结构，也无法登临高处凭栏远眺，发古人之幽思，是此行最大的遗憾。

离开应县时已近黄昏。夕阳西下，木塔孤影长垂。回望渐行渐远的木塔，一种凄凉的感觉涌上心头。经过千年风雨洗礼的木塔，就像一个步履艰难、瘦骨嶙峋的老人，顽强地挺立在那里，慈祥地望着远去的儿孙，眼里流露出多少眷念与不舍，都化作天上的晚霞。

应县木塔，我们敬爱的老人，愿您青春永驻。您从遥远的历史长河里走来，必将屹立在中华民族辉煌的未来中。

2016 年 2 月 20 日

山西，此时与彼时

一

当我收到"师董会"组织的企业家赴山西太原考察游学邀请，立即决定前往——山西是我一直憧憬的地方。

提到山西，耳边就响起两首歌，一首是充满喜悦与自豪的《人说山西好风光》，赞美这块土地"地肥水美五谷香"；另外一首是委婉悲戚的《走西口》，为了摆脱贫困的生活，哥哥不得不离开家，告别心爱的妹妹，远走他乡。两首悲欢交集、旋律韵味迥然不同的歌给人截然不同的山西印象，让我对它充满了向往。

4年前的夏天，我乘坐大巴从陕西黄帝陵往东，手机丁零一声跳出一条短信："山西旅游局欢迎您。"我就知道晋陕交界的黄河壶口瀑布景点到了。

在陕西一侧的黄河边上，欣赏到汹涌的瀑布如千军万马，咆哮而下，一泻千里。

当地人告诉我，对岸山西一侧景观不如陕西，所以不少山西游客步行过来，到陕西一侧购买景区门票。附近有座黄河大桥，但是当地约定俗成旅游大巴不能跨桥异省通行，同行的朋友跨过黄河大桥，到河对岸的山西临汾市壶口镇溜达游玩，我因事没有一同前往，错过一次踏上山西土地的机会。朋友回来后啧啧称赞，山西资源丰富，煤老板多，宾馆富丽堂皇，马路宽大气派，应当游在陕西，吃住在山西啊。

二

到达太原武宿国际机场时已经是夜晚 9 点，负责接机的小张告诉我，他在太原已经工作了好多年，作为新太原人，对这座城市的历史可谓如数家珍。太原夹在太行山余脉与吕梁山余脉之间，扼守中原，是兵家必争之地。隋代的太原总兵李渊就是从这里起兵，建立起辉煌的唐朝霸业。解放太原的战役中，解放军突破敌军在城外山上的防御阵地时付出了极大的代价，率领解放军的就是从山西走出来的徐向前元帅。对手是人称"山西王"的阎锡山。

途经迎泽大街时，小张非常自豪地告诉我们，这条大街是太原的中轴线，双向六车道，至今保持 20 世纪 50 年代的宽度，是当时省会城市中唯一敢与北京长安街比肩的街道。下榻的宾馆到了。"这是很有地方特色的饭店。"小张补充说。

师董会太原合伙人（师董会太原运营中心）陈浩老师在做"解码晋商"的演讲之前，专门提到安排到山西饭店开会的初衷。他说山西饭店并非太原最豪华的饭店，却是一家很有历史底蕴的饭店，把游学会议地点设在这里，就是让大家在短短的几天里，最大限度地体验山西文化。如果没有时间去晋祠，可以在这个四合院里感受浓缩了数百年的晋商文化，他调侃后来的山西人不太愿意出去打拼，也是受了它的影响，祖上的爷爷辈在外面赚了大钱，把钱都投到家乡，盖起这样的四合院，后代得守着它、护着它。四合院文化也从一个侧面反映了晋商先驱者的创新与勤奋以及后代们的守旧与局限。

山西饭店前身是 1914 年阎锡山筹资兴建的自省堂，是当时政要和社会贤达来晋的唯一下榻之地。原来的建筑带尖圆拱顶门洞，有四根装饰性砖雕大柱支撑，两边间上部开两个大圆玻璃窗，中西合璧的风格，宋美龄、孔祥熙、徐志摩、泰戈尔等中外名人曾驻足于此。中华人民共和国成立后，自省堂改名为山西人民大礼堂，山西平遥籍歌唱家郭兰英当选为人民代表，开完会后，她走出大礼堂时受到了人们的热烈追捧，老照片记录了当时的那一刻。遗憾的是自省堂老楼没有保留下来，有关自省堂命名的缘由也无法寻觅。在原址新建的山西饭店，是按照明清晋地古建筑风格围成的一个崭新的四合院。环顾四周的亭台楼阁，总感觉缺失了韵味。

若要了解某地，先从当地博物馆开始。趁师董会安排项目的空当，我专门去了一趟山西博物院。山西博物院外形古朴端庄，如斗似鼎，晋味浓郁，其丰富的馆藏文物，闪烁着三晋大地作为中华文明摇篮的灿烂光辉，难怪在全国省级博物馆里它都属于佼佼者。

山西博物院里的春秋晋国争霸图给我印象很深。山西简称晋，是因为在距今3000多年前的西周时期，这块土地上曾经建立了强大的晋国，晋楚之战的铁马金戈、晋秦之战的冲锋陷阵、晋齐之战的兵卒厮杀，这张争霸图，展现了2000多年前晋国军队取得的辉煌胜利。山西人对晋国的自豪表露无遗，这让湖北人、山东人、陕西人情何以堪？史学家们把韩、赵、魏三家分晋，称雄七国的时间，作为春秋时代的结束与战国时代的开始，至今许多成语比如完璧归赵、负荆请罪、唇亡齿寒、胡服骑射、侯马盟书、围魏救赵等，都是发生在山西这片神奇土地上的故事，也反映了春秋诸侯之间的争斗。

在馆内遇到一位解说志愿者愤愤地说："如果不是三家分晋，哪轮得到秦王扫六国？应当是晋王统一中原。"我笑着向他竖起了大拇指：山西牛！

山西博物院藏有40万件文物，其中最精美的要数晋侯鸟尊——出土于晋国侯爵之墓，包含凤鸟、小鸟、大象三个动物，以凤鸟回眸为主体，小鸟依偎、巨象缩首为点缀，组成完美的艺术造型。这件展品是整个博物院里最受欢迎的，展柜前始终挤满了观众。据介绍，鸟尊的盖内和腹底铸有铭文"晋侯作向太室宝尊彝"，由此证明该文物当初是用作宗庙礼器。在现场端详这件展品，不由得惊叹当时晋国的艺术家们，具有何等高超的艺术品位与执着的匠心。这件艺术品也是山西博物院的标志，并且显示在参观券上面。

三

山西有两句俗语，第一句是"地上文物看山西"，第二句是"凡是有麻雀的地方就有山西商人"。古老土地之上的文明，如同一汪清甜的水，滋润并庇护着山西人。

山西省社会科学院历史研究所的高春平教授多年来一直研究晋商问题。他曾经到访过俄蒙边界的小城恰克图，这个小城在18世纪的很长一段时间里，是大清与沙俄之间最大的贸易口岸，也是当时中国第二大的贸易口岸。

高教授沿着当年旅蒙晋商们出西口后，在蒙古高原跋涉的线路追溯采访到当时晋商们是如何学习蒙语，与沿途的蒙古牧民们进行易货贸易，并用古老的针灸医术给蒙古人治病，与他们融洽共处的故事。明洪武三年（1370），山西商人抓住一个机遇，帮助朝廷为边陲重镇凑集军需物资，从而迅速崛起，开辟了南起福建武夷山、北到恰克图的万里商路，成就了汇通天下、货通天下、足迹遍天下的壮举。在晋商成功之道的演讲里，高教授总结了晋商成功的几个因素，大抵归纳为他们的进取精神、敬业精神、群体精神、经营之道，最重要的是他们意识到心智素养的重要性。

陈浩在"解码晋商——乔致庸的经营管理之道"的演讲中，详细介绍了晋商独创的掌柜负责制，让所有权与经营权分离。采用联号制，如同母公司与子公司。推行全员股份制，投资者以银入股，同时让有才华的经理人或业务骨干以人身顶股，使得商号人心凝聚、基业长青。晋商还有许多制度创新，比如建立号规、账簿制度、票号密押制度等，这些先进的理念，即使在今天的企业管理中也可找到相似的影子。

我在查阅晋商历史文档时发现，除了祁县的乔致庸，还有一大群杰出的晋商代表，如在与祁县相邻的平遥县，就有日升昌票号、协同庆票号、蔚泰厚票号，以及开明富商渠本翘、杰出掌柜雷履泰。晋商重信义、贵忠诚，一反传统商人重利薄义的铜臭形象，在创造财富的过程中，凝聚出一种不朽的精神。

电视剧《乔家大院》让乔致庸蜚声遐迩，而乔家大院声名鹊起也因为这里曾经作为张艺谋电影《大红灯笼高高挂》的外景地。在这里，我们才知道乔致庸一生娶过六个妻子，都是妻子死后才续弦的。乔家家规中有一条"不许纳妾"，他是带头遵守的。讲解员告诉我们，在 20 世纪 30 年代日军进犯山西时，乔家后代已经将此大院变卖，远走高飞。乔家大院里有一张乔家世系表，这些后代里曾经诞生过抗日英雄；北京某影视公司的掌门人是乔家后代，他也成了《乔家大院》的制片人，让自家的光辉形象走进千家万户，以此告慰先辈。

乔家大院景区广场上有两座雕塑群像，反映了当年山西人离家别妻走西口，在草原、戈壁上艰难跋涉的景象。黑魆魆的山绵延于东边和北边的天宇，唯有几峰骆驼结伴而行，这是乔家人以拉骆驼苦力发迹的故事，是祖祖辈辈山西人的必经之路，也是第一代晋商不畏艰险、坚忍不拔的创业之路。

四

来到山西，"煤老板"是离不开的话题。行走在太原的大街上，经常看到一些高楼大厦与煤密切关联，比如山西焦煤集团、中国煤炭博物馆、中国（太原）煤炭交易中心等。

有一个段子鲜明地刻画了早期煤老板的形象，某年在北京亚运村举行的汽车展销会上，一个来自山西的煤老板穿着大裤衩，上身穿着圆领的 T 恤衫，头戴草帽，脚着圆口鞋，围着那悍马车转了一圈，问多少钱。卖车的小姐瞥了老汉一眼："别问了，你买不起。"老汉回答："姑娘，连你一起买多少钱？"老汉只是开个玩笑，让随行的当场拿出几十麻袋的现金，提走了 20 辆悍马车，一个悍马车队就这样浩浩荡荡地开走了。

山西的储煤量全国排第三，但是开采量全国第一，而且多为优质煤。改革开放初期，能源缺乏，煤炭业迅速发展，山西迎来了"黄金十年"，当时浙江也有许多商人到山西投资煤矿。自 2008 年起，煤炭行业开始大规模整顿，关停小煤窑，在煤矿兼并估值收购这方面，出现了许多腐败现象。所以在山西，成也煤炭，败也煤炭，世事难料。

中国煤矿博物馆最值得回味的地方是规模宏大的模拟地下矿井。头戴矿工帽，在灰暗狭窄的井巷里穿梭，体验煤矿工人的工作场景，感受矿工们劳动的不易。讲解员告诉我们，煤层的形成需要 4 个条件：温湿的环境；大量繁殖的动植物；适宜的地形；适当的地壳运动。浙江只有长兴煤矿这样的中等煤田，与山西的大型煤矿无法相比，原来这都是自然界造化的结果。我们司空见惯的煤炭属于完全不可再生的能源，几万年才能形成，弥足珍贵，真的需要我们节约使用。

参观结束后，我特意绕到博物馆正门拍照留影，看到那条红彤彤的"东阳红木清仓巨惠展"横幅，不禁哑然失笑，这不正是当前煤炭行业式微的真实反映吗？

五

本次企业考察，我们非常幸运地参观了杏花村汾酒集团。杏花村位于吕梁市汾阳县（今汾阳市），离太原 100 多公里。当我们进入厂区后，仿佛进入一个大花园，绿草如茵、鸟语花香，诗人杜牧的雕像随处可见，令人不由得想起那句脍炙人口的诗句："借问酒家何处有，牧童遥指杏花村。"

我们首先来到了汾酒博物馆。据《北朝书》记载，公元 561 年，驻扎晋阳城（今太原）的武成帝给他在河南的侄儿写信道："吾饮汾清二杯，劝汝与邺酌两杯。"汾酒于 1916 年在巴拿马万国博览会上获得优胜金质奖，从此享誉全球。把酒论天下，阎锡山在位时大力扶持汾酒，周总理亲自把汾酒定为国酒，在国宴上招待各国贵宾。各类饮酒杯、储酒器谱写了汾酒从宫廷玉液走向寻常百姓家的历史。

在汾酒厂的灌装车间参观时，汾酒集团藏酒项目闫总经理介绍说，这些设备投资达 45 亿元，按照储酒出厂年限，分成不同的灌装生产线，现在最高端的是 30 年汾酒。生产线从包材入库、洗瓶、灌装、产品入库、成品库打包发运，全部实现自动化管理。操作工人只是做检测，或处理自动化生产线挑选出来的不合格产品。

谈到酿酒，闫总说，如果不小心，以高粱为主原料的酿酒就会变成酿醋。也许山西老陈醋出名也与山西的酿酒有关。我回来后查了资料，山西人喜食醋与地理环境有关——山西土壤中含钙离子等碱性成分多，醋酸可以中和，平和脾胃，对减少结石等病症大有益处。还有一种说法是山西人喜爱面食，醋能促进肠胃蠕动，帮助消化。山西人喜欢醋，还有这样的顺口溜："男人不吃醋，感情不丰富；女人不吃醋，家庭不和睦；小孩不吃醋，学习不进步；老人不吃醋，越活越糊涂。"以前山西人比谁家富裕，是比谁家的醋缸多。山西的醋文化与酒文化一样悠长。

我们还参观了比邻的中国汾酒城，这是一座尚未完工的，集白酒生产、储藏、营销、旅游度假、文化传播于一体的绿色低碳高效的生态型经济园区，面积相当于两个平遥古城，是当地打造的一号工程。我们看到那些唐宋明清不同朝代的特色古建筑，都为山西这样的大手笔感到震撼。闫总说，今后每年九月九日，汾酒城将举办一个规模宏大的酿酒节。民间流传的"九月九，酿新酒"将在这里得以再现，成为极具特色的文创节目。

在汾酒城一处大型酒窖里，我们品尝了汾酒，"入口绵，落口甜，饮后留余香"，一口喝下，甘醇萦绕，让人久久回味。闫总介绍说，汾酒城还可以为客户量身定做专用原浆酒，采用客户的 LOGO 标贴，代为储存。

"中汾之夜"晚宴是这次游学活动的高潮，闫总特意安排了一场丰富多彩的歌舞节目。宴席中，还穿插了竞猜、珍酒拍卖等环节。闫总说："杏花村汾酒是山西的品牌，也是山西的文化，需要很好地传播。作为新晋商的代表，深深感到与沿海地区的同行相比，还有很大差距，需要学习，注重品牌推广，把老祖宗的文化推广好。作为企业家，我们还需要更多的社会责任感，诚信做事、守信经营、造福社会。"

晚宴结束时，我还特意订购了三坛汾酒，既是这次杏花村游学之行的纪念，也是对新晋商的代表闫总表达一份谢意。

尾声

《尚书·禹贡》提到大禹治水后，天下划定九州，其中冀州（今山西大部分）一带的土壤最佳，可征第一等税赋。

写作此文时，正好听到新闻报道，根据考古工作者的研究发现，位于山西临汾市襄汾县的陶寺遗址就是当年华夏始祖尧帝的都城。在出土文物里发现的若干文字把中国文字从殷商甲骨文时代，又往前推了800—1000年，坐实了中华文明5000年的历程。

从三家分晋到今天，在山西大地上演无数鬼泣神号、波澜壮阔的英雄故事。

我们为山西骄傲，也为博大精深的华夏文明自豪。

离开太原前，我在山西饭店的大堂里候车，看到门口挂上了"欢迎海外华裔青少年中国寻根之旅夏令营山西营的同学们下榻我店"的横幅，夏令营的青少年们来自意大利、德国、法国，还有一些来自美国、加拿大。我询问那位来自德国的带队老师，那么多孩子第一次来中国，为何选择山西作为目的地。带队老师笑着反问我："山西洪洞的大槐树，不就是中国人的根吗？"

古老的山西正在焕发青春。山西的企业家也正紧跟时代步伐，转型升级。我们在太原的山西转型综合示范区阳曲产业园区看到众多正在孵化的高科技项目，它们折射出新晋商追赶时代大潮的风姿。

4天的走马观花，仅仅一览太原、吕梁与晋中，即使加上之前探访的大同、应县，要全面描述山西依然是个难以完成的任务。我应该去五台山上梵音萦绕的佛国道场，在古镇碛口去欣赏黄河九曲十八弯，登巍巍太行山眺望云雾缭绕中的峻峰峭壁，再听一曲高亢激昂的上党梆子，尝一口令舌尖舒畅的刀削粗面，最后去一趟运城，跟随关老爷参加一次威风凛凛的关帝巡游。不过，在这些数不清的美景和让人心醉的历史里，我们能否体验到一个完整的山西？

山西，我还想再来。

2018年8月5日

金寨记忆

金寨人总是自豪地说，这里先后诞生了 11 支红军主力部队；还对金寨走出的 59 位将军如数家珍。10 万多金寨儿女参加红军，谱写了一曲曲惊天地泣鬼神的革命篇章。"红军的摇篮"是对金寨的最高褒奖。

一

八月桂花遍地开

鲜红的旗帜竖呀竖起来

张灯又结彩呀

光辉灿烂闪出新世界

亲爱的农友们哪

拿起刀枪都来当红军

……

这是一首家喻户晓、旋律优美的革命歌曲，但很少有人知道，这首歌曲出自 20 世纪 20 年代末鄂豫皖革命根据地的斑竹园佛堂坳（位于今天的安徽省金寨县）模范小学校长罗银青之手。那是一个桂花飘香的季节，皖西立夏节起义胜利后不久，受革命形势蓬勃发展的感染，共产党员罗银青在幽暗的烛光下奋笔疾书，一口气写下这首歌的五段歌词。

几天后，这首题为《八月桂花遍地开》的红色歌曲，在皖西各地的苏维埃大会上唱响，它唱到了中央根据地，唱到了陕甘宁边区。1964 年，随着大型音乐舞蹈史诗《东方红》的演出，这首歌又唱遍了全中国，成为土地革命峥嵘岁月中最珍贵的印记。

20 世纪 80 年代，社会上对这首歌曲的创作者及来源产生了争议。许多金寨老红军、老将军闻讯后纷纷发声为这首歌曲做证，他们说当年就是穿着草鞋、肩扛大刀，唱着《八月桂花遍地开》参加红军的。开国少将方子翼为这首歌曲做证时写道："革命歌曲《八月桂花遍地开》——一九二九年秋，罗银青先生作于佛堂坳小学。"并郑重地签下了自己的名字。这份文件至今珍藏在金寨革命博物馆里。

金寨不靠名曲走红，红色的金寨孕育了这首名曲！

二

金寨地处大别山腹地。

大别山横卧鄂豫皖地区，巍峨绵亘、层峦叠嶂、磅礴壮观。它还是淮河与长江的分水岭，与江淮流域人民的生活息息相关。坐落在金寨境内的天堂寨主峰气势雄壮。南宋端宗景炎二年（1277），文天祥抗元，初建天堂寨；元顺帝至正十一年（1351），红巾军领袖徐寿辉聚天堂寨起义称帝，沉重地打击了元朝统治者。

1929年5月6日（农历立夏节），共产党人徐子清、周维炯等在金寨地区多地领导了立夏节起义。立夏节起义后的第三天，各路起义武装会师金寨斑竹园，在朱氏祠堂前宣布成立中国工农红军第十一军第三十二师。其后，与同在鄂豫皖麻城起义的三十一师、三十三师合编为中国工农红军第一军，直属中央军委指挥。一年后，红一军与红十五军又合编为中国工农红军第四军（红四军）。两年后的1931年，红四军与同年在金寨麻埠成立的红二十五军组建成中国工农红军第四方面军（红四方面军）。红四方面军长征后，余留部队与地方部队重建红二十五军，这就是赫赫有名

的徐海东大将率领的红二十五军。红二十五军西征后的 1935 年，金寨地区再次组建以高敬亭为政委的红二十八军，坚持三年艰苦卓绝的游击战争，革命红旗始终不倒。抗战爆发后，红二十八军改编为新四军第四支队。至此，抗战时期中国共产党领导的八路军、新四军部队，都延续着金寨地区的红军血脉。

只要你遇到金寨人，他们总会自豪地说，在他们的家乡先后组建了 11 支红军主力部队；他们会如数家珍地告诉你金寨走出了 59 位将军，是名副其实的"将军县"；他们还会幽默地说，洪学智将军是六星上将（两授上将军衔，故称六星）。金寨人对 32 与 33 的数字非常敏感，在县城红军广场上矗立的 2 块大型浮雕上，分别雕刻着 32 只与 33 只松鹤，寓意着大别山区最早的红军师级建制红三十二师与红三十三师，都是清一色的金寨子弟兵。土地革命战争时期，10 万多金寨儿女前赴后继，参加红军，谱写了一曲曲惊天地泣鬼神的革命乐章。"红军的摇篮"是对金寨的最高褒奖。

三

1930 年前后是鄂豫皖苏区的鼎盛时期，无论是面积还是人口数量，都称得上是除中央苏区（江西瑞金）以外的最大苏区，到处是欣欣向荣的景象。不久后，根据对敌斗争的需要，中共鄂豫皖边区特委把这块根据地所属的商城县改为赤城县，意为"赤色的城"。

站在当年赤城县中心镇——汤家汇镇的镇中心，透过古旧的街巷，苏维埃时期的生动景象历历在目。镇上还有许多苏维埃时期遗留的建筑，豫东南道委道区苏维埃政府旧址、少共赤南县县委、赤城县邮政局、红军医院、政治保卫局等，无一例外是砖墙斑驳。但那些涂绘在老墙上的镰刀斧头图案格外亮眼，革命旧址内的军民浮雕栩栩如生，一面面红色军旗迎风招展。我走过，默默观看，那些珍贵的老照片和文物告诉了我们很多。邮局里展示的红军家书叙述着这样的事实：红军战士卢炳银参军后的 3 个月内寄给父亲的 2 封信，每次收件人的姓名读音一样，但字却不同，想来战士的文化不高，都是请先生代笔，但思念父母的拳拳之心跃然纸上。父亲卢宜章没有等到儿子的第 3 封信，也不清楚儿子是牺牲在何时何地。留下姓名的金寨籍烈士 11000 名，铭刻在金寨革命烈士陵园的烈士碑上，更多的金寨烈士没有留下姓名。在那个血与火的年代，金寨家家有红军，户户有烈士，山山埋忠骨。他们的功绩永世长存！

汤家汇镇西山坡上有一座建于明代的接善寺，寺庙里的那株银杏树高大蔽日，我们在大树下凝听着讲解员深情的述说。1931 年豫东南道区苏维埃设于此，创办了列宁小学，红军队伍曾驻扎在此。几百年的青砖黛瓦，衬得夏日绿意浓，古刹深深，里面别有洞天。北苑的女贞矗立院子中央，4 根枝权缠缠绕绕，正对着古旧的学堂兼会堂，十几条木凳还摆在那里，墙壁上的革命标语依稀可见，主席台上悬挂着马克思、列宁的画像。走进学堂，触摸那些桌椅，耳畔响起琅琅读书声，革命口号此起彼伏，在会堂上空久久回荡。

离开接善寺时，我们在那株挺拔的银杏树下拍照留念。古老的银杏树目睹了数百年的历史尘烟，也经历了近代革命的熏陶与洗礼。此时，微风拂面，银杏树上茂密的树叶在风中发出声响，仿佛向专程来此缅怀先烈的人致以谢意。

四

金寨县梅山镇是如今的县委、县政府所在地。

庄严雄伟的红军广场就建在梅山镇的中央。

广场高处就是翠柏环绕的红军烈士陵园。陵园中央的革命烈士纪念塔高耸入云。

从红军广场走向革命烈士纪念塔，分别需要走的台阶为 59 级、50 级、28 级、25 级、49 级……意味着 59 位开国将军，占安徽五分之一的烈士人数，中国工农红

军第二十八军，中国工农红军第二十五军，金寨迎来最终解放的 1949 年……我们听完关于台阶的解释，忍不住放慢了脚步，浅灰的岩石板路上落下一个个影子，一步一凝眸，青山埋忠骨、峻岭铸英魂，刚毅的精神仿佛在陵园里长存。那一段路走得格外漫长。

红军广场另一侧那座庄重高大的建筑物就是"金寨县革命博物馆"。因为旅行社安排的参观时间不足一小时，馆内展出的大量革命实物、历史照片、场景模拟及文字展板让我们目不暇接，来不及消化。但是，我们能够记住那些走出金寨的红军将士们，以及发生在他们身上的许多传奇故事与精彩瞬间。

1932 年，在国民党军的清剿下，红四方面军主力被迫从鄂豫皖苏区转移，金寨地区的滞留红军及革命群众惨遭敌人围剿。"大雪压青松，青松挺且直"，苏区军民没有屈服，在金寨大畈重新组建红二十八军，并于第二年与其他部队合并为新的红二十五军。因为这支红军士兵非常年轻，许多战士只有十三四岁，被戏称为"娃娃军"。正是这支红军部队，在军长徐海东的率领下，胜利完成了举世闻名的长征。红二十五军是四支独立完成长征（中央红军，红二方面军，红四方面军及红二十五军）队伍中第一支到达陕北的红军部队，也是唯一长征结束时的人数多于出发时的部队，创造了奇迹。

金寨籍将军们的传奇故事还有很多，金寨的老人们会说，这些故事如同天上的繁星，数不清的。

五

《读史方舆纪要》中说："欲固东南者，必争江汉；欲规中原者，必得淮泗。"淮河流域自古以来是兵家必争之地，26万亿年的天堂寨国家森林公园见证过吴楚江淮百年之战，震撼人们最深的还是1947年刘邓大军挺进大别山。

刘邓大军解放当时名为立煌县的金家寨后，建立民主政权，更名金寨县。当时的人民政府白涛县长刊发他自己撰写的布告：

> 查我金家寨，大别山中心，
> 革命根据地，中外有威名，
> 立煌本国贼，不应留臭名，
> 改名金寨县，历史面目真。

读着这条充满那个时代语言风格的布告，我们有些忍俊不禁。离开前方指挥部旧址时，大雨如注，雨水在平坦的水泥路上溅起朵朵水花。遥想75年前的刘邓大军

在高山行进途中，同样遇到暴雨倾盆，甚至飞雪如絮，那时只有泥泞不堪的山道，高海拔的寒风更是时时刻刻钻进战士们单薄的衣袖，挡在将士面前的岂止是一座风雪大别山。刘邓大军千里跃进大别山，给金寨增添了一部恢宏壮丽的英雄史诗。

六

地处鄂豫皖交会的大别山与湘赣边界的井冈山一样，都是闪耀着红色光芒的名山。在参观游览过革命圣地井冈山、延安后，不来金寨是一种遗憾。学习党史，更应当到红色旧址去实地考察，深入了解许多史书上没有详细记载的细节，受益匪浅。金寨的名头确实不如瑞金，大别山也没有井冈山那么闻名遐迩，但汤家汇镇保留的革命旧址众多，俨然一座原汁原味的苏维埃老城，弥足珍贵。

鄂豫皖苏区对中国革命的贡献是巨大的，有如下事实做证：到达陕北的三支红军主力中，红四方面军人数最多，最后成为开国将军的人数最多。

在天堂寨主峰的江淮分水岭处俯瞰群峰叠嶂，一会儿云雾缥缈，一会儿阳光明媚，不时变幻着明暗，如同中国革命史的章节，迂回曲折，时而低沉阴郁，时而高昂激荡。曾经偏僻落后的金寨，如今已经脱贫奔小康。我们乘坐宽敞明亮的高铁列车，从杭州抵达金寨只需要3个多小时。2009年完工的合武高铁，原来的规划中没有金寨站。中央领导说："金寨是革命老区，国家不能忘记。"于是，高铁规划部门特意修改图纸，让合武高铁绕道金寨。

从金寨返杭时，同行的伙伴们买了六安瓜片、金寨天麻等土特产，不是因为导游通常的说辞"为革命老区做点贡献"，而是老区环境优良，天然绿色食品，值得信赖。鄂豫皖地区的名茶占中国名茶十之有四，有六安瓜片、霍山黄芽、金寨翠眉、信阳毛尖。我在品尝了金寨吊锅特色菜后，再带上一瓶大别山酒，权当对这次金寨游的纪念了。

因为台风"烟花"侵袭浙江沿海，原定从金寨到温州（停靠杭州）的沿海高铁停运。我们当即改变计划，从汤家汇镇沿"G40沪陕高速"径直抵达合肥南站，再换乘当天的宁合高铁返回杭州，丝毫没有受到台风的影响。便捷的交通网络使得金寨革命老区完全融入现代化的高速发展进程中。

金寨，如同它响亮的名字，伊始就闪耀着金色的光芒，在祖国大地上熠熠生辉。

2021年8月13日

千年古县秘境中

一日不见兮，我心悄悄。

——〔宋〕张玉娘《山之高》

一

大巴车驶过遂昌，进入松阳地界时，王刃格外兴奋。"松阳啊，是块大宝地。在丽水山区，唯独松古盆地最大，所谓九万亩良田。"此刻，车窗外时而山丘逶迤、苍翠如黛，时而茶园无边、郁郁葱葱。大巴往南一路疾驶，窗外的景色不断变换，越加秀丽，也让他打开了话匣子："松阳建县于三国时期建安三年，也就是公元199年，有1800年的建城史。数千年中华民族的农耕文化所产生的农业技术，松阳都拥有。松阳为群山环抱，受制于山区偏远，交通不便，发展缓慢，也正因此保留了数千年传承下来的原汁原味的中华农耕文化。"

王刃出生在松阳，从中国社会科学院新闻专业研究生毕业，目光敏锐、高屋建瓴。足涉西藏边陲，浪迹海角天涯，写出了许多好新闻，多次获中国新闻最高奖——全国好新闻奖和中国新闻奖。空暇时间，他潜心研究南宋史，与朋友合作，写出《南宋一百五十年》大部头巨作。本可在记者与学者的康庄大道上一路狂奔的王刃，毅然下海经商，成立炎黄视频，成为互联网短视频业界的第一代先驱，现在

担任南宋城旅游小镇董事长，力图将文化推广与旅游休闲融合创新。

王刃为人真诚、性格豪爽，阅人无数。他经常与各路好友煮酒论英雄，斟酒到天明，被朋友们戏称为"天下第一群"盟主。今天，他就像漂泊在外的游子，回到久违的故乡。心里浓浓乡愁刹那间喷涌而出，这是他此刻兴奋的理由。作为长三角商贸文创考察团的领队，王刃把一帮商界大佬好友带到故乡，讲述家乡故事，为朋友们揭开"江南秘境"的一层层神秘面纱，宛如数千年的传统士大夫衣锦还乡；他不仅仅讲述乡贤故事，弘扬宗祠文化，更大的夙愿是为松阳引进优秀人才、资金、项目，把松阳建成世界一流的人居环境样板典范，也让自己的人生愿景成真。

二

大巴车在蜿蜒起伏的山道上缓慢爬行，驶往此行的第一站——四都乡的西坑村。雨后的空气清新起来，但道路泥泞易滑。面对如此狭窄且弯度极大的路面，杭州来的大巴车司机很不适应，在山路上沿"之"字形来回折腾，每转一个弯都显得战战兢兢，紧握方向盘小心翼翼地来回倒车。每通过一个弯道，都获得团友们的掌声。一位团友戏称松阳的道路可以作为大巴车司机车技测试考点。"村里的道路原本是不让大巴车通行的，这里也不接待团队游客，这还是特意提前请县领导通知有关部门疏通沿途路障，否则大队人马根本无法迅速靠近。"负责接待的杭州松阳商会会长潘绍旺老总说道，"民宿体量通常不大，为保持传统村落的静谧、原味，减少外界的打扰，大型旅游团队并不待见。"

西坑村是松阳县城西屏镇的景点。因为荣获最早中国传统村落主题摄影大奖的许多照片都是在西坑村拍的，在摄影师眼里，它是令人痴迷的宝地、心中的圣殿。这里四面环山，云飘雾绕，溪水环湍，清代古居民宅、祠堂宗庙与古木修竹为伴，在青山怀抱中错落有致，点缀春意。那些朱墙褐瓦、飞檐翘角在云雾氤氲中或隐或现，每个瞬间都是精美绝伦的画面。不知是谁第一个发现了这个摄影点，值得给他一枚大大的奖章。

要识西坑真面目，还需移步到村外。导游驾轻就熟地把我们带到西坑村最佳摄影处，这是一座位于村庄对面的半山腰长亭，络绎不绝前来此处的摄影师或游客围满了长亭，凭栏处几乎没有空余地方。这里应当是松阳景点最拥挤的地方，只要看着那些专业或业余的摄影爱好者携带的各类长枪短炮，西坑的魅力尽在不言中。

漫步在西坑的角角落落，随处可以感受到摄影艺术的氛围。那些田埂古树野花、耕牛犬鸡农夫，定格在一张张精美的照片中，绘制出了"江南秘境"的底色，塑造了西坑的气质，也成了田园松阳的骄傲。

云端觅境是西坑村著名的民宿，它前面的大平台是西坑村至松阳的最佳观云处。这里的云彩云层云雾，每刻都变换着它的形态与姿势，在此颇有古韵。具有深厚艺术气质的郭主席自告奋勇充当模特，在云端处静坐木椅，挺背微曲，成为众多团员镜头中一位饱经风霜的隐士，此刻淡出江湖，悠闲看云。

三

松阳因地处浙南山区，以及经久不衰的农耕传统和诗书传家，让其在战乱动荡中得以幸存。孟子、吕不韦、包公、陈霸先、刘伯温、王景等士族大家后裔及闽南族群曾落户在这块土地上，于是一座座格局完美、精雕细刻的村落庭院，如同一串串珍珠撒在绿意盎然的松古盆地上，在1800多年后的今天，依旧熠熠生辉。

陈家铺村就是这样一颗珍珠。整个村落横卧在悬崖峭壁上，房屋依山而建，成为崖居式古村落。行走在村道上，就是不停地从一个山岩攀跃到另一个山岩上。

陈家铺村的平民书局是游客必到之处。穿过简陋的店门，店堂里豁然开朗，别有洞天。一排排高大的书架放满各类文史哲的书籍，题材广泛，每个游客都能在这里找到心仪的书籍。书店内部的装饰设计风格前卫，角落里摆放着花卉或艺术挂件，各类书签、明信片或书店特色印章一应俱全。平民书局属于总部位于南京的先锋书店的分店，它传承与发扬了文化沙龙、咖啡、艺术画廊、创意、生活、时尚多主题的文化创意品牌书店经营模式，曾被英国广播公司（BBC）评为全球最美十大书店之一。松阳一个偏远的小山村能够吸引前卫书店在此开店，让乡村弥漫着浓浓的书香，彰显了此处不凡的文化品位。潘会长招呼大家说："在这个书店里能够淘到外面找不到的书哟。"同行的董绍林在店里寻觅良久，买了一本中意的书籍，表示对书店的支持。

走出平民书局，始知这个书店建在一个小山头上，是全村的高处，位置极佳。书店有个后阳台，在这里可以俯瞰陈家铺村，整个村落尽收眼底，风格各异的屋子，或泥土相垒，或木石相嵌；利用地形地貌，沿着山坡一级级上下延伸，或一排排左右绵延。屋顶及墙壁上红黑黄相间的瓦片墙泥，与青褐色的山脊岩石组成了一幅幅色泽隽永的油画，画面上流淌着文化的气息。

如果说平民书局是松阳老村的文化"舶来品"，那么"云上平田"则是扎根本土的文化地标，它不仅是一座民宅，还是一座文化休闲娱乐的综合体，是一个展示松阳传统村落的活标本，一幢幢"争奇斗艳"的建筑精品。在这里，农耕生活馆、慢点茶室、四合院餐厅、木香草堂融为一体，俨然是平田村的一座购物商场和度假村。正当我在"爷爷家农产品展示中心"选购当地土特产"四都萝卜片"时，潘会长介绍一位美女给我认识说："她叫叶丽琴，是这里的女主人，从建筑设计、室内装饰到店面打理，样样精通，是女中豪杰。"叶姑娘莞尔一笑："我哪儿那么能干，建筑是来自哈佛大学、清华大学、香港大学的名师们设计的。"后来，我才知道叶丽琴就是声名鹊起的返乡创业青年才女"叶大宝"，她上过众多媒体，是松阳热度很高的"网红"，被无数客居松阳的作家们屡屡提及。她的松阳故事与"拯救老屋行动"紧紧相连，演绎了一曲曲城市青年人归隐故乡、挖掘故乡价值、建设故乡的现代传奇乐章，自然恬静却又激昂热烈，悠扬而动听。

四

西屏明清老街则是另一番风情。

我们抵达老街时是午后，在初夏阳光的照耀下闲逛老街：不冷不热，气候正爽。沿着老街漫步，沿街店铺一字排开。行人虽然不多，但在狭窄的巷子里也不显空荡，时有摩托车、电瓶车驶过，坐在车后的姑娘们长发飘逸，拼出一幅市井风俗画。

我曾逛过许多城市的老街包括杭州的河坊街、北京的南锣鼓巷、丽江古城的四方街等，总感觉那是一种被精心雕琢出来的假古董街。在西屏老街，原住居民们日出夕落守望相伴，问候声中夹带着我们听不懂的松阳土话。依次经过杂货铺、打棕

绑店、弹棉花店、打铁店、做秤店、糕点店、中药铺，少年时在故乡老镇恍惚遇见过这样的街景，扑面而来的生活气息却让老街灵魂犹在，它从明清或更早的年份一路走来，经历数百年的沧桑，朴素真实，带着浓浓的烟火味。

西屏老街里巷的"丁"字形布局颇为奇特，比如人民大街与横街交会，与南直街交会。外地人若盲目闯入，很可能会陷入迷魂阵中，猜测松阳先辈们在做城市规划时，已经有了军事战略布局。王刃的姐姐今天兼职导游，让我们在宅巷里穿梭迂回，如鱼得水。王姐告诉我们，老街路面曾经改造成水泥路，古镇风格有所破坏。政府修缮老街时，又铺上了青石板。这些青石板都是松阳人在乡下各处收集而来，许多已经是废弃之物，现在变废为宝，让老街恢复了珍贵的"原生态"。王姐还讲了王刃的一段趣事，王弟那年刚学会开车，开着一辆桑塔纳轿车回到家乡，准备在父老乡亲面前"显摆"一下。车子开到离家很近的人民大街时，被卡在狭窄的路中动弹不得，他未曾料到儿时玩耍的宽阔大街竟容不下一辆桑塔纳轿车，幸亏被偶遇的小学同学救出，那位同学恰好是当地的司机。

王刃的父亲是从新四军浙东游击纵队金萧支队转业到松阳的老战士，长期担任遂昌、松阳（当时二县为同一县）法院院长，在其革命生涯中为遂昌、松阳建设做了许多贡献，也为松阳、遂昌人民做了许多好事实事。王刃总说，他至今还能记得儿时一些叔叔阿姨遇到父亲时总是鞠躬致谢，是因为父亲判案公正，明镜高悬。王刃总怀念儿时在松阳度过的美好时光。当时他家住在三层高的楼房（系公房），此楼原系浙江兴业银行松阳支行旧址，是松阳老城最高建筑，抬眼可望独山葱茏，俯首可观山川大地，松阳城亦尽收眼底。作为孩子王的他，邀请小伙伴到三层楼家中捉迷藏、观赏松阳美景是很得意的事情。三层洋楼今犹在，人去楼空尽乡愁。"洋房前的大门已改窄了，变得不伦不类；商铺鳞次栉比，价值也不高，可惜了。"王刃说到此，表情略带惆怅，"我争取把它恢复吧。"

老街深处最有文化品位的地方应是"非遗馆"，大门口还有一块牌子"松阳高腔传承中心"。踏门而入，里面别有洞天。这里是松阳的文化博物馆，里面有对松阳的地方历史、戏曲、音乐、方言等各个方面的介绍，图文并茂、精彩纷呈。在这里，我记住了松阳人引以为豪的二位人物，一位是南宋女词人张玉娘，她的文学才华及堪比"梁祝"的婚恋经历令人感慨万千。另一位则是唐朝传奇道士叶法善，此翁高寿，治到105岁，历高宗、中宗、睿宗、玄宗及武则天五朝，并能在某日宫廷宴会时，依靠独有的道家法术，引唐明皇入天宫听天曲，从此"伴君游月"被详细载入李唐王朝的宏大记事里，浇铸出道家的一座高大的丰碑。在松阳，很少有人会怀疑唐王朝盛宴歌舞《霓裳羽衣曲》的音调就是流传数千年的松阳高腔《月宫调》。同姓先辈竟然有如此出类拔萃之圣贤，真令我意外、惊喜与自豪，赶紧与道教大宗师塑像合个影。

离开老街前，路过"佰仙面馆"。潘会长介绍说这是个"网红面馆"。王姐与老街上许多人都认识，寒暄招呼声此起彼伏。这不，上前与面馆老板娘一阵攀谈后，开心地告诉大家这老板娘是她同学的姐姐，老熟人了。这里的手工阔面做得格外用心，浇头作料很足，味美汤鲜，务必去品尝一碗，才不虚此行。松阳的地方小吃，除了阔面，还有烧饼、煨盐鸡等，能吃出纯正的西屏味道，还可回味舌尖上的松阳文化。

夕阳西下，延庆寺塔在晚霞映衬下显得巍峨壮观。从宾馆远眺，松阴溪水围绕着宝塔蜿蜒而去，周边高楼耸立，呈现出现代化的一面。

夜游古镇是很好的选择。因故没有出行，看到同行团友愉悦夜逛老街后写的诗句，非常出彩，摘录如下：

听老街诉说

愉悦

穿越时空的门楣，沧海桑田／暮春时的落英缤纷，你一回眸／整个松阳的初夏，脉脉含情／等待游子的身影

西屏城外，虽有擦拭不尽的变迁／松泰的夜，弥漫着深深睡影／雷声依稀

那年，杜鹃依旧／月下，我饮尽了你斟下的端午茶／沿着老街而走，你的记忆一点一点被唤起

五

松阳县委、县政府的欢迎仪式热烈又简约，隆重且务实。李县长代表县委、县政府致欢迎词。在介绍了松阳历史、投资环境、发展机遇与乡村振兴最佳窗口期后，他动情说道："松阳山青水绿、空气好、风光好，真诚邀请大家多来这里走走，常来常往，走土道、吃绿菜、住民宿，休闲养生，办公创业，创作、投资，松阳走一走，活过九十九。"

2019年，松阳作为全国唯一县域代表团参加首届联合国人居大会，分享松阳创新经验，与联合国人居署签署"可持续乡村创新发展"合作意向书，建立机制性合作关系。上千年偏安浙西南一隅的松阳人民，如今以国际视野，登上世界舞台，长

袖善舞，给世界以惊艳。

许多团友生平第一次来到松阳，立即被这里的山水迷惑、征服。在松阳投资创业成为大家的共识。王刃代表考察团在欢迎晚宴上致答谢词，并在考察结束后，向县政府提交了一份关于筹建文创园、文旅园等投资设想的建议书，为当地的经济发展献计献策。

松阳最后一晚的箬寮山寨篝火围欢，是此番考察团活动的高潮。

明月松间照，清泉石上流。在箬寮山原始森林能够真切感受到古诗的意境。

不苟言笑、神情严肃的老总们，此时此刻都放下了往常的矜持，手舞足蹈起来。按照王刃总的玩笑话，本团成员若说资产，可调用至少650亿；若说文采，即使宋代词人柳永也不敢小觑。团友们围坐篝火，喝酒吟词、醉里论剑、引吭高歌，今夜星月难眠，歌舞不休，篝火簇簇，诗意滔滔。炉边夜话，话题从欧阳修的《醉翁亭记》到康德的哲学，横空跳跃，驰骋无边。

不妨摘录几位团友的诗作作为本文的结尾吧：

飘动的篝火

郭华强

夜空寂寞地落在箬寮的草地 / 星星苏醒了 / 晚风抖动了 / 迎来了初夏看不见的夜景

篝火熊熊燃起 / 摇曳着透亮的火焰 / 噼里噼啦响彻夜空 / 火苗如舞动的

绸 / 凌空飘向深远的天际

迎着篝火望去 / 有你红扑扑的舞姿 / 像一只自由的小鸟 / 踏着歌 / 随着风 / 醉了太阳 / 醉了月亮

一团团心中的篝火 / 浓浓地伴着 / 魂里的一首歌 / 心中的一段故事 / 都化作 / 飘动的篝火 / 留在箬寮的夜空里

篝火
董绍林

篝火惊动夜幕低垂的四野 / 扇动谷之风，惊起林中鸟 / 这团勾魂摄魄的烈焰

是失散已久的红唇 / 是藏在白衣飘飘的回忆深处 / 那青山隐隐水也迢迢的惦记

回不去的青春往事 / 纵使你染黑了白发亦无济于事 / 也不妨在雨里吟啸徐行

载一路穿林打叶的歌声 / 让我们围着篝火舞动起来 / 才不担心你会看破了红尘 / 星光与火光流彩四溢 / 那群拉长的影子彰显着勃勃生命

满庭芳·箬寮原始林
卫军英

窗外空山，楼前清涧，回眸葱翠重重。箬寮踪迹，幽境偶相逢。绿意翩然入梦，不曾辨、南北西东。宿深处、浮沉往事，一叶渺飞鸿。

晓来闻细雨，千回曲径，万树云松。踏石阶，岚生竹影清风。但说乱云飞渡，多少事、犹自从容。偕君处、微醺浅酒，还忆杜鹃红。

不经意间，商贸考察团变成文学采风团。
翌日起，出松阳，微醺中，多了几分诗意，收获无数真情。
秘境渐远，泪浸衣衫。

2020 年 5 月 30 日

寻找广吉里

今年是中国共产党成立 100 周年，5 月底，上海中共四大纪念馆国旗广场举办了"奋斗百年路·启航新征程"的活动，中共四大纪念馆重新向公众开放，四大会址所在的里弄经过长久考证，正式更名为"广吉里"。

2018 年 6 月，我去过四大纪念馆，当时我在报纸上读到上海正在打造"红色发现之旅"线路的消息，其中一条就是以四川北路的四大纪念馆作为起点，第二天我就兴致勃勃地搭乘地铁来到此地。从地铁 10 号线的四川北路站下车后，往北步行 5 分钟，穿过熙熙攘攘的衡水路，就到了绿树成荫、鸟语花香的绿地公园。那天，广场四周的旗杆上悬挂着数面国旗，红旗在翠绿草丛的映衬下格外鲜艳夺目。

曾经这里只是虹口区一块小小的普通绿地。2012 年 9 月起，这块绿地被拓展为公园。随着中共四大纪念馆在此设立，这个名为四川北路绿地公园的地方声名鹊起。沿着公园小道往东北侧前行，一座用赭红色墙砖垒起的现代简约风格的纪念馆赫然眼前，2021 年这条小径被打造成"'虹'色足迹·年轮大道"，展示虹口区 85 处革命旧址遗迹。纪念馆前的国旗广场也已经扩展到 1800 平方米，新镶嵌了 32 块铜牌，形成从石库门到天安门的阵列。

四大纪念馆与其他大会纪念馆最大的区别是，它并非在会议原址上建的，这也是它区别于黄浦区与静安区其他两个纪念馆，最晚建成的原因。

20 世纪 30 年代，中共四大会址在战争中毁于炮火，所处里弄长期无法确定，中华人民共和国成立后经过多次调查，1987 年明确会议遗址位于东宝兴路 254 弄；2018 年，上海党委提出要再考证，之后在上海市档案馆等多方协助下，在 1929 年出版的地图上查找到广吉里，根据《申报》数据库里关于广吉里条目的出现时间，推断出中共四大召开时广吉里是存在的。今年，中共上海市委党史研究室发布研究成果，确定中共四大召开时会址正是东宝兴路的广吉里。

去的那天，广场上正在排练演出，为一周后的庆典做准备。排练的有合唱、舞蹈，演员们激情饱满，水准极高。欣赏之余，深感这里的广场演出具备如此专业的水准，上海不愧为历史底蕴丰厚与人才荟萃之地。现在，纪念馆在原有誓词教育志愿服务队、小红花志愿讲解服务队等基础上组建了全新的力量之源志愿服务总队，传承弘扬红色文化。有了国家的重视，类似的活动想必会更加隆重盛大。

作为上海首个国旗教育展示厅，走进纪念馆基本陈列展厅，我们看到了当年的会议场景及会议建筑的还原模型。1925年1月11日至22日，中共四大在虹口一处石库门建筑中（二楼）召开，模型完美地再现了当年情景。然而遗憾的是，原

建筑已在1932年"一·二八"淞沪抗战中毁于日军炮火之下，而今人们只能观赏模型，在脑海中想象它往昔的模样。纪念馆翻新以后这个会址模型也更换了。

根据新的党史研究成果，不断补充更新博物馆展览内容，是展馆永葆青春的好措施。

通过陈列的历史文物、照片，加上解说，基本可以了解中共四大取得的成果，比如大会提出了无产阶级在民主革命运动中的领导权问题，工农联盟的问题，将党的基本组织由"组"改为"支部"……根据报道，今年纪念馆还对部分既有展品进行了升级，比如中共四大的老照片以点雕艺术重新呈现，新收藏了国画家郑培楚的绘画作品。改造后的纪念馆将场景厅与展览内容有机结合，完整再现了1925年中共四大召开的场景和贡献，为党史学习教育提供了一个好去处，难怪会成为中共上海市委党校支部建设研究教学基地。

上海是一座商业城市，也是一座近代历史名城。中国共产党早期的发展也与上海有着不解之缘，给这座繁华的城市抹上了赤色。

参观完展厅走出纪念馆，经过中间走廊时，我注意到走廊墙壁上悬挂着七幅油画，题材依次是：列宁宣布苏维埃政权成立，广州农讲所，嘉兴红船，贺胜桥战役，攻克武昌城等。这些油画涵盖了从中共一大到中共五大的那段历史风云。其中两幅画最吸引我的目光，因为反映的是同一个军事题材，可见策展方对这个题材的偏爱与重视，那就是北伐战争。

北伐战争是国共合作的标志，使大革命达到了真正的高潮。北伐战争的根本目的是推翻军阀的统治，统一中国。1926年5月上旬，广东革命政府派遣国民革命军第四军叶挺独立团和第七军一部为北伐先遣队，从广东肇庆出发，挺进湖南，揭开了北伐战争的序幕。

《贺胜桥战役》与《攻克武昌城》这两幅油画，反映的是北伐战争中以共产党员

为骨干之叶挺独立团的战斗场面。

贺胜桥位于湖北咸宁，是北上武汉的必经之路。我从贺胜桥战役的历史资料查到如下文字：

> 叶挺独立团和第十二师为攻击队，于1926年8月29日黄昏进出黄石桥，8月30日拂晓开始总攻。在这次战斗中，叶挺独立团担任正面进攻的任务，战争打响后，叶挺指挥独立团战士，以迅猛的动作突破了敌人前沿阵地，向纵深展开。第二营营长许继慎（共产党员）胸部负伤，但他咬紧牙关，坚持指挥，顶住敌人的反攻，一直等到友军赶来，粉碎了敌人的进攻。吴佩孚苦心经营的三道防线全部崩溃。北伐军在贺胜桥胜利后，即派第十师日夜兼程，沿粤汉铁路向溃退之敌追击，越过纸坊，一直追到武昌城。

另外一篇关于攻打武昌城的回忆文章这样写道：

> 叶挺独立团一营接受攻打武昌任务后，合营官兵都很高兴。一位共产党员班长拿着一封信、一包衣服和几元钱，到营部向营长曹渊（共产党员）报告："我们明天攻城！……如果我死了，请把这封信、衣服和钱寄给我母亲。"曹渊说："我同你一样不怕死，你的家信和东西不要交给我，可以交给周廷恩书记保管。"周廷恩也说："我要同你一起去攻城！"第一营大部分官兵都和这个班长一样，自动给家里写信，留下自己的物品。第一营官兵在攻城时个个奋勇杀敌，多数壮烈牺牲。

党的四大为国民大革命高潮的到来做了准备。此后，全国的革命形势迅速发展，以共产党人为先锋的北伐战争如火如荼。纪念馆里的油画就是那场战争的生动写照，生动地刻画了叶挺独立团英勇无畏的战斗精神，讴歌了共产党人前赴后继不怕牺牲的革命气概。百年后的人们依然能够从这些画作里，感受到血腥残酷的战争中所洋溢出来的革命浪漫主义情怀，享受到无穷的艺术美感。

参观完纪念馆，我特意步行10分钟来到东宝兴路254弄（广吉里）会议遗址现场，看到了一通纪念石碑。石碑上镌刻着如下文字：会址原为坐西朝东的砖木结构假三层的石库门民居，1932年1月28日毁于日军炮火。1987年11月17日，上海市人民政府公布中国共产党第四次全国代表大会遗址为上海市革命纪念地点。

伫立碑前，环顾四周，连片的商业大楼鳞次栉比，街道车水马龙，附近的高架桥连接着这个现代化大都市四通八达的道路。如果不是这通石碑，很难有人想到当年这个紧挨火车铁轨的石库房里，举行过影响中国历史进程的会议；更难想到，1932 年这里的淞沪铁路铁轨上，不时穿过的轰鸣机车随时有可能成为那些参会的革命者们撤离的交通工具。

曾经的广吉里，一直沉寂在历史尘埃中，几乎被人遗忘。但借着这次中共百年华诞，广吉里褪去了岁月锈迹，同作为中国革命进程中的光辉节点的中共四大一起，熠熠生辉。

2021 年，我在报纸上读到关于四大会址的最新报道，中共四大纪念馆完成了进一步的布展提升，面积较之前扩大了一倍，同时引进了许多多媒体互动技术，给访问者崭新的体验。来到这个红色纪念地的参观者，内心都会找到许多问题的答案，例如筚路蓝缕 100 年的中国共产党为什么能够成功。我期盼着不久后能旧地重游，并且猜测那通作为会址标记的石碑上，应当铭刻上根据最新考证还原的地址名——广吉里。

2021 年 6 月 28 日

西湖以西

西湖以西的最佳景色在哪里？上溯南宋时期的西湖十景，是洪春桥一带的双峰插云，不过，在大多数老杭州人的观念里，西湖西边的风景线应当在狮峰龙井村一带，所以新西湖十景里多了一景：龙井问茶。20世纪90年代起，梅家坞的农家乐成了杭州人郊外踏青的好去处，尤其是梅灵隧道开通后，每逢假日，邀三五亲朋好友，到梅家坞选个民舍喝茶、打麻将、吃农家饭是一件挺时髦的事情。于是，杭州市民三评西湖十景时，最西边的景点更新为梅坞春早。

十几年前，富裕起来的杭州人开始热衷自驾游，往西湖西边那一片青山环绕的腹地驶去，龙坞的白龙潭就成了必选之地。记得那次我们从葛衙庄的龙坞乡政府门口，沿着白龙路直奔白龙潭，狭窄的道路曲曲折折，不时穿过杂乱不堪的村庄，遇到汽车会车，很是考验车技。一路上战战兢兢地开到白龙潭，在龙潭飞瀑、传音四坪的山色中，背诵起明代文人田艺蘅游览白龙潭的诗句："瀑布自天飞怪雨，石门如峡锁惊波。"路途的疲惫被一扫而空。

龙坞地处杭州西大门，古时属于钱塘上泗地区，是前往徽州、睦州、处州的必经之路，也是从萧绍平原横渡钱塘江的渡口驿站。龙坞多青山，且山名典雅：午潮

山、凤凰山、望江山、青龙山。上泗还有些依山傍水的地方，例如东江嘴、袁家浦，自然就是紧靠钱塘江了。"群山奔赴走龙蛇，浮屿凌空似海槎"，清代诗人许承祖的诗句是对泗乡龙坞最恰当的描述。

传说永初三年（422），南朝大文学家谢灵运从故乡会稽前往永嘉担任永嘉太守，摆舟摇楫，渡过钱塘江。当他从钱塘泗乡登陆，踏遍龙坞青山，一定对这里的风光刻骨铭心，以至于从永嘉返回时，特意把天台山茶种带到龙坞，请龙坞百姓种植。他懂茶，也懂滋养茶树的山水，1000多年前的举动无意间让龙坞一带成为万担茶乡，让西湖龙井誉满天下，也许谢灵运自己也没有想到。

如今，龙坞的变化如何呢？前几日，跟随杭州西湖区作家协会组织的龙坞采风团，去了龙坞的几处村庄参观，惊讶那里变化之巨大，颇有"山水碧迢迢，梦入芳洲路"的感觉。

那天上午到达上城埭村村口时，绵绵的春雨刚刚停止。雾色初开，白云出岫，我忍不住多吸几口清新的空气，真想大呼一声"真养肺"。眼前大片的山坡上，绵延起伏的绿茶树，恰如翠绿的大海，在微风吹拂下，掀起层层绿色的波浪。

一座被称为"西湖龙井国饮"的茶壶造型雕塑矗立在茶树丛中，壶身不仅镂刻着村姑们上山采茶、屋内炒茶的动人画面，还刻有元代大诗人虞集的《游龙井》。5个孩子簇拥着壶嘴玩耍，仿佛是邀请来访的客人品一杯清茶，享受龙坞的山水。

美院的艺术家做完茶壶雕塑后意犹未尽，还做了几个城里人来茶乡游玩的雕塑，古铜色的手机自拍造型，在绿色茶园的衬托下，相得益彰，自然成趣，成了游人拍照合影的"热点"。这些群雕拉近了村落与访客的距离，浓厚的艺术气息带着浓浓的春意扑面而来。

同行的袁老师是采风团的"大牌导游"，他告诉我们，茶壶雕塑的原身是一个废弃的水塔，经过中国美院的艺术家们精心改造，变成了龙井茶村的"新标"。于是，上城埭村又有了"龙井茶村"的美称。

袁老师曾经是上泗中学（转塘中学）的化学老师，后又担任校长。他生于斯，长于斯，熟悉这块土地，也热爱这块土地。即使后来担任转塘街道党工委书记，公务繁忙，也常常在业余时间收集乡土民情、趣闻逸事。著有《钱塘往事》与《钱塘山水》二书，并开设微信公众号。袁老师说他虽已转为灵隐街道人大工委主任，属于退居二线，反倒有更多时间去山乡各个角落走走，并且乐于为到访的朋友兼当导游。他告诉我们，在龙坞转塘一带，70岁以上的老人，许多他都上门拜访过，大部分至今仍叫得出名字。由于长期在这里任职，人们对他的称呼有袁老师、袁校长、袁主任、袁书记，也有直呼其名袁长渭等；从公众号留言里看网友对他的称呼，就可以猜出对方是多大年纪，或可能是哪位相识的朋友。交谈中方知他还是我高中好友的同事呢，世界真小。袁老师告诉我，他还是最喜欢"老师"这个称呼。教书育人是最神圣的职业。在从上城棣村到慈母桥村的路上，袁老师不时地与过路的群众打招呼。

青石板路两旁白墙黑瓦，阳台攀藤，花树遮掩，颇有雅致。这些房屋不少已被改成精品民宿，而屋前的空闲之地往往辟为露天茶室。楼顶屋檐的招牌或是龙香阁、茶经坊，或是阿根茶楼、阿香饭庄，多少透露出屋主人的品位。

沿着村道漫步，村妇们悠闲地交谈，孩童在玩耍，几条大狗懒洋洋地躺在地上打量着我们，没有吠，已经把我们当作村里的一员了。一位老奶奶正在路边编竹篮，这曾经是香客们的最爱，曾经享誉上海滩。我们儿时都很熟悉这个杭州特产竹篮，龙坞才是它的发祥地。单凭对这个传统工艺的寻根溯源，我们就不虚此行了。

在慈母桥村的百顷茶园山坡的凉亭边，袁老师一口气讲了好几个趣闻逸事，比如明代从龙坞走出的葛寅亮，官拜司农少卿（相当于分管农业的副部长），有感于少时其母经常背他蹚河过溪，颇为艰辛，遂在溪河上建桥，取名"慈母桥"，村名由此而来。袁老师又介绍明末时这里有个名为横山草堂的藏书阁，名噪江南，引得文人

墨客纷至沓来，其中有后称为秦淮八艳之首的才女柳如是（陪同钱谦益一同前来），并留下诗文；还有江南印刻名家马元调迷恋此地的山水胜景，特意写下《横山游记》。袁老师分享完后，说他很遗憾没有在转塘街道任上完成重修横山草堂的夙愿，让那些来过龙坞的名人足迹得以铭刻，人文精神长存。

弯曲的小河，古朴的小桥与清澈的水塘使得慈母桥村呈现出另一种婉约的江南景色。水塘边的褐砖上铺满了青苔，看得出这些池塘都有些年份了，水道分出若干，分别用于生活饮水和洗衣、浇地等，井然有序。村民早已使用自来水，但很重视池塘的生态保护。

沿着村边的龙门溪行走，微风吹拂，景色宜人。无论是土道还是柏油道，路旁垂满了花，隐隐散发着香气。还有杏花、桃花或不知名的花草，多彩多姿，在微风的吹动下，抖动身段。我用手机"形色"软件识别出这些不知名的花草，比如：绿叶白瓣的一年蓬，娇艳欲滴的朱顶红……几只艳丽的彩蝶翩跹而来，引得同行者一片惊叹。

光明寺水库是龙坞行令人意外的风景。湖水蔚蓝，幽静清纯。这个水库起初是用于浇灌龙坞的万亩茶园，不经意间成了绝佳的风景。我走到坝底，仰视坝顶，整个大坝如高山巨壁，高大巍峨，团友的身影变得十分渺小。当年那些村民手提肩扛，是以何等的奋斗精神才完成这个惠泽后代的工程。

龙坞乡已经不是一个单纯的茶乡，正在打造成一个集旅游观光、乡村度假、艺术文创、修身养性于一体的龙井茶文化特色小镇，可以称得上是日新月异，山乡巨变。同行的戚作家对我说，他是土生土长的龙坞人，还曾经在乡里担任通讯员，后来调去杭州工作，现在家乡变化之大，几乎让他找不到回家的路了。

龙坞之行的压轴戏是参观外桐坞村，这个村还有一个更富有诗意的名字——画外桐坞。1200多年前，李白曾经到访并留下了"朝涉外桐坞，暂与俗人疏。村庄佳景色，画茶闲情抒"的诗句。朱德元帅曾鼓励村民恢复打年糕的传统，"元帅年糕"给外桐坞村添上传神的一笔。厚重的人文积淀与茶乡美景成就了一个崭新的艺术村落。

龙坞之行，吸引我的除了茶乡风光，还有极富特色的文化礼堂。

上城埭村的文化礼堂是极好的乡村博物馆，可以看到村情、村史和本地民俗介绍，十星文明户及茶村寿星评比，乡村太极队及文宣队的演出照片。村民们丰富多彩的文化生活让我们这些城里人羡慕不已。文化礼堂陈列室里展示的农舍用品，比如癞蛤蟆壶、铜火熜、煤油灯、印糕板，都可以牵连出一段段旧时的故事，让参观者会心一笑。

在外桐坞村的文化礼堂里，开辟有聚贤堂、桐坞书院、农民书画苑，还有小芽儿活动室。聚贤堂前厅的墙上，由本村乡贤书写的荀子《劝学》的蝇头正楷，是文化礼堂的亮点。农民画苑里的山水国画，技艺之高几乎令我难以置信。事后想来也不觉奇怪，那么多画家入住本村，耳濡目染，有意学画的村民们，提笔有神就不足为奇了。西湖区政协文史委的林张帆对文化礼堂建设比较熟悉，她告诉我，如何把文化礼堂建好用好，不仅要做好硬件设施，还要搞好日常管理，丰富文化活动提高文化内涵，把文化礼堂真正变成村民们积极参与的活动场所与精神家园。

可喜的是，龙坞文化礼堂在村民活动中参与度非常高，基本实现了建设文化礼堂"守住乡土，传承乡风，留住乡愁"的初衷。

在外桐坞村文化礼堂外的小广场上遇到不少来此参观的游客。我颇为好奇地问其中一位女士是否是旅行社组织来龙坞旅游的。她回答不是。原来他们是来杭州学习调研的。这位女同志来自内地，她补充说，他们在杭州确实学到了许多东西。他们对新龙坞的建设由衷地钦佩。

建设美好乡村，首先是美好生态、美好人居，以及扎根于土地的乡村文化。文化是乡村的灵魂，是凝聚人心的黏合剂。在龙坞，绿色茶园、农家院舍、文化礼堂，人与大自然的对话，乡村生活与文化的融合……这不正是陶渊明笔下桃花源的再现吗？

离开前，路过龙坞茶镇中心的九街广场，人们正在布置会场，迎接即将开幕的中国国际茶叶博览会。一群衣着艳丽的群众演员排练节目，"对面的女孩看过来，看过来 看过来，这里的表演很精彩"，悠扬的歌声飘入耳际。我想不妨把这个歌词改动一下："对面的女孩看过来，看过来，看过来，这里的景色很精彩。"今天的龙坞已经华丽转身，从一个锁在深山中的小村姑变成了古典秀丽的大家闺秀。今天，我可以非常骄傲地告诉外地朋友，下次来杭州，请去龙坞转转，那里有杭州最美的景色。

2019 年 7 月 20 日

醉在茅台镇

通往茅台镇的路边摩崖上，"中国酒都"四个石刻大字从眼前掠过，让昏昏欲睡的我精神一振。

飞天茅台，一路绝尘

茅台镇被群山环抱，赤水河一水中流，镇上 15 平方公里的地理标志保护区，是以著名飞天茅台为核心的酱香酒产地，也是一个让茅台小镇誉满天下的神奇空间——逶迤青山、蜿蜒赤水、紫色土壤，以及随之而生的奇妙微生物，成了生产酱

香酒的独特自然生态环境，使源于 19 世纪中叶成义烧房、荣和烧房和恒兴烧房的茅台酒被公认为绝世琼浆、酱香之冠。

八月的茅台镇，暑气沉沉，罩住天空，这种闷热天气在贵州非常罕见。夏日里，低矮山坳中的热气散发缓慢，河水持续蒸发，恰是酿酒的好季节，也是品酒的好时光。

在"茅酒之源"国家工业遗址群大门口，我们拍照留念，青瓦白墙，斑驳陈旧，却是茅台人心目中的圣地。据考证，偈盛烧房于 1704 年在这里将其生产的酒定名为茅台酒，这就成了茅台酒的源头，现在，茅台人每年端午期间都要在这里举行祭麦仪式，此地不对外开放，保护规格为全镇之首。

茅台集团总部（茅台酒厂）就在茅酒之源斜对面，工厂大门做成了一座大牌坊，古色古香，气派万千。牌坊上方有几幅浮雕，呈现几代国家领导人饮茅台酒的场面，凸显国酒尊贵地位。出土于仁怀本地的两座古代酒具文物模型（商周时期的铺首衔环酒壶以及西汉时期的绳纹大缸）被高悬在厂区主干道的两旁，向世人宣告着茅台天下第一酒的文化底蕴。

茅台酒厂的车间都不高，沿着赤水河一字排开。进入厂区，可以看到办公楼主楼上高悬的大字"质量是生命之魂"，另外一幢楼上是"爱我茅台，为国争光"，这两条标语正是改革开放以来茅台集团 40 年发展的一个缩影。现在的茅台酒厂，每年"飞天茅台"的产量已经从 1978 年的 1 千吨到如今的 5 万吨。

在茅台酒厂，追求质量已经成为一种信仰。每个茅台人都能把生产工艺倒背如流："端午踩酒，重阳投料，九次蒸煮，八次发酵，七次取酒，分型储存，勾兑存放 5 年后包装出厂。"时任茅台集团董事长、总工程师季克良归纳总结的这套生产工艺，被烫金铭刻在大型石碑上，摆放在厂区最明显的地方。季老是到茅台厂工作的最早一批食品发酵专业的大学生，从车间操作工一直做到董事长，为茅台酒厂贡献了毕生之力。茅台集团在仁怀茅台镇有许多"特权"，比如茅台酒厂在赤水河上游有专属水源区，其他酒厂不得擅自取水，茅台镇当地出产的"红缨子"有机糯高粱被茅台酒厂包销。酒厂还严格控制其他酿酒原材料，比如有机小麦等，经过制曲拌料蒸煮发酵等 30 道工序，165 个环节做出基酒，精心勾兑最终成品。酒厂对工艺流程绝不马虎，长年累月，始终如一，确保了茅台酒厂的酒品。

毕业分配到茅台酒厂的大学生，毫无例外都需要到车间第一线去劳动锻炼。凌晨到车间晾堂里看到飞速翻铲润粮的帅哥，正午高温下汗中踩曲的姑娘，一打听都是名校大学生，你千万不要感到惊讶。茅台集团认为，大学生只有脚踏实地从车间基层做起，才能成为未来的栋梁之材。

茅台镇上几乎没有商品房，茅台酒厂解决了所有员工的住宿问题，这是茅台酒厂关怀员工、重视人才的一个侧面。

在茅台白酒文化园里，有一些陌生的人物塑像，经过介绍，才知晓这些陌生面孔都是茅台酒厂的前辈，为茅台酒做出过历史贡献。酿酒大师郑义兴，提出"以酒养槽"的王邵彬，"酱香、窖底、醇甜"三种酒体的奠基人李兴发等，茅台酒厂给予他们如此显赫的荣耀，是对"匠人匠心"的高度推崇。

茅台镇中国酒文化馆是茅台镇旅行中值得一去的地方。在这里你能欣赏巴拿马万国博览会上"智掷酒瓶获金牌"的影像资料，了解民国时期贵州省省长刘显世对"荣和"与"成义"二烧房共享金奖荣誉的裁定。文化园内，小桥流水、楼堂通幽、书画交辉，中外名酒在此相遇，让源远流长的中外美酒文化相聚相伴，趣味盎然。

茅台酒厂每年产量大约5万吨，远远满足不了市场的需要。除了兼并其他酒厂生产茅台系列（如王子酒、赖茅、贵州大曲等）外，茅台集团还另辟蹊径，不断开发新品，比如茅台悠蜜果酒、茅台葡萄酒、茅台生肖酒、茅台冰激凌。茅台冰激凌推出才几个月，已经覆盖全国10多个城市，创造出100亿销售额的商业奇迹。

设在茅台国际大酒店大堂的茅台冰激凌旗舰店，成为众多甜食爱好者的"朝觐之地"。我也不能免俗，品尝茅台原味冰激凌后，直感绵甜爽口，醇香回味，是冰激凌与酒的完美结合，美食里的高科技。

来自上海的任总是此次茅台镇旅游的同行伙伴，也是名副其实的"茅粉"。任总从2005年至今，非茅台酒不喝，能辨别出茅台的细微差别，被同伴公认为最佳茅台品鉴师。在茅台集团商务楼顶层品尝茅台自创的茅台椰奶鸡尾酒后，任总的判断全部失效，无奈地说，这是属于年轻人的领域。

飘香古镇里寻找国立酒厂

杨柳湾古街与赤水河北岸的长征街是茅台镇上的两条主要商业街，酒肆客栈鳞次栉比，但近三成的酒铺关闭，游客比店铺多。穿过古街老巷，各类白酒的招牌让人应接不暇，不时还有人和你搭讪，拉你去品酒。这里的餐馆客栈几乎都是酒店老板开的，吃住是副业，卖酒才是主业。虽然生意惨淡，但满街弥漫着酒香。当地人说，茅台镇上的白酒都是赤水河酿造出来的正宗高粱酒，只是勾兑的区别。美酒出茅台，开瓶十里香。离开茅台镇，造不出茅台味。自然山水得天独厚，政府又将7.5平方公里的核心产区保护范围扩大到15平方公里，让茅台镇充分享受政策红利，茅台镇成为中国GDP人均第一强镇。

分布在茅台镇赤水河两岸的酒厂，据说有 400 多家。厂家多了，竞争激烈，难免良莠不齐。

恰巧朋友王刃推荐我去贵州国立酒业公司（以下简称国立）参观。走进国立酒厂，办公室与车间都井然有序，环境整洁，不例外的就是弥漫在空中的酒香。厂区内醒目的岩壁处刻有一段关于茅台镇历史文化的介绍，立马让人感受到它的文化品位。

国立厂的白酒制作流程也是严格按照"12987"古老工艺，从拌料、踩曲、上甑、盘勾、勾兑一步步做起，其中"九次蒸煮、八次发酵、七次取酒"，与飞天茅台的工艺流程是一致的。

我兴致勃勃地参观了曲药发酵仓、堆积发酵场地、正在入窖发酵的窖槽，以及蒸馏取酒的过程。在酒厂工作是辛苦的，夏天闷热的车间里没有空调、没有风扇，优良的酒醅产自高温。当地诗人唱道"一滴赤水是多少滴汗，多少滴汗才是一杯茅台酒"，我突发奇想，这一滴滴汗水，也是茅台镇酱香酒不可缺少的配方啊。

陪同参观的业务员小陈特意介绍，在制酒车间，女子轻柔踩曲，男子大力掀铲下沙润粮，男女搭配，阴阳互补，干活不累。我也大笑道："茅台酱香酒的制作工艺完全符合中国古代阴阳平衡，阴阳互根的朴素哲学思想。"

在四层楼的储酒车间，一排排的大酒坛映入眼帘。这些摆放有序的大酒坛宛如默默护卫着千年酒魂的武士们，个个庄严肃穆；泥封酒盖上的红布被金丝带捆扎着，仿佛是武士们的红头巾，让我这样第一次参观酒厂的小白非常震撼。每个酒坛可装1000 斤酒，可以猜测酒厂储酒车间的特殊承重设计，还看到每层楼的酒坛里放着不同年份的酒。我虽然不懂酒，小陈还是从不同楼层的酒坛里取出不同年份的酒样，让我品味。一打开酒坛的封盖，那种芬芳馥郁至今难忘。

一些年份酒坛的标签上写着订酒人的名字以及装酒的日期。小陈说，由于场地有限，镇上的酒厂一般不接受年份酒储存，只有个别好友推托不掉，才接受这样的储酒业务。

在国立厂的总裁办公室，我与小王总攀谈起来。国立酒厂创始人王一平先生在杭州一直是做房地产业务的，业余喜爱酌酒弄杯，邀上朋友小聚。他最初来茅台只是想收购一个酒窖，存储一些酒，方便朋友自饮自乐。但这个想法不久就被现实打碎了。有些狡诈的酒商让你品的酒是一种，发货的酒是另外一种。为了避免被欺骗，王一平先生索性收购了一家酒厂，将其整合，坚守酿酒品质。其间的艰辛是常人难以想象的。

从品酒到去茅台镇买酒储酒，最后收购当地酒厂，喝酒不留神喝出一个酒厂，真的是始料未及。小王总特意说，国立的宗旨是让喜欢酒的人喝到正宗的茅台味，延续酱香国脉。所以酒厂坚用贵州本地的精选糯高粱，坚守古法工艺，充分利用茅台镇"山、水、林、土、河、微"的地理环境优势，不贪规模，不走低端，只出精品。一年保持生产 300—500 吨基酒，大部分是高端定制酒。

在灌装车间生产线上，我恰好看到了王刃先生的定制酒"南宋宫酱"正在灌装。小王总说，因为是父亲非常好的朋友，国立酒厂将"南宋宫酱"定位为上品好酒，绝对的茅台宗亲，国酒血统。

"做酒首先是做文化，秉承传统工艺，保持初心匠心，才能做好酒这份事业。"离开国立酒厂时，小王总补充了一句。

最后加个花絮，当晚的餐席上，我请任总在盲喝的时候，辨别出国立酒与飞天酒。任总交替品尝了第一口后，疑惑地问我："其中真有国立，还是两杯都是茅台？"得到肯定的答案后，他继续品尝第三口，终于猜出了正确的结果。任总得意地说，若没有 15 年以上的茅台酒史，准确辨别也非易事。

茅台渡口，弥漫着红色的气息

到贵州大山里避暑，是一种享受；去茅台镇酌一杯茅台酒，也是一种愉悦；在赤水河渡口领略"四渡赤水"的风采，更是一种精神洗礼。

遵义会议后，尤其两个月后的苟坝会议，摆脱了红军长期被动挨打的局面。"四渡赤水"让红军从国民党百万大军的重重围剿中顺利突围，取得了长征及革命战争的最终胜利。

赤水河茅台渡口是中央红军三渡赤水的地方。1935 年 3 月 15 日深夜，红军陆续进入仁怀县（今怀仁市）及茅台镇休整三天。据 3 月 16 日红军《红星报》记载："红军来到仁怀县城时，仁怀的劳苦群众派出了代表五十余人，其中一半是工人，抬了肥猪三只，茅台酒一大坛，送到总政治部慰劳红军。"

从茅台镇中心的 1915 广场眺望赤水河对面的青山主峰，赭红色花岗岩建造的四渡赤水纪念塔高耸入云，成为茅台镇的第一景观。

这次领队的是"游读会"创始人，他特意带领大家下水游泳至对岸，向长征致敬。拥抱赤水河是他来茅台镇前就想好的事情，他要像当年红军那样，遇到困难毫不气馁。他将"游读会"的领导带到赤水河畔，就是重温遵义会议后四渡赤水这段辉煌历史。只要像当年的红军这样，志高智达，遇到任何困难都毫不气馁，始终坚持信仰，不忘初心，终会成就伟业。

渡口附近的红军过茅台陈列馆可以让人重温红军在茅台镇的那 3 个难忘的日夜。陈列馆里最吸引我目光的是红军保护茅台酒窖的告示。许多红军将领在后来的长征回忆录里都特意讲述与茅台美酒邂逅的故事，字里行间散发着浓郁的酒香。

耿飚曾回忆道："我军即灵活改变战略，于 16 日攻占仁怀。这个举世闻名的茅台酒产地到处是烧锅酒坊，空气弥漫着一阵阵醇香。尽管戎马倥偬，指战员们还是向老乡买来茅台酒，会喝酒的细细品尝，不会喝的便灌到水壶里，行军中用来擦腿舒筋活血。"

曾克林写道："茅台镇是茅台酒的故乡，赤水河边有好几个酒厂和作坊。3 月 15 日前，红一军团教导营首先进入茅台镇，大家发现茅台镇大街小巷都是酒，加上长途行军十分疲劳，都想轻松一下，便纷纷用茅台酒擦脸，洗头洗脚，由于茅台酒能舒筋活血、消炎去肿，战士们感到浑身痛快，美不可言。"

红军在茅台镇驻扎了 3 天，茅台酒滋润了战士们的脾胃，帮助愈合了战士们的伤口，强健了他们的筋骨。红军士兵们的英雄气概使得茅台镇弥漫着红色的气息，并赋予茅台酒豪迈乐观的英雄特质。1935 年 3 月 18 日，休整后的红军部队精神面貌焕然一新，在茅台渡口第 3 次渡过赤水河，吸引敌军北上，为红军四渡赤水直插云南甩开敌军做了铺垫。红军四渡赤水的成功乃至中国革命的胜利，也有茅台酒的一份功劳。

告别茅台镇，在临近机场的山顶上，又看到了那个熟悉的酒瓶，只是它变得更加硕大无比。它威风凛凛地屹立着，似乎是昭告天下，茅台酒才是世界蒸馏白酒的老大，是被血与火淘洗过的精灵。

"人生得意须尽欢，莫使金樽空对月"是李白的酒中自得；"持杯露坐无人会，要看青天入酒中"是陆游的杯中豪迈；"操戈逐儒生，举觞还酩酊"是苏东坡的酒后郁闷；"醉里挑灯看剑，梦回吹角连营"是辛弃疾的英雄醉酒。时至今日，我们无法再重复古人的跌宕境遇，只要活得真实、活得自在，几度微醺也无妨，不嫌醉归人。

来过茅台镇的人，大抵会被浓厚的酒文化感染并陶醉，我也算一个。

2022 年 9 月 1 日

杭州西站，云端的艺术宫殿

两年多来，我经常站在办公室的玻璃窗前向北眺望，看"云门"从一片田野阡陌中拔地而起，矗立在仓前那块曾经荒凉的土地上。这座位于杭州城西未来科技城的新地标，是杭州西站的门面，也是规划中杭州最大CBD（中央商务区）"云城"的城门。

杭州西站以"云"为设计理念，取意"云海""园门""丛山""空谷"，打造既有江南诗意云文化，又有未来智能云科技的"云之城"。

随着杭州西站的试运营，脚手架逐渐撤离，云门"犹抱琵琶半遮面"的薄纱被轻轻揭开，它方中取圆的造型源于良渚出土的玉器玉琮，通过门体立面以其大波纹恰似山峦湖水的建构，彰显清秀俊逸的杭州韵味。高耸齐整的门柱与环状门楣美妙衔接，仿佛祥云飞腾。门顶中央镂空部位被称为"云洞"，阳光倾泻而下，与幕墙交相辉映，当夜色降临，辅以数字灯光，更加如梦似幻。

云门只是我在杭州西站"云"中漫步的第一站。

国庆假期第一天，我与家人欣然前往杭州西站，沿秋石高架转入运溪高架，按照导向牌指示驶进P2停车场，没有任何红绿灯，从城中心全程高速无缝衔接高铁站，一路畅通，这样的感觉真的很爽。

值得一提的是，最近开启了19号空港快速线，从杭州西站到杭州东站仅需25分钟，从西湖景区到机场大约30分钟，它与杭州西站和萧山国际机场T4航站楼并称为三大迎亚运交通工程。

西站一层东西方向分别设有6个大型停车场，公交、大巴、出租车、网约车分而治之，车流与人流规划有序，互不干扰，并且下车点与一层大厅之间几乎没有台阶。旅客们拖着行李箱从停车场走到大厅，一路没有任何障碍，停车场顶棚的感应灯会自动亮起，通风口有风微微吹拂，人文关怀体现在细微之处。

走进车站大厅，仿佛进入一座宏伟的殿堂。这是一座庞大的建筑，地下4层，地上5层。

一层的中庭设计既奢华又内敛，空间通透明亮，长廊绵延不断，换乘通道坐落在南北高铁站台中间，站台架设在高约14米的楼面上，于是形成了一个约500米的狭长空间，被称为"云谷"。

走进云谷的旅客无一例外会被那几部超长的电梯震撼到，它如同长龙横卧，气势磅礴，故称"云梯"。乘坐电梯从中庭直上四楼候车厅。

玻璃穹顶延伸到南北候车厅，金色暖阳透过十字天窗，直达来往旅客的身心。

云顶铺设的太阳能板给 LED 供电，清洁光源，科技感十足。

步入候车厅，如进入云中宫殿，此谓"云厅"。抬头仰望，头顶云层如片片鱼鳞，汹涌翻腾，此为"云顶"。候车的旅客仿佛身处云端，随着一声鸣笛，穿过太空舱造型的检票口，可搭乘宇宙列车奔赴浩瀚的银河系。

云谷是杭州西站的神来之笔，是中国城市公共交通导向开发（TOD）的最佳实践——四通八达的换乘通道让旅客们从任何一处站台都能迅速抵达地铁站口，最长距离不超过 229 米，最短距离为 100 米。它的奥秘在于，把南北两个铁路站拉开了 28 米，云谷正好处在中轴线上，并通过超长电梯减少旅客的步行距离，省下来的空间用于商业配置。

地铁层（地下二层）正是云谷的谷底。从地铁层搭扶手电梯到中庭，直接换乘云梯不到两分钟就可抵达第四层。第四层由露天长廊与高铁候车厅组成，高架路直通第四层，让社会车辆在这里送客。高铁站候车厅的挡雨屋顶也称为高铁上盖，被作为商业不动产再次利用，这是杭州西站空间集约化的另一个亮点。

四楼候车厅外的露天长廊设有空中廊桥，行人和司机可以通过廊桥来到第五层的商务酒店、购物中心。此时第五层的商业建筑还没有完工，但一座繁华的空中花园"渐入佳境"。

我们在露天长廊小憩，从北端眺望远处的吴山与寡山，郁郁葱葱；而在南端，未来科技城（云城）高楼鳞次栉比。一北一南，古典与现代相得益彰。

来到云谷中庭，钢琴声随即响彻，一座钢琴被鲜花环绕设在检票口，这里也被称为"琴岛"。动听的乐曲，给行色匆匆的旅客以无限抚慰。

中庭的南北延伸长廊是西站最有魅力的地方之一。

眼见高大立柱挂满诗画，上面飘逸或苍劲的书法，展现了浙江韵味，这是琴岛的江南诗画长廊——丽水的缙云仙隐没在朝霭中，金华的牛头山层峦叠嶂，舟山海边的斜阳映照着灯塔，台州的温岭石塘小镇梦幻多彩，衢州的南孔家庙绿荫繁茂，当然还有湖州南浔的小船撑开碧波，嘉兴的长虹桥横卧大运河上……我们看"众山寒叠翠，两派绿分声"，也看"缥缈云飞海上山，挂帆三日上潺湲"，书法家王冬龄用刚柔并济的笔法挥洒写下白居易的《忆江南》，沈乐平用神采飞扬的笔墨写下李白的《琼台》……江南诗画长廊让来到西站的全国旅客"行"遍江南清丽地，带着美好回家。

今后，"约人在琴岛"或许会是西站乘客的一句时髦语。

杭州西站格外注重人与人、人与自然之间的和睦相处，随处可见"在西站，美好的共同体"。这次展览是由许多艺术家以不同的主题分别创作，比如云谷东侧正在举办名为"一千零一页"的展览，硫酸纸制作的书页被灯光点亮，象征着"知识与文本被照亮"；在"一个人的村庄"展览中，那些村落的旧式摆设会勾起你浓浓的乡愁；"临安民族文化"展区，精美的民族服饰和手工艺品吸引人们驻足；"在地刊物展"收集了130多种地方刊物，让你与迥异的文化、社会、时空产生共鸣，我甚至翻到一本马来西亚槟城的杂志，忍不住回忆起当年访问槟城的时光；"重构岛屿联结"是属于舟山的文化宣传，以影像的形式带领观众走进海岛的无限风光。

这些艺术空间使杭州西站产生了与其他车站不同的魅力，我恰好遇到策展人，她说："火车把旅客带到一个目的地，但在这里，会有更多的目的地。"

长廊地板上贴了许多名人的话，V.S.奈保尔的这句或许最符合西站展览的态度："现在，让我们躺在草地上，仰望星空，我要你想想，星星离我们多远？"

显然，西站设计者的野心不仅限于运输，也希望人们在出发和抵达的途中开启阅读，理解世界，在附近发现美好。连单向咖啡店也布置得与众不同，开放式木座椅，几盏小灯将空间涂抹上暖调，总给人一种温暖、一种慰藉。

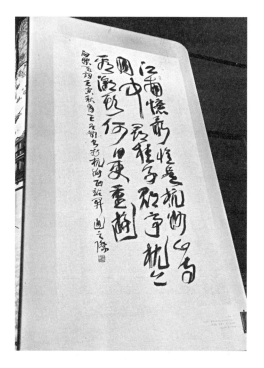

　　杭州西站的设计者是浪漫的艺术家，他们将"云"概念表现得淋漓尽致，处处彰显艺术创想。不过再美的建筑也离不开无数建筑工人们的劳动，是他们用辛勤的双手让冰冷的钢铁变成具有生命力的艺术品。二楼的长廊正在举办"在西站，最美建设者"摄影展，这里定格着建筑工人的身形笑颜，记录着西站建设史中的精彩瞬间。我感觉，这是整个西站最有温度的地方。

　　走出站台，一辆老火车头停在这里，斑驳的铁轨仿佛时光缓缓流淌，它的上方，复兴号在云海里风驰电掣。

　　这次游览留有遗憾，枢纽规划展示馆和高铁时空馆尚未开放。见识过前面的精彩，西站未来可期。

　　"南北各万里，有云心更闲。"匆匆而来的过客，请放慢您的脚步在此尽情徜徉与吟唱，杭州西站不仅是一处宏伟的交通枢纽，更是一座云端的艺术宫殿，是诗与远方的交会处。

2022 年 10 月 21 日

古老杭州再腾飞——杭州 G20 会场礼赞

国庆佳节何处去？欣闻杭州国际博览中心对外开放，何不去参观这座 G20（二十国集团）的主会场？

与家人一起自驾到达博览中心的 3 号停车场，在停车场里面购票，然后乘坐接驳的大巴车去博览中心。大巴车把我们直接送到迎宾厅的一楼。

进入接见大厅，门边的巨型木雕椭圆花瓶造型优美，工艺精湛，令人眼前一亮。

接见大厅是最受游客欢迎的拍照地。当我站在习近平主席站立的地方，想起数周前习近平主席在此地会见当今全世界最发达的 20 国元首与政府首脑，以及最有影响力的国际组织领导人并拍摄"全家福"照片的场景，不禁思绪穿越上千年，仿佛看到长安大明宫里，大唐皇帝接受八方来朝、笙歌夜宴、霓裳羽衣的场景。时光荏苒，斗转星移，古老的中国，今天国运昌盛、英姿勃发，不正再次成为连接东西方的纽带，拉动全球经济的中心吗？

走出迎宾厅，通过几部巨型扶梯或电梯到四楼，就是主会场了。

走入主会场前，需要经过 6 个拱形门。每个拱形门地面上都铺设地毯直通会场，地毯是蓝青色调的牡丹图案，体现"春来江水绿如蓝"的江南特色。为了保护原地毯，在其上增设了红色的保护毯。踏上这样的地毯，不由得昂首阔步、器宇轩昂起来。进入主会场内，可以立即感受到一种庄严肃穆。

会场的设计呈现"天圆地方"的哲学观，地面的蓝青色地毯与顶穹的孔雀蓝釉装饰的顶灯交相辉映。正前方两面排开了 G20 与会各国及国际组织的国旗会旗，绚丽多彩。

桌椅是典型的中式设计，甚至桌上的文具也有鲜明的中式风格。四壁的东阳木雕描绘出中国各地最具特色的山湖美景、人文故事，正面的巨型木雕画"秀中华"以万里长城为对象，呈现出祖国的大好河山，气势磅礴。

吸引我的还是英文桌签上的各国排序。我在 G20 峰会期间写《杭州峰会上，谁挨着习近平主席聊天散步，大有讲究》这篇文章时，提到"至于其他来宾在圆桌会议上的座席，基本按照英文字母顺序来排列的"，当时只是推测。今天在现场实际观察，座位排序与我当时的推测完全吻合，除了上下两届主席国土耳其及德国，以及最重要大国俄罗斯、美国之外，圆桌的座席顺序按照顺时针排序如下：阿根廷

（Argentina），澳大利亚（Australia），巴西（Brazil），加拿大（Canada），乍得（Chad），欧洲理事会（European Council）……

大厅及走廊里摆放着许多工艺品，精雕细琢；门把扶手的玉嵌铜裹，别具匠心，所有这些细节的装饰处理，彰显着尊贵不凡的气度。仰望头顶，大片构建呈现汹涌的波涛造型，整座会馆就像行驶在钱塘江上的巨轮。

没有在电视新闻里露面的午餐厅也是值得一游的好地方。从主会场去午餐厅需要搭乘自动扶梯。随着扶梯徐徐上升，你可以看到两边墙壁上悬挂着 20 世纪二三十年代的西湖老照片。在现代化的会场里，欣赏到这个城市百年前的风景，作为一名老杭州人，真是别有一番滋味在心头。

扶梯尽头直达一个园林轩榭。透过月牙窗，外面绿意盎然，里面别有洞天，真是一番江南秋色。餐厅就在秋色之中。

餐厅外形是个玻璃圆球，餐厅大门古色古香，门联对称古朴。拾级而上进入餐厅，星空的意境引人入胜。各国来宾座椅依旧是按照主会场的英文字母顺序排列。四周墙壁上悬挂着二十四节气的木雕屏风，上面的织锦绘有关于中国农历节气之景，淡雅高洁、古朴隽秀。餐厅正中是水墨山水长卷《万里江山图》。

今天最惊艳、最有看点的是会场顶部的屋顶花园。在这里，你可以看到亭亭而

立的翠竹，造型各异的松柏，小桥流水、亭台楼阁，以及飘逸的唐诗宋词墨宝。从餐厅推门而出，你就仿佛走到了江南园林的秀丽景致中。当你来到"我心相应亭"，仿佛置身在烟波塔影的西湖小瀛洲。亭台两侧的对联"西湖明珠自天降""龙飞凤舞到钱塘"，正是对杭州西湖及钱塘江两大景观最佳的注解。

走到花园的角落，凭栏远眺，近处是莲花朵朵般的奥体中心，远处蜿蜒的钱塘江及江对岸的"日月同辉"建筑群尽收眼底，一刹那，我感到自己此刻仿佛站在从古代通往未来的特殊时代节点上，体会着历史与未来的贯通。我不由得体会到了设计并建设这座主会场的建筑师们对东西方文化的理解，以及对自然生态环境的尊重。

建筑结构专业出身的妹妹告诉我，在屋顶建造这样大规模的园林式屋顶花园，需要整套全新的防水及承重设计与建筑工艺方案。单凭这样的施工技术，应当创造了新的世界第一。传说中的世界古代奇迹巴比伦空中花园，今天又在杭州再现！

G20期间从电视上看到的会场，今天都逐一观看，场面非常壮观。电视上只是平面的视角；实地到访，360度的场景体验，震撼之感远远超过想象！

离开博览中心时，我们每个人都有这样的感受，杭州国际博览中心这座非凡的建筑物，将永远大写在古老杭州腾飞发展的新篇章里。

2016年10月6日

大同这座城市

大年初二，当我搭乘东航 MU5247 航班，从浦东抵达大同云冈机场时，已是傍晚。飞机上大多数是回家的大同人，几乎遇不到我们这样的旅游者。

我们预定的假日酒店恰好在机场大巴的终点站，司机听说我们是专程来旅游的，递给我一张印有"青年文化号"的服务名片，告诉我若回程有任何问题，可以按照名片电话询问。他还热情推荐说，今晚古城有灯会，不妨去参观。

大同有 2300 多年的建城史，在公元 389 年成为北魏首都（时称"平城"），自古繁华。辽金时代，大同作为西京陪都，京华盛景，风光无限。

在下榻酒店稍事休息后去古城墙观看花灯。花灯沿着城墙展开，延绵数公里。内城主广场各种主题的花灯花车争奇斗艳、流光溢彩。据说这是大同史上规模最大的一次花灯会。

北魏时代的古城有里坊、四合院，是中国古代城市建筑的典范。有学者提出，

蒙古人仿照大同的城市规划，建立了大元北京城。所以，大同四合院是北京四合院的始祖。我觉得蒙古人也是中国北方马背上的民族，与鲜卑族或许有着千丝万缕的血缘继承，学者的观点也许是可信的。

佛教在北魏因被列为国教而发扬光大，但在太武帝时期遭到灭佛打击，此时道教乘虚而入，成为国教。孝文帝时代，在祖母冯太后的协助下，北魏停止灭佛，全面汉化，北魏的辉煌达到顶峰。云冈石窟第5号窟的两佛并坐造像，再现了祖孙两代治理国家的情形。

北魏、辽金时代的大同一直是游牧文明与农耕文明的过渡区域，是契丹鲜卑及女真民族交融的宝地，儒道释激烈碰撞后和谐相处的熔炉。俊朗飘逸的北魏书法，古朴典雅的金辽寺庙建筑，西域胡人的舞蹈壁画，以及各式精美石雕造型，给了今天的大同人自豪、恣肆的底气。在参观云冈石窟、北郊恒山玄武道观、大同市区的华严寺、大同文庙等景点时，这种体会尤其深刻。一个城市的宣传口号就是一张名片，告别大同时我在机场看到"塞上古城，天下大同"被更换成"中国古都，世界大同"，显示了大同人更深邃的历史建构，更辽阔的文化认同。

本次大同之旅，最为可惜的是恒山悬空寺正在维修，我们无法入

内参观。甚至远远望去的悬空寺也被脚手架及外面的蓝布遮挡，无法拍照。朋友今年若去大同，务必推迟到2016年5月，悬空寺会在五一国际劳动节重新开放。

在去古都灯会的出租车里，与我们一起拼车的是一位在上海工作的大同漂亮姑娘，她建议我们去凤临阁酒楼参观用餐。她还讲了段故事，在明朝正德年间，皇帝到大同视察，在久盛楼用餐时，被餐馆女主人李凤姐的绰约风姿迷倒，不思朝政。李凤姐劝诫皇帝以国家社稷为重，尽快回京理政，并愿陪送皇帝回京。可惜李凤姐在回京途中因劳累得病，香消玉殒。为了纪念这段情史，餐馆改名为凤临阁。梅兰芳的京戏《游龙戏凤》讲的就是这段故事。这位姑娘还介绍道，大同一共出了20多位皇后，也称"凤凰城"。言谈中，洋溢着对家乡美女多的强烈自豪。

回到宾馆，看到一本当地旅游局编写的大同旅游手册，其中有一章题目就叫《大同女人，美女城中美女多》。书中提到，因为大同是多个民族混居之地，混血带来了美丽漂亮的基因。何况大同曾经是皇城根儿，贵族血统使得大同女子大气爽朗，风情贤惠会疼人。由政府部门出面撰文，赞赏本地女人美丽，在全国除了重庆，大概仅大同了。第二天，我在大同大街上散步，一眼望去果真美女多，姑娘们脸面秀美、身材高挑，说话柔美脆亮，举手投足既是大家闺秀，也有皇家沉稳范儿。

到大同旅游，也应当品尝当地美味。可惜凤临阁酒楼都要提前预订座位，无法临时就餐。我们就到鼓楼边上的一家老火锅餐厅就餐。吃到了当地特色的凉粉、莜面、烧卖和大同涮羊肉，风味奇佳。尤其涮羊肉肉质鲜嫩可口，且价格比杭州便宜很多。

从云冈石窟返回的路上，我们经过了大同煤矿晋华矿。我特意让出租车司机到矿区绕了一圈。从少年时起，知晓大同是因为大同煤矿，大同煤矿就是这个城市的代言词。近几年，煤炭行业开始走下坡路，如何让大同转型升级是关系到城市可持续发展的大战略。在大同的3天里，我不止一次听到市民们谈论老市长耿彦波，对他称赞有加。他任大同市市长时，提出了一系列城市发展的具体方案并做了许多实事。当他离开大同时，数千名群众前往欢送。许多群众自发以签名和举横幅等方式来表达对老市长的挽留之情。一个城市的百姓对前市长如此爱戴并公开呼吁，实属罕见。

3天的大同之行，留给我许多美好的记忆。大同，这座虽没有被排入中国八大古都的城市，但是，至今有许多值得颂扬的地方。

2016年2月13日

草原上的博弈与离散

一

抵达内蒙古自治区的鄂尔多斯，所有当地人都告诉我，冬天太冷了，不好玩，应当夏天来这里，可以去大草原策马扬鞭，与牧民喝酒、唱歌、吃烤全羊。但我此行的目的并非吃喝玩乐，而是参观成吉思汗陵，算是为日后内蒙古深度游探路吧。

提到鄂尔多斯，一般会想到那句广告词，"温暖全世界"，或许还会想到老电影《鄂尔多斯风暴》。这里曾经因为疯狂挖煤一夜暴富，后来热潮退去，人去楼空，又被称为"鬼城"。今天的鄂尔多斯新城，整齐干净的街道两旁高楼耸立，外形抢眼的建筑物比比皆是，完全不是一个草原小城的模样。再聊"鬼城"话题，当地人会很不屑地说："鄂尔多斯早就'羊煤土气'了，哪还有半点鬼城的影子？"现在，羊绒、煤炭、高岭土与天然气是城市经济发展的新动力。

穿过康巴什新区，鄂尔多斯博物馆、大剧院、图书馆……这一座座设计前卫、造型独特的建筑，各自以内蒙古人民豪放不羁的风姿矗立在城市街头，让来自沿海地区的我拍案称奇。这里真是建筑设计师大展宏图的乐园啊。

不过，赋予这座城市历史底蕴的依旧是那座规模宏大的成吉思汗王陵。

二

无论是成吉思汗的宿敌还是属民，都不得不承认，成吉思汗是影响中国乃至世界历史的伟大人物，在他的外交政策里，没有朋友，只有征服与杀戮。他去世后，他的儿子与孙子瓜分了亚洲与欧洲的大部分。

　　宏伟壮观的王陵主体建筑，外形看上去很像3座八角飞檐圆形帐顶的大宫帐，具有鲜明的蒙古草原游牧民族的特点。从正门步入，需要登上99级台阶，方可来到宫殿大门。此时正值中午，宫殿的金色圆顶在阳光下熠熠生辉。宫殿前的广场上立着两根顶部带三叉铁矛的旗杆，旗杆上的五色旗迎风飘扬。讲解员告诉我们，这是象征着吉祥与兴旺的禄马风旗。鄂尔多斯牧民在其蒙古包前通常都会设有这样的禄马风旗。

　　走进陵宫主殿，我们看到了威风凛凛的成吉思汗雕像。汉白玉雕像后面的墙壁上铭刻着一幅宽大的地图，东至白令海峡日本海及朝鲜一带，西到地中海多瑙河流域。这正是蒙元鼎盛时期的疆域版图，横跨当今欧亚40多个国家。

　　王陵宫殿内设有8座毡包般的宫帐，宫帐内供奉着成吉思汗使用过的弓箭、头盔、木制奶桶、马鞍等遗物。我略有疑惑地追问奶桶是否是木质的，讲解员回答因为采用檀香木制作，所以奶桶数百年都完好无损。蒙古族人采用"密葬"，大汗实际下葬的地点无法寻觅，被尊称为"八白室"的鄂尔多斯王陵就成了祭拜成吉思汗的圣地。

成吉思汗陵为避战乱，几经颠沛流离，于20世纪50年代初从青海回迁，重新屹立在鄂尔多斯的茫茫草原上，实现了成吉思汗生前希望安息在鄂尔多斯的夙愿。

负责守陵的是达尔扈特人。

达尔扈特人是一群特殊的蒙古人，他们的祖先都是成吉思汗大帝的亲信近卫。后代们恪守祖训，成为世代守陵人。据说6万达尔扈特人，只有约40人被精心挑选出来担任守陵人。我邀请其中一个英俊帅气的汉子留影，他欣然允诺。对于达尔扈特人的坚守，我心存敬意。

陵区内的阿拉坦甘德尔敖包和苏勒德祭坛，都是蒙古族民众每年祭祀成吉思汗的神圣场所。

三

蒙古铁骑是13世纪最强的军事力量，也是对外扩张的象征。无论是在内蒙古博物院里，还是在陵区内的文字介绍里，对成吉思汗都是赞誉的。

当成吉思汗的子孙占领中亚及欧洲，分别成立察合台汗国与伊尔汗国，蒙古占领者都具有至高无上的特权。讲解员说，由于这种野蛮习俗，东欧与中亚地区，至少每两百人有一人具有蒙古血统。不知道这位讲解员的说法是否有些耸人听闻。

最近看了一本美国人写的书《世界历史上的蒙古征服》，讲到钦察汗国蒙古统治者与当地联姻后的部落一支进入了伏尔加河流域，这一支部落后来诞生了列宁同志。列宁领导了十月革命，是继成吉思汗后，另外一位具有世界影响力且具蒙古血统的伟大人物。

一代天骄成吉思汗，鄂尔多斯因为成吉思汗陵而拥有了无上的荣光。

2017年12月10日

冬日九华

今年的圣诞节，我打算来个中式过法——去九华山。只因前几日读报，获悉宁安高铁开通的消息，便即刻动了去九华山的念头，搭乘高铁从杭州去九华山脚下的安徽池州，车程不到 3 个小时。

一生痴绝处，无梦到徽州。九华山之名出自李白的"妙有分二气，灵山开九华"。九华山被中国佛教徒奉为地藏菩萨道场，与五台山之文殊道场、峨眉山之普贤道场、普陀山之观音道场，并称中国四大佛教名山。但如何游览九华山才能真正品味到它的绝妙呢？考虑到佛教博大精深，九华山人文历史源远流长，请一位专业人士是上策，我们便委托酒店代请专业导游。当见到导游小方只是个小姑娘时，我心里嘀咕，她能胜任吗？跟着小方，我们去了最热门的化城寺、肉身宝殿、祈园寺和百岁宫，萦绕耳畔的咏经佛歌竟然是西洋美声唱法，悦耳动听，不禁称奇，暗忖九华山佛事也与时俱进了。寺庙内外，善男信女摩肩接踵，烟气袅袅，钟声阵阵。人们每到一寺，必定烧香膜拜，大跪行礼，愿菩萨保佑心想事成。

首先参观的化城寺以其罕见的徽派建筑风格令人眼前一亮。该寺因唐代新罗（今韩国）王子金乔觉来此修行而成开山祖寺。金乔觉抛弃荣华富贵，耐住寂寞，广施教义，苦心修行 75 载，终成正果。圆寂之日，天旋地转，乌啼鸟泣，天际出现王子侧面，遂被信徒认为是地藏菩萨转世，后广为传颂。地藏菩萨由此成为与文殊、观音、普贤、阿弥陀佛齐名的"一线菩萨"，也成了佛教传说与现实合二为一的尊贵菩萨。

我始终不解，如此悲壮的故事为何至今没有被改编成不朽的文学作品或媲美好莱坞的电影？还可传播中韩友谊。

金乔觉圆寂三年，肉身不腐，颜面如初，后被安位供奉在肉身宝殿。可惜该坐像深藏地宫，无法参观。但在地藏禅寺及百岁宫里，我有幸瞻仰了明代无暇和尚与 1990 年圆寂的慈明和尚的肉身镀金坐像。

在慈明之前，很多现代人认为肉身坐像不符合科学规律，只是传说。慈明和尚是江苏高邮人，曾在少林寺学武，后来到九华山，"文革"时下放安徽铜陵农场劳动，1981 年回到九华山东崖禅寺。慈明温良敦厚，勤劳朴实，多年午后不食，精进修禅，终成自悟。导游小方说，无数和尚都想肉身超度，但修成正果者微乎其微。

我们能在九华山亲睹这世间奇观，也不虚此行了。

导游小方是本地人，讲解起九华山寺庙，如数家珍，还能解释小乘教与大乘教，禅宗与其他流派，横三世佛及华严三圣的区别，平民装饰的闵公父子殿，甚至还提到庙门门槛高度的讲究，我不禁对她刮目相看。她却笑道，每天接待各地的游客，其中不乏资深佛徒，他们都是她的老师，正如孔子所云："三人行，必有我师。"

印象最深的是建于东岩之顶的东崖寺院，寺内七大佛团聚，极目四周，云海缥缈，远处峰峦叠嶂，置身此处，恍惚已入仙境，心肺舒畅，心灵顿时纯净了许多。圈内朋友日后若去九华山，应当把此寺列为游览之首，不仅游客相对稀少，景色也绝佳，处处可入画。

选择四座名山作为菩萨道场是佛教中国化的典范。台湾高僧星云大师阐述四大菩萨时说道："以观音的慈悲，给众生方便，为众生服务；以文殊的智慧，引导众生走出迷途，获得光明；以地藏的愿力，使佛法进入每个家庭，传遍世界每个角落；以普贤的功行，契里契机，随顺众生，行难行能行之事，让人间充满欢喜平安。"按照大乘佛教，四大菩萨代表了整个佛法，研修佛法能明心见性，一生受益。许多朋友说，到四大佛山朝拜许愿，在高山古寺香火禅音中能够摆脱烦恼，获得心灵净化与身心愉悦，我深以为然。已经到访过普陀山、九华山，其他两座佛山的朝圣也不在话下。

"圣贤豪杰名声在，富贵荣华皆是空。"九华山方丈的这句箴言，也是此次旅途中获得的一种领悟。人生苦短，如何不虚度年华，让一生圆满，需要智慧与修行。

2015 年 12 月 27 日

品味哈尔滨，从中央大街开始

哈尔滨的六月，显然不是这座城市的最佳观光季。

出租车上，司机不无遗憾地表示，应当冬天来，哈尔滨的冬天才值得来，大冰雕、亚布力滑雪，还有冰雪大世界。他把我送到宾馆时随口说了一句："这里离中央大街很近，值得去看看。"

中央大街位于松花江畔，是一条足足有1450米长的商业景观文化步行街，也是一条历史文化名街。中央大街相当于北京的长安街、上海的南京路，是哈尔滨的地标与灵魂。

很早知道哈尔滨，就是因为哈工大、哈军工和圣索菲亚大教堂，教堂临近中央大街，办完入住手续后，赶在下午五点关门之前直奔过去。

拐过西十四道街来到透笼街，前行几步，庄严神圣的圣索菲亚大教堂映入眼帘。虽然在画报上见过这座教堂，但眼见为实带来的视觉冲击，是照片不能企及的。

圣索菲亚大教堂原为俄罗斯东正教堂，墨绿的俄式洋葱头，配上罗马风格的拱形樑窗，以及褐红对称的拜占庭式砖墙檐壁，为中央大街增添了几分宗教神圣感。

教堂内除了那幅达·芬奇《最后的晚餐》的临摹画外，宗教氛围已经消失殆尽，拱顶墙壁斑驳累累，陈旧不堪。教堂里陈列的老照片记录了哈尔滨的前世今生。

1896年，沙俄外交大臣与清朝政府签订不平等条约，攫取了在东北建立中东铁路的权力。两年后，作为东北的中心枢纽，哈尔滨开始进行大规模的铁路和城市建设。中央大街在一片低洼的草甸子上铺设起来，后来又经过数次改造，用花岗岩小方石精心砌成，逐渐成为哈尔滨最具人气的街道，并吸引越来越多的外国人来此居住、生活、经商。哈尔滨由此成为国际化城市，具有"东方小巴黎"的美誉。20世纪初哈尔滨的外国人社区有电影院、管弦乐队、芭蕾舞学校，并举行冰上运动、选美比赛等活动。

教堂门前，一对新人正在拍婚纱照，一角的空地上，鸽子三五成群，被许多小朋友投喂。从一个世纪前的环境里走到现实，我还有些恍惚。

沿着中央大街边走边欣赏，道路两旁的建筑风格迥异，让人应接不暇。许多房屋在沿街人行道旁的砖墙上嵌入一块解说牌，黑底金字做得很精致，介绍该建筑的风格和历史。哥特、巴洛克、拜占庭、折衷主义、文艺复兴、现代主义……仿佛在

参观西方建筑艺术博物馆。其中最有名的两座是马迭尔宾馆和现在改名为"教育书店"的松浦洋行。新艺术运动建筑风格的马迭尔宾馆是当时哈尔滨乃至远东最豪华的酒店，所以当哈尔滨成为中国最早的大城市后，首届全国政协会议就在马迭尔宾馆举行。1909年建成的松浦洋行则是典型的巴洛克风格。难怪有人说，如果想不出国领略异国风貌，那就请来哈尔滨吧。

在教育书店旁边的小广场上，有一尊马车与马车夫的青铜雕像。车夫看上去有些疲惫，也许他刚送走一位达官贵人，抑或卸下一车啤酒，需要在街角小憩一下。讲到啤酒，中国最早生产啤酒的工厂就诞生在哈尔滨，由俄国人乌卢布列斯基于1900年创办的工厂是至今生产着的哈尔滨啤酒的工厂的鼻祖。在哈啤厂区的啤酒博物馆里，你可以喝到原汁原味的俄式啤酒，看到最早的啤酒酿造工艺与设备。哈尔滨啤酒厂现在已被英资百威英博公司收购，幸亏哈啤这个品牌被保留了。而由此产生的哈尔滨中国国际啤酒节正在成为哈尔滨中央大街申遗的人文景观。遗憾的是啤酒节过几天开幕，我这次与之无缘了。

中央大街怎能少得了西式美食？马迭尔冰棍、秋林大面包、里道斯红肠、华梅沙一克、牛奶手撕面包店铺前排起长队，让人意识到中央大街不仅是观光去处，还是一条非常接地气，与市民生活息息相关的大街。

当地人笑称，北京人什么话都敢讲，广东人什么动物都敢吃，哈尔滨人什么衣服都敢穿——哈尔滨人和上海人很像，宁可委屈肚子，不肯委屈面子，省吃俭用，但舍得花钱购置衣服。如果冬天来哈尔滨，中央大街上都是身着皮草大衣的女人，手拎皮草小包，昂首阔步，风姿绰约。不过，在仲夏时节，女人们也魅力不减。

晚餐我特意来到拥有90多年历史的华梅西餐厅，品尝软煎大马哈鱼等招牌菜。说实在的，到老餐厅吃饭，肯定"醉翁之意不在酒"——倚靠着老沙发，背后墙壁上的照片泛黄，俄式菜肴入口，怀旧之情油然而生。

餐毕，推门而出，夜色降临，满街灯光璀璨。对面的马迭尔阳台音乐厅，有两个女孩正在用曼陀铃演奏着西方民间乐曲。沿街还有至少三个乐队在演奏中外乐曲，其中不乏金发碧眼的外国乐队。据查，中国第一所现代意义的音乐学院就是诞生在哈尔滨的格拉祖诺夫高等音乐学校。苏俄十月革命后，大批才华横溢的俄国音乐家移居到哈尔滨，奠定了这座城市的音乐气质。许多中外著名的音乐大师都与哈尔滨有着千丝万缕的关系。

在另一个广场空地上，一群大妈围成一圈，在喀秋莎的伴奏下，跳着优雅的俄式踢踏舞，哈尔滨的广场舞也与众不同。

巡游表演开始了，这是中央大街最别具一格的景观秀，也是中央大街观光节目的高潮。一辆辆彩车徐徐驶来，盛装下的俊男靓女边走边舞，与观众热烈互动，完美地演绎了哈尔滨处处散发的动感、美丽、高雅的风情。

江畔啤酒工坊夜市开始了，江风阵阵袭来，带着海鲜味和隐约的音乐。江边船楼灯笼串串，江中渔火点点，横跨在松花江上的滨洲铁路大桥仿佛金色的时光隧道，我们从中央大街的过去走到中央大街的未来。遥望夜色，不禁产生无限遐想。

附近有一座防洪纪念塔，是为纪念1957年哈尔滨市民战胜大洪水而建的。但我隐约感觉作为中央大街的起点，同时又是哈尔滨的窗口及心脏，此地的纪念碑和人物浮雕应当是反映哈尔滨或东北地区更为宏大浑厚的历史叙述。可以把防洪纪念塔迁移到别处，而在此地矗立东北抗联的英雄塑像，或是打响抗战第一枪的"江桥抗战"雕像，甚至可以是镶嵌着金国开国皇帝完颜阿骨打浮雕的上京遗址纪念碑。

离开中央大街时，夜色深沉。哈尔滨的景致在冬季，但中央大街每个季节都有美妙之处，美食、购物、音乐与建筑，更是哈尔滨近百年的城市印记。

2500年前的某天，希腊哲人苏格拉底从集市归来，学生问："你怎么空手而归？"他回答道："我有的已经足够多了。"我相信，多逛几遍中央大街，游客都会和苏格拉底一样，精神充盈，身心愉悦。

2017年7月18日

美在伊犁，风光与人文

外地来伊犁的游客，大多选择去赛里木湖观赏湖光山色，或者到那拉提草原骑马，或在霍城薰衣草花园里拍一组浪漫照。当然，还有那首歌里唱到的可可托海，牧羊人的小房子还在吗？

其实，伊犁首府伊宁也值得一看。

在这个享有"塞外花园"美誉的西北边城，随处可见独特的风景。你若随意挑一个阳光明媚的午后，到大街小巷穿梭闲逛，会获得许多意外的惊喜。

到六星街寻觅欧亚风情

正午到达伊宁，旅行社没有安排活动，我问宾馆前台，附近哪里方便逛逛，当即被推荐去六星街。

六星街很近，步行 10 分钟就到了，导航显示街区有个"六星街民俗文化陈列馆"，我不禁喜出望外，没有想到这里居然隐藏着一座微型博物馆。在陌生地方，看一看博物馆是了解当地人文的最佳捷径。

沿着马路，边走边欣赏两旁房屋，建筑风格不仅有伊斯兰式，还有俄罗斯式，高耸突出的尖顶庄重而雅致，风格各异却都经过本土化的改良，它们的外立面和围墙涂满了颜色，绚丽多彩。围墙上蔓延出的花草绿藤，安静地垂挂着，是庭院内遮掩不住的春色。房屋的玻璃窗上还都装饰着各种花纹，这些小细节处处彰显出屋主人各自的审美和生活情趣。

六星街位于伊宁西北侧，街区的中心广场往外辐射出六条主干线，把街区分成六片扇形小区，形成独具风格的六边形街区。这样的设计与欧洲许多城市街道布局非常相似。六星街民俗文化陈列馆介绍了德国工程师瓦斯里先生与六星街的历史渊源：20 世纪初，六星街被开辟为大型皮革加工厂的生活区，工厂老板经伊犁当局（伊犁屯垦使署）批准，聘请了瓦斯里工程师做街区设计。彼时的欧洲正掀起一股"田园城市"的风潮——这是英国社会活动家艾比尼泽·霍华德提出的理念，此理念可追溯至古罗马维特鲁威的理想城市，要求城市既承担生活便利功能，又能保持优美自然环境。

六星街的设计颠覆了中国传统城市网络矩阵棋盘式的布局，比 1903 年英国伦敦附近的世界第一座田园城市——莱奇沃思（Letchworth）只晚了 6 年。毫不起眼的边陲伊宁城，却在中国大地引领着世界城市规划之新风，这是许多专业人士始料未及的。

来到这里，仿佛进入了世外桃源。庭院挨着庭院，溪水小河串起家家户户，人们各自在庭院里热闹着，角落有葡萄架，各种水果挂满枝头，花卉开得热烈。哈萨克、俄罗斯、维吾尔、柯尔克各族人友善相处，鸡犬相闻，花草无恙，马车铃声清脆。闲逛于其间，看屋檐庭院、家居摆设，品尝主人亲手做的馕饼、核桃包与奶茶，累了坐在葡萄架下发呆，很容易陶醉在这别样的风情中无法自拔。

亚历山大手风琴博物馆堪称世界第一

在街头的转角处，一座西洋小楼映入眼帘，这就是亚历山大手风琴博物馆。博物馆主人全名亚历山大·谢尔盖维奇·扎左林，俄罗斯族人，他从小跟父亲学习修理手风琴，也能拉一手好琴，这份热爱促使他倾其所有收藏手风琴。伊犁州政府得知亚历山大的凤愿是建立一个手风琴博物馆后，出资在六星街帮他实现了愿望。于是我们可以欣赏来自 27 个国家的手风琴藏品，包括 200 年前的俄式按键手风琴，第一代德国手风琴，还有巴掌大的"玛丽娜"微型手风琴。

讲解员告诉我，为了收购那台古董级手风琴，亚历山大花了 350 元，那是 1973

年的事情。那时家人劝他说："你花这个钱，在伊犁可以买栋小院子了呀。"但这动摇不了亚历山大对手风琴的痴迷。就在我细细观赏馆藏的800多台手风琴时，大厅里响起了悦耳的手风琴声。每天下午，博物馆都会邀请亚历山大的弟子们演奏手风琴。不少观众跟着音乐的节奏翩翩起舞。

走出博物馆，6月初夏的微风拂面，风中飘荡着悠扬的俄罗斯手风琴曲，很远了还在耳边萦绕，令人陶醉。

喀赞其村像一幅市井风俗画

伊宁的喀赞其民俗村非常接地气。起初望文生义以为"民俗村"是人造景点，来到村子后，才发觉自己大错特错了。

这个居民区建于清乾隆年间，大部分是维吾尔族人，约23%是乌孜别克族、塔塔尔族、回族等。"喀赞其"维吾尔语的意思是"铸锅为业的人"，所以这里的居民以手工业为生，他们铸锅、打水桶、建馕坑、制箱、做皮鞋、打制马鞍等。近年来政府出资修缮老化居住区，将其打造成原生态的民族风情人文景区。

在当地维吾尔族导游姑娘的陪伴下，我们坐着装饰漂亮的马车在喀赞其村逛游，马车上的悦耳铃声响个不停，伴随着我们一路走街串巷。

狭窄的街道上，不时有马车、电瓶车、小轿车齐头或相向而行，但井然有序，互不干扰。我举起相机，拍下了3种交通工具同框的画面，颇值得玩味：这不正是古老、过去、现今这3个时代在喀赞其不期而遇吗？这里不需要交警执勤，也没有红绿灯，缓慢的节奏，过去与现代的交替，形成通常在电影镜头里才有的奇幻视觉。

天蓝色围墙的庭院前维吾尔族大婶们扎堆聊天，呆坐在木凳上的维吾尔族大爷脸上布满了皱纹，还有小孩追着马车，路边的白杨树、杏树、苹果树、沙枣树纷纷开着花起着果，扑鼻而来的是浓浓的水果香，这香味一直在空气中，香透肺腑，令人欲醉。放眼望去，就是一幅安逸恬静的异域市井风光画，难怪有人称喀赞其是中国的"舍夫沙万"（摩洛哥的著名旅游城市）。我去过摩洛哥，感觉喀赞其比舍夫沙万强太多，至少没有那么多讨厌的乞讨者（摩洛哥乞讨者没完没了地骚扰游客是出了名的，甚至被写进了外国出版商出版的旅行指导书）。

我们走进几户维吾尔族人家，参观他们的日常起居，还品尝了维吾尔族大妈做的"包子"（外形颇像饺子，但忘了它的名字），里面掺杂蜜饯、蜂蜜、芝麻及烤肉，在我看来是一种奇奇怪怪的组合，吃起来无比美味。在葡萄架下品尝水果，再挑选几件手工制作的围巾织毯，配上几杯奶茶，就过上了短暂但值得长久回味的新疆慢生活。

街区中心广场那座黄褐色的乌孜别克大院停在蓝色的海洋中。远远望去，高耸在大院里的钟楼在周边民宅的蓝色波涛的映衬下，显得格外醒目且庄严肃穆。乌孜别克大院是乌孜别克族群众用于对本民族经典史诗《埃希来—叶来》的传习与吟唱之所。驻足大院殿堂，仔细欣赏着乌孜别克人日常生活场景的图片与实物，对乌孜别克民族及新疆多民族融合的地域特色多了一种沉浸式的了解，这是我的伊犁之行的意外收获。

伊犁河边识友人

伊犁河是伊宁的母亲河。那天的天气真好，太阳温柔地照耀在河边的草坪上，许多伊犁市民扶老携幼、拖家带口，在草坪上铺上席子，撑开一座座帐篷，聊天、野餐，孩子们在阳光下尽情跑着跳着，发出童真的笑声，年轻人轻声哼着歌曲，享受着美好的时光。

一对维吾尔夫妻热情地邀请我给他们拍照，他们知道内地来的人就是喜欢到处拍照。丈夫看到妻子很羞涩，不愿直面镜头，还对妻子说了些什么，虽然我听不懂他们的对话，但基本猜测到意思就是对来伊犁的游客要热情大方。他还拿出自带的水果干给我品尝，说这些都是伊犁的特产。维吾尔族老乡的普通话讲得很拗口，但遮掩不住他们的古道热肠。

我还偶遇了一对生活在当地的汉族小夫妻，是"八千湘女"的后代。他们的祖父母是跟随王震将军进军新疆的解放军官兵。我问他们现在是否还经常回内地老家，他们笑着回答偶尔回祖籍地看望亲戚，但生活已经不习惯了，内地人太多，大街上人挤人，空气也不如新疆。年轻妻子告诉我，她从小生活在那拉提的乡下，后来到伊犁读大学，与少数民族同学一起读书，游玩，相互到家里做客，相处无隙。她还说，每次去同学家里，他们的家长往往会准备烤全羊和馕，然后和大家一起唱歌跳舞。当然，从小接受的尊重少数民族风俗习惯的教育刻入骨髓，使得他们在多民族的伊犁地区生活，几乎没有内地人以为的民族间彼此相处的拘束感。

朋友推荐我看最近在电影频道放映的《伊犁河谷》，说当年他奶奶的故事与电影情节很相似，他们响应号召进疆工作，组成革命家庭。朋友听了我在伊犁河边邂逅维吾尔族老乡的事情后，笑着说维吾尔族、哈萨克族、塔塔尔族都非常友善。

朋友向我夸耀伊犁的安全，这里三步一哨五步一岗，随处可见巡逻警车，坏人想做坏事，时间也不够。

在伊犁河边，朋友指着伊犁河的下游，说那是霍尔果斯口岸的方向，说那里搞了许多开发区大集市，不少浙江人也来伊犁创业。

这次来伊犁，特意去了左宗棠博物馆，可惜没有开放。在博物馆门口留个影就悻悻而归，但觉得这是再来伊犁的好借口。

游伊宁，实际只几天。匆匆半面，浮光掠影。但是我可以负责地向朋友们说：伊宁是很美的。到伊犁不在伊宁逗留几天，会是一种无法言状的遗憾。

著名作家王蒙"文革"时到伊犁，在这里待了16年，他学会了维吾尔语，变成了地道的伊犁人。这16年里，维吾尔族房东乡亲们的细心照料，伊犁边陲的美丽风景，朴实且富有魅力的风土人情，逐步抚平了他心里的创伤，激发了他重新创作的勇气。在自传小说里，王蒙写道："在我成人以后，甚至与我的生身父母，也没有这种整整16年共同生活的机会……我一想到阿卜都热合曼老爹和赫里其罕老妈妈来，就有一种说不出的爱心、责任感、踏实和清明之感。我觉得他们给了我太多的东西，使我终身受用不尽。我觉得如果说我20年来也还有点长进，那就首先应该归功于他们。"王蒙以做伊犁人而自豪，这让我们平添了更多精神层面对秀美伊犁的向往。

尾声

美，不仅仅在于峻峭绮丽的雪山银峰，蓝天白云下的大草原，哈萨克毡包前的羊群；美，还在于寻常街巷里的歌声，烤架上羊肉串的香味，维吾尔族大爷坐在凳子上弹冬不拉；美，在于伊犁人善良热情与好客，在于人与人之间最真诚的相处。

新疆广阔的天地温柔地包容匆匆而来的客人，伊犁令人心旷神怡的美景净化着旅人的感官，每天给游子行人多少浮世中的安慰。我有幸在其中撷取一瓢，在未来很长一段日子里都会慢慢地咀嚼品味，并成为某种精神上的慰藉。

2021 年 10 月 1 日

走进图瓦人家

在茫茫草原上过夜是一种奇特的感觉。这里是阿勒泰高山上蒙古族图瓦人的聚居地。站在村口向四周眺望（这些自然村的标识只不过是路边挂着的小牌子），就能看到一排排的小木屋，静静地横卧在广袤的草原上。草原一望无垠，看不到羊群，只有若干匹马在草地上悠闲地吃草。太阳开始西下，从远方缓缓吹来的凉风与残阳微弱的热度抗衡，远处雪山连绵不断，被夕阳涂抹成暖昧的橙色，其与白色和金色融合无间，堆满了西面天空。远处连绵的雪峰，在夕阳的映衬下格外壮丽。草原、雪山、木屋、毡房，以及额尔齐斯河边的白桦林，构成了西域北疆最典型的地理元素，无须雕琢，即可入画。

木屋主人告诉我们，屋顶修筑成尖角形状是为了防止冬天积雪压塌屋子，阿勒泰冬天的积雪会高过马背，而这些木屋是他们秋冬季节的居舍。等春夏季到来，他们就会把羊群转场到更高的山上，那里的草场更加肥美丰润。

木屋都是用当地松树躯干打造，木板与木板间没有采用任何钢钉铁链，全靠木卯榫相互咬合。我好像窥探到游牧民族生存于野外的古老智慧。房屋里设施简单，没有空调电视，Wi-Fi 信号也很弱，我还担心是否会有蚊虫叮咬，但事实证明我的担心是多余的，入夜以后气温从 20 多摄氏度降到五六摄氏度，骤降的低温把蚊虫都驱逐了。

天地间都安静了下来，我躺在床上，盖着两层被子，它厚实而温暖地包裹住我的身体，似乎世界是一棵苹果树，而我正在苹果核中安睡……在半梦半醒中，我感觉寂静的大草原仿佛变为浩瀚的宇宙，宇宙此刻是温柔的。

阿勒泰是蒙古语"金山"的意思，这里许多地名都是蒙古语，例如喀纳斯、那拉提、巴音布鲁克（并非我想当然认为的维吾尔语）。13世纪开始，北疆就是蒙古人向西扩张时重点经营的地盘，即使如今蒙古铁骑销声匿迹，也仍然留下了许多遗迹，诸如成吉思汗点将台、驯马场等。我甚至猜测图瓦人就是当年蒙古大军一支的后裔。

图瓦人善狩猎、捕鱼、放牧，现在出于环境保护，也是响应政府号召减少对大自然的过多索取，他们现在只以牧羊为主，他们大多喜欢歌舞，热情好客。第二天，女主人盛情邀请我们去她家做客，喝奶茶、品奶酪，还邀请她的表弟及伙伴们吹起苏尔，跳起欢快的赛马舞。

苏尔，一种图瓦人的乐器，用阿勒泰当地山里一种名为"马德勒斯"的苇科植物的茎制成的，图瓦人简单称其为"草秆子"。草秆子天然空心，截去两头，中间再穿三孔，即可成器，类似江南竹笛，但吹奏的音色更加悠扬浑厚。据说，这种乐器在《汉书》里就有记载，也是东汉时蔡文姬《胡笳十八拍》里的伴奏乐器之一。简单的乐器承载着千年历史，在漫长时光的流转中，还在诉说着曾经的故事。

图瓦人在我国境内只有2000多人，分布在阿勒泰的喀纳斯湖地区，大部分图瓦人居住在俄罗斯西伯利亚联邦区的图瓦共和国。该共和国地域曾经属于中国版图，后被沙俄攫取。女主人告诉我们说，图瓦语与蒙古语存在很大区别，并示范我们分别用图瓦语与蒙古语朗读"你好"与"谢谢"。大概因为我国境内的图瓦人口实在太少了，图瓦人被划分为蒙古族的一部分。

歌舞表演一直在有节奏的鼓掌声中进行。女主人说，她表弟巴图巴雅（音译）是国家非物质文化遗产继承人，曾经到北京中央电视台参加少数民族民歌赛，荣获第二名。果真，我们在墙上看到了央视主持人董卿与作曲家徐沛东在比赛现场的照片。

告别图瓦人家，驱车上路。小木屋渐行渐远，边疆少数民族的别样风情，却在我脑海里挥之不去。

2021 年 7 月 29 日

布尔津一日

这里是北疆小城布尔津。

随处可见金碧辉煌的圆顶塔，端庄明艳的城堡群楼，圣经故事壁雕，卡通画般的民宿小屋装饰着静谧的街道，整座小城被森林、河流、花丛环绕，我们仿佛来到童话世界。

你若穿过城区来到河边，可以看到两岸挺拔的白桦树，河里有天鹅在游弋，天空有老鹰在盘旋。漫步到老码头，中央广场耸立着高大的欧式凯旋门，两旁站立着两位器宇轩昂、手持宝剑的古罗马斗士，门顶六匹骏马拉着一辆双轮战车，战车上站立的不知是哪位大帝，这座凯旋门似乎杂糅了巴黎凯旋门与柏林勃兰登堡门的风格，但又不失和谐大气。走进大门，那座沉思的人物塑像容易辨认，是俄罗斯著名诗人普希金吧。

码头边的饭馆、酒吧一字排开，空气中不时飘来大列巴新鲜出炉的香味，耳边萦绕着俄罗斯风格的音乐旋律，若不是站立在街头的洋人塑像被搞笑般地戴上了口罩，真以为这里是 20 世纪初的欧洲某地呢。街头印有普京头像的俄罗斯套娃，平添了几分趣味与诙谐。

"布尔津是祖国雄鸡版图上鸡尾巴尖尖的地方。"当地人这样介绍说。作为祖国最西北的县城，布尔津与俄罗斯、哈萨克斯坦、蒙古三国接壤，从西往东流的额尔齐斯河与布尔津河汇聚于此。特殊的地理位置造就了布尔津奇特的人文景观。

然而大部分旅行者都不会对布尔津留下特别的印象，最多当作前往喀纳斯湖的中转站，匆匆而过。去年 6 月我曾经路过布尔津，看到通往县城公路的大门坊上写着"童话边城"，心里一动，思忖以后是否有机会走进这个童话世界寻找失落的美好。巧得很，这次新疆行我们被安排在布尔津下榻，一年前的愿望实现了。

酒店前台告诉我可以去布尔津的五彩滩玩玩，那里是布尔津县辖下最著名的景点，河流两岸风光迥异，兼有岩石层叠的雅丹地貌与草木葳蕤的原始森林。

"五彩滩去年就去过了，这回只在城里玩。"我回答。

"布尔津很小，打出租车每趟 5 元，只要不出城。"

我欣然接受，等车空隙问这位年轻的前台：布尔津为何被称为"童话城市"？

"布尔津的房屋盖得很洋气，外墙五颜六色，小朋友都很喜欢，说像个童话世

界。"这是标准答案吗？我不是很确定。

出租车来了，司机自我介绍姓姜，是姜子牙的后裔，老家是山东菏泽。"我爷爷是支援边疆的第一代，我算是第三代了。但我至今都没有离开过新疆。"姜师傅健谈，也很乐意给我当向导。

首先去的是塔桥，然后是天鹅桥，他说这是布尔津的两座网红桥，必须打卡。

第二站是城郊的房车宿营地。姜师傅也说不清具体地名，我查了地图，全称是布尔津县白桦林野奢营地。

"来新疆开房车自驾游的人越来越多，就造了这个野外宿营地，县里去年下半年尝试搞的新项目开始火起来了。"姜师傅补充道。

这里除了巨大的停车场，就是一座座外形酷似帐篷或房车的酒店，错落有致地分布在草坪上。在营地中央，还有一个灯光设备齐全的舞台。姜师傅说，宿营地开张那天，项目方请来了著名歌唱家表演，全城几乎万人空巷。

在这里既能唱歌跳舞、结交朋友，也可以在帐篷中仰望夜空中的点点繁星，聆听大自然中的虫鸣鸟叫。新疆州县各级政府都很重视旅游业，州长县长出镜拍抖音短视频做形象大使的比比皆是，布尔津的房车宿营地概念的落地，大概率离不开当地政府的扶持。

离开汽车宿营地时，姜师傅指着那个富有布尔津旅游特色的标牌说，县里的旅游中心也搬到这里了。

为何把布尔津称为"童话世界"？同样的问题，我又问了姜师傅，他挠挠头说真不清楚，但又告诉我，环绕布尔津城的额尔齐斯河与通常从西往东流的河不同，是从东往西流，成为通往俄罗斯的航运河流，所以历史上有许多俄罗斯人来布尔津做生意，把在中国购买的货物通过额尔齐斯河运回国，自此，小城里就有了俄罗斯人。现在政府保护开发这里的遗存，要求新盖的房子都需具有俄罗斯风格，形成一种景观。"布尔津周围有雪山、森林、戈壁、沼泽，搭配上这些西洋屋子，不正好是一座童话小城吗？"姜师傅的解答似乎更接近我心目中的标准答案。

姜师傅驾车带我绕着布尔津城外围走了一圈，果真可以看到大片的森林沼泽，还有哈萨克人的毡房、宽阔的牧场。在布尔津河畔，我让司机停车，自己步行到河边，有人垂钓，有人散步，不远处的桥墩上刻有"金色布尔津"的字样，在阳光下格外醒目。布尔津河比额尔齐斯河温顺平和，更像是小城的母亲河。

河边步道上矗立着一座孔子塑像，但没有说明为何在这里设立。沿途姜师傅还向我介绍路边那些灌木丛、树木，比如沙枣树、白杨树、榆树、沙棘树等，布尔津是植物的天堂。

车停到布尔津博物馆时，这次出租车绕城游就结束了。下车前我按照计费表支付了车费，这让姜师傅很开心，他说这一趟车费相当于往常一整天的活了。希望更多喜欢布尔津小城的游客来这里旅游，当地人的收入也会水涨船高。

可惜布尔津博物馆没有开门，旁边一位正在健身的大娘看出我的沮丧，赶忙过来安慰："老码头那里有座中苏航运博物馆，比这值得看，走过去不到一刻钟。"我连声道谢，往老码头的方向走去。

街口一座喷泉塑像又吸引了我的目光，围绕着喷泉的少数民族男女老少载歌载舞，欢快活泼，弹着冬不拉琴的姑娘是哈萨克族人，演奏巴扬琴的老爷爷是俄罗斯族人，还有跳舞的蒙古族姑娘与回族小伙，这些群雕反映了布尔津各族兄弟姐妹和谐相处的情形。喷泉中央大理石柱上则是雅典式女神浮雕，中西碰撞，给人奇妙的观感，这就是童话边城吧。布尔津的艺术家们是幸福的，他们可以不受题材或背景的约束，肆意发挥、不拘一格。

从布尔津博物馆到老码头的二三十分钟漫步，我悠闲地观赏欧陆风情建筑，品尝路边买来的馕饼，与哈萨克族人擦肩而过，或在花草芳香的街心公园长凳上休息片刻。漫步布尔津街头，是一种闲情逸致。

老码头风景区是布尔津的精华。清光绪年间，额尔齐斯河下游沙俄的商船沿河溯流而上，一路探寻，水草丰美的布尔津成了最佳停泊处，最早的商埠码头在这里应运而生，集市出现并一度兴旺。20世纪30年代起苏联因在阿勒泰地区采矿及将其运输回国的需要，布尔津港口的繁荣到达鼎盛。河岸边的码头装卸工雕塑群像反映了当时的场景。

在老码头，我最推荐的参观点是中苏航运办事处旧址。1952年成立的办事处，见证了中苏两国蜜月期间贸易的繁荣景象。办事处里苏联船长休息室，苏联船员餐厅，办事处财务部、业务部及会议室都是按照原貌布置的。墙壁上的领袖画像，暖水瓶、电话机、自行车等物品，让我们又回到了那个火红的年代。

办事处旧址边上的中苏航运纪念馆更值得一去。纪念馆里的许多文件资料都属于那个年代的绝密文件。从布尔津发往苏联的货物中，很重要的是有色金属矿石，它们来自新疆可可托海的三号矿坑。这个矿坑里储存有花岗伟晶岩稀有金属矿床，含有80多种稀有金属，所以"三号矿"在当时是军事战略保密区，为我国"两弹一星"事业做出了特殊贡献，是中华民族的"功勋矿"。20世纪60年代初，中苏关系破裂后，苏联向我国逼债，中央最终决定用可可托海稀有矿产品顶替副食品还债。布尔津各族人民为了国家的尊严与荣耀，凭着坚定的信念与无私奉献的精神，与300公里之外的可可托海矿区并肩作战，完成了党和国家赋予的重任。通过布尔津港口输送到苏联的有色金属矿石，占了国债偿还总额的40%之多。通过纪念馆里的图片，场景模拟与实物沙盘，我们看到了一个个诞生在布尔津的鲜活形象与事例，深切地感受到那个年代布尔津人民昂扬向上的精神面貌。

讲解员是一位热情且认真的哈萨克小伙子（我猜测），即使只有我一位参观者，他也是极其认真地做着解说。许多物品若不是他讲解，我们很难理解背后那厚重的历史或有趣的典故。比如他说那把俄式算盘只能做加减，无法进行乘除运算。细看那把算盘，果真比中国算盘少了上栏。又比如"功勋三号坑"里面的那种绿柱石，因为含有制造原子弹的铍元素而被称为"一号矿石"。他还特意讲了运输八队的故事，车队司机都是从全新疆调来的优秀员工，执行从可可托海到布尔津的运输任务。那时候根本没有公路，哪里平坦往哪里走。跑一趟来回需要三天三夜，尤其到了冬天，刮风下雪，车子很容易在戈壁滩上迷路或被风雪封住，司机们都是冒着生命危险保证完成出口任务。光荣榜上留有司机李永康的一句话："那时候年轻，为了还债嘛，挺得住。"纪念馆里展出许多这样平凡人所做的不平凡的事迹。

办事处屋前那两棵当年种植的白杨树已经长成参天大树。我离开时，听到繁茂的树叶在微风中飒飒作响，像是在默默诉说那段难忘的历史。

在广袤的北疆，布尔津小城远不算旅游重镇，但布尔津所具有的中俄港口的沧桑历史、少数民族地域风情、绮丽的自然风光，都值得游人驻足观赏。在特殊年代承载过祖国的重大使命，也为这座童话小城涂抹上亮丽的红色底色。

2022年6月30日

雅舍闲话

云冈石窟与北魏王朝

"天苍苍，野茫茫，风吹草低见牛羊""万里赴戎机，关山度若飞"。这两首分别题为《敕勒川》与《木兰诗》的诗歌流传至今，家喻户晓，但未必有多少人知道，它们反映的是北魏时代的风土人情。

山西大同，这个曾经的北魏都城，虽然城墙已经荡然无存，但若站在风韵犹存的云冈石窟面前，耳畔似乎还回荡着鲜卑人策马扬鞭、驰骋原野的嘶吼声。

公元5世纪，北方游牧民族鲜卑拓跋部通过连年征战扩张，击败其他部落，取得政权，并在平城（今大同）建立都城，史称"北魏"。北魏是中国历史中最重要的一个阶段，北魏皇帝从道武帝（拓跋珪）、太武帝（拓跋焘）至孝文帝（拓跋宏），演出了波澜壮阔的英雄诗篇，尤其是孝文帝，他是个值得歌颂的杰出人物。

为防止外戚干政，从道武帝起，实行了子贵母死的制度。孝文帝作为太子出生后不久，他的生母李贵人就被赐死。孝文帝从小是被汉族血统的祖母冯太后带大，对汉族文明耳濡目染，充满敬仰。

孝文帝登基后，深知本民族无文字、缺文化的不足，如果要由游牧民族融入汉民族，统一中原需要制度创新及一系列的改革。

笔者归纳的他最重要的几项人生成就如下：（1）制定农业均田纳税制度。（2）穿汉服、说汉话、用汉字，逐步推行全面汉化。（3）停止灭佛，把佛教作为国教，为了弘扬佛教，持续开凿云冈石窟，并在洛阳新凿龙门石窟。这些艺术石刻作品代表着当时世界上雕刻艺术的最高水平，是东方艺术对世界艺术宝库的巨大贡献。（4）迁都洛阳，使得北魏的疆土与中原腹地连成一片，为隋唐时代的统一政权，奠定了广袤的疆土条件及汉民族包容少数民族的思想基础。

孝文帝甚至不惜镇压了以太子元恂为首的反汉化叛乱。已获得统治地位的少数民族主动汉化，据我所知，唯独鲜卑一家，西夏党项人是被元人灭绝，其他如契丹、女真都是随着时间推移自然汉化。鲜卑族的汉化成为隋唐胡汉文化融合的前奏，为大唐盛世奠定了坚实的文化基础。

今天虽然鲜卑人已经销声匿迹，但北魏时鲜卑人的汉化无疑获得了汉族百姓的高度认可。

在大同云冈石窟，当我看到第20号窟，那个高鼻深目、带有明显的西域轮廓，但面容透露出那种自信与坚忍气质的孝文帝石像，不由得对北魏那段历史肃然起敬。在第 6 号窟，罕见的二佛对坐造型，是对冯太后临朝辅政孝文帝的讴歌吗？

我在 2015 年曾经游览洛阳龙门石窟，对比龙门石窟，云冈石窟人物造像大都是眼眶深邃、鼻梁高挺，更加凸显北方民族的面部特征。龙门石窟继承了云冈石窟的石雕造像艺术精华，同时也受到中原文化的影响。

鲜卑人从阴山出发，从游牧民族融入中原汉族社会，为中华民族的发展做出了很大的贡献。

今天，是大同历史上难得的暖冬。在城西 20 公里的武周山上，我凝视着云冈石窟里那一尊尊气度非凡、壮观无比的石雕佛像，不禁提出这样一个问题：如果没有北魏孝文帝，隋唐的历史将会被如何改写？

2016 年 2 月 12 日

乌克兰扎波罗热，列宾画笔下的土地与人民

扎波罗热州坐落在乌克兰东南部，濒临亚速海，土地肥沃、雨水丰沛、麦穗摇曳、牛羊成群。14 世纪末，一群不满封建地主压迫的农奴，流亡的东斯拉夫人和原本游牧的突厥人、鞑靼人聚集于此，形成了哥萨克部落，而扎波罗热大平原与顿河三角洲就成了沙俄时期两个最大的哥萨克部落的栖息地。

最早知晓扎波罗热，是 10 年前到俄罗斯旅游，在圣彼得堡的国家博物馆里看到列宾的《扎波罗热哥萨克给土耳其苏丹的回信》（后文简称《回信》），这幅画与列宾另一幅更闻名遐迩的作品《伏尔加河上的纤夫》在表现题材与情绪渲染上形成鲜明的对照。《伏尔加河上的纤夫》通过河岸边纤夫们疲惫而辛酸的形象，表现了 19世纪底层俄罗斯人民的苦难；《回信》则再现了 17 世纪哥萨克人回信戏弄奥斯曼帝国皇帝的场景，表达了乌克兰哥萨克人反抗奥斯曼侵略者，保护自己家园的意志，整个画面诙谐浪漫，洋溢着浓郁的爱国主义激情。

坦率地说，未到圣彼得堡之前就已经在画册上欣赏过无数遍《伏尔加河上的纤夫》，似乎是因为审美疲劳，见到真迹时并没有如想象中给我强烈的冲击。反而这幅

《扎波罗热哥萨克给土耳其苏丹的回信》仿佛带我穿越到 17 世纪第聂伯河畔哥萨克人在草原上的一场战略讨论会，耳畔还有猎猎风声。

即使今天重新观赏这幅画作，依然感到震撼，众多人物满面春风，穿着各式哥萨克服装，甚至赤裸上身，在半明半暗的天空映衬下，产生了更丰富饱满的色彩碰撞；远处战争的硝烟未散，画面中央的男人挥动着鹅毛笔伏案疾书，将哥萨克人的豪言壮语一一记录；这些统领们你一言我一语，竭尽肚子里能够搜刮到的下作词汇去回敬那位企图劝降的奥斯曼苏丹。

这封信是在场所有哥萨克人的集体创作，每当有人说出一句俏皮话，都会引来一阵笑声，这笑声包含了自由不羁的哥萨克人对土耳其苏丹的万般鄙视与嘲笑。画中 10 多位主角的笑容，就是 10 多个精彩的表情包，难怪有人说，这幅《回信》可以称为"笑的画集"。

列宾是 19 世纪俄国著名的巡回展览画派画家，他的画作充满了俄罗斯现实主义的悲剧风格，除了《伏尔加河上的纤夫》之外，他还有《伊凡雷帝杀子》与《意外归来》等作品。

列宾本人对于《扎波罗热哥萨克给土耳其苏丹的回信》是一幅充满胜利喜悦的作品的说法不置可否，他曾写信给朋友道："我们居住在第聂伯河的激流里，今后你们除非跨过我们的尸体，否则是迫害不了我们的兄弟姐妹的。"当时俄国正处在奥斯曼帝国和西欧的战略遏制中，克里米亚战争的失败使得俄国社会陷入空前的沮丧及萎靡不振，我们从中可以体会到列宾想要表达的战争的更深含义：胜利的喜悦之下掩盖着血腥与悲壮。

《伏尔加河上的纤夫》（1873）落笔 5 年后，列宾到莫斯科近郊阿勃拉姆采沃的

朋友的庄园里做客。在某次晚会上，列宾第一次听到扎波罗热哥萨克首领伊万·谢尔科（Ivan Sirko）的传奇故事，深深被哥萨克人的勇敢豪迈感染，于是画出了第一张草图。

为了尽可能如实再现向往自由、桀骜不驯的部落风情，列宾亲赴乌克兰采风，为画作收集素材。实际上，乌克兰本就是列宾的出生地，故乡的风物、当地长老讲述的故事，成了取之不尽用之不竭的创作源泉；他也收集和临摹了许多哥萨克用具，比如挎刀、皮囊、古董枪、酒瓶、班多拉吉他、土耳其步枪等，其中的一些出现在画中。列宾甚至专程拜访历史学家，激发他的创作灵感，画作自起笔历时 12 年，其中艰辛可见一斑。

1654 年，乌克兰脱离波兰立陶宛联合王国，与俄国结盟，又过去 20 年，奥斯曼帝国通过其控制的克里米亚汗国向俄国方向蚕食，第聂伯河流域的哥萨克人奋起反抗，在早先的一场战役中击败了奥斯曼军队，而奥斯曼帝国皇帝却要求哥萨克向自己臣服，这就是《扎波罗热哥萨克给土耳其苏丹的回信》的背景。

受历史限制，17 世纪没有留下任何关于哥萨克的图片资料，列宾对画中人物面貌做了非常特殊的安排，基本上是他熟悉的朋友或受社会尊重的名流的形象。

画面后方抽烟斗的伊万·谢尔科，是以基辅军区司令米哈伊尔·得拉戈米罗夫（M. I. Dragomirov）将军为原型。得拉戈米罗夫将军是俄土战争中的英雄，受到俄国人民的尊敬，让他来扮演哥萨克首领谢尔科，再恰当不过了。

最左边穿蓝色外套、笑容灿烂的年轻人，他是俄罗斯著名作曲家格林卡的侄孙。

戴着哥萨克黑帽、面色阴郁的哥们，是列宾的庄园主朋友。

后排缺牙独眼的醉汉，是庄园主朋友的车夫。

一袭红袍，嘴边翘着迷人的白山羊胡子大笑的壮汉可不是等闲人士，他是圣彼得堡音乐学院最著名的教授。

正在桌前的文书正是列宾的绘画启蒙老师，这是他一生中最重要的人，列宾以此向他的老师致敬。

当然，不能忽略人群中最亮眼的光头，他肥头大耳，却是沙皇陛下的首席宫廷大臣。有这样一段绯闻，当列宾让他摆出后背的姿态作为模特时，这位大臣百般推托，于是朋友拿出珍藏的钱币请大臣欣赏。恰好大臣是一位狂热的钱币爱好者，就静静地欣赏这些古董，列宾意外地完成了请大臣做模特这样几乎难以完成的工作。

《扎波罗热哥萨克给土耳其苏丹的回信》深受民众喜爱，享誉世界，最终被沙皇亚历山大三世以 35000 卢布的价格收藏，创造了当时俄国最高收藏画的价格。

列宾同时期还画了一幅变体画，在这幅同名变体画里，人物造型有了些微调。例如那位以列宾的启蒙老师为原型的文书，不再低头写信，而是昂起头来倾听伙伴们的笑话。

列宾虽为俄罗斯人，但他出生在乌克兰的哈尔科夫，始终迷恋着他的故乡，以及那片流淌着哥萨克热血的土地——扎波罗热。这幅同名变体画至今还保留在乌克兰哈尔科夫艺术博物馆。"扎波罗热使我钦佩这种自由，这种骑士精神的提升。俄罗斯人民的成功力量抛弃了世俗的财富，建立了平等的兄弟情谊，以保护他们最好的原则。"列宾在旅居乌克兰时给朋友的信中说道。

春天已经到了，祈祷俄乌战争尽快结束，和平重新降临，保留在哈尔科夫的《扎波罗热哥萨克给土耳其苏丹的回信》或许能够经受住战火的考验，安然无恙。

2022 年 3 月 9 日

注：

《扎波罗热哥萨克给土耳其苏丹的回信》的另外一个译名是《查波罗什人给土耳其皇帝写信》。

俄罗斯巡回展览画派：19 世纪后期，从俄罗斯皇家美术学院的保守主义画派脱离出来的，以体现俄罗斯民族风格的写实主义画派。

基辅大门——一座从音乐中筑起的宏伟城门

喜欢音乐的朋友都知道，标题音乐对音乐进行文学性描述，能够让听众更容易理解作曲家所创作的意境。俄罗斯作曲家穆捷斯特·彼得洛维奇·穆索尔斯基（Mussorgsky Modest Petrovich）的钢琴组曲《展览会上的图画》在音乐史上被一致认为是标题音乐的典范。组曲的压轴之作《基辅大门》激昂洪亮，仿佛在听者心中徐徐耸立起一座宏伟壮观、独一无二的俄罗斯东正教式拱形圆顶城楼。

乐曲开始即是高潮，管弦乐齐奏，鲜明且优美的和弦配上激昂的锣鼓，我们仿佛进入画中：金色的阳光照耀着基辅城，英雄策马扬鞭凯旋。乐曲的第二主题出现，民众包括僧侣及教徒站在城门两边，虔诚地唱起他们的献歌。管乐声部变得柔和，城里的市民牵着马儿，手捧鲜花水果迎接他们心中的英雄。第一主题再现，更加激昂，随后，塔楼传出了响亮的钟声，基辅满城欢腾。尾声管钟镲鼓齐上阵，昂扬浑厚，如巨人般威武前行，整部乐曲就在气势磅礴的高潮中结束。

许多年前，我曾经是个重度乐迷，还与朋友一起制作音响，从购买高中低音

喇叭，挑选高保真音频线，到最后的卯榫木箱和贴纸装饰，整个过程非常享受。音响制作完成后需要试音，当时的试音碟片里就有这首《基辅大门》，它的音域宽广，雄壮与柔情并济，短短几分钟就完美地测试了音响里的高中低音喇叭。不过，这首钢琴组曲以改编后的交响乐广为人知，是法国作曲家拉威尔（Maurice Ravel）的功劳，他慧眼识珠，把钢琴组曲改编成交响乐，不然这首曲子或许至今都无人问津。

穆索尔斯基是 19 世纪俄罗斯"强力集团"（或称"俄国五人组"）的成员，他们都认为俄国的音乐应建立在俄国民族之上，民间音乐才是民族精神最充分

的体现。这个五人组里还有大名鼎鼎的鲍罗丁与科萨科夫，他们都是非学院派的职业作曲家，穆索尔斯基曾经是军队里的上尉军官，算是"弃戎从笔"，其他人有医生、老师，还有科学家。正是"强力集团"继承并推动着格林卡（Mikhail Glinka，俄罗斯音乐之父）的民族音乐事业走向高峰。可以这么说，若没有"强力集团"，就没有后来的音乐巨匠——柴可夫斯基。

《展览会上的图画》共由十段组成，每段内容均以穆索尔斯基的好友、建筑师兼画家——维克多·哈特曼（Victor Hartman）的绘画为灵感。19 世纪中下叶，正是俄罗斯"斯拉夫文艺复兴"时期，各类艺术融会碰撞，人们大谈俄罗斯艺术的未来，哈特曼就是在艺术沙龙里结识了穆索尔斯基并成为挚友，很遗憾这段友情只保持了 4 年，1873 年哈特曼因病去世。

画家去世后第二年，在圣彼得堡建筑协会及帝国图书馆美术总监的协助下，圣彼得堡美术学院为哈特曼举办了一场画展，展出了哈特曼的 400 多幅画作。穆索尔斯基怀念故友，决定要为哈特曼的画作谱写一部作品，于是就有了这 10 段音乐：《侏儒》《古堡》《杜伊勒里宫的花园》《牛车》《雏鸟的舞蹈》《两个犹太人》《里穆日的集市》《墓穴》《鸡脚上的小屋》《基辅大门》。今天，哈特曼展览的大部分绘画都已丢失，但凭着穆索尔斯基的音乐，这 10 幅画始终呈现在世人面前。

不得不说，艺术的诞生有时依赖于一些阴差阳错或因缘际会，哈特曼的绘画激发了穆索尔斯基的创作灵感，穆索尔斯基的音乐让哈特曼的画作得以永生。从默默无闻的曲谱到传世佳作，多亏了拉威尔，而且巧合的是，拉威尔正是结识了五人组中的科萨科夫，才在他的推介下获知此曲。穆索尔斯基一生贫困潦倒，直至去世时都未被上流社会认可，他若知道科萨科夫为他做的这一切，会多么欣慰啊。

穆索尔斯基弹奏的琴键打动过多少人的心我们不得而知，但其中有他的挚友兼伯乐，那就足够了。

那么《基辅大门》还有其他故事吗？现在就要让另一位重要人物登场了——沙皇亚历山大二世。

亚历山大二世是罗曼诺夫王朝的第 16 位沙皇，他废除了农奴制，让农奴获得人身自由，并有了迁居、结婚、寻找或更换工作的权利，这个具有历史意义的制度变革让死气沉沉的俄罗斯重新焕发了活力。

然而，废除农奴制触犯了贵族的利益，封建君主制又让许多中产阶级知识分子对沙皇仇恨无比。1866 年 4 月 4 日，沙皇前往基辅巡视，险遭暗杀（杀手据说是一位狂热的大学生），史称"4 月 4 日事件"。基辅市政厅为了庆祝沙皇生还，决定建造一个城门，并为此举办了设计比赛，建筑师兼画家哈特曼应邀创作了《基辅大门》。

Modest Petrovich Mussorgsky
(1839-1881)

在《基辅大门》这幅水彩画中，斯拉夫式圆顶拱门由巨大的花岗岩柱支撑，墙面装饰着典型的俄罗斯风格浮雕，顶部是俄罗斯国鹰，右边是一座东正教的钟楼，道路周围是欢庆的人群。这个设计在当时引起了轰动，后来被许多建筑师沿用到俄国其他地方的城门建筑上，但是因为亚历山大二世不希望那段灰暗往事一再被提及，图纸上的基辅大门始终没有建起来。

帝王有足够的力量拒绝一座现实的基辅大门，却无法拒绝艺术家们的《基辅大门》永驻人间。

那天大学同学微信群里聊起俄乌战事，丘同学提起穆索尔斯基的交响组曲《基辅大门》，我忙不迭找到多年前收藏的音乐碟片——那是由马泽尔指挥，克利夫兰交响乐团演奏，宝丽金（TELARC）唱片公司的版本，轻轻地推入久违的音响放送机里，庄严的音乐再次响起。

此刻正是乌克兰时间的白天，我赫然幻想这番场景：阵地前的扩音器开始播放《基辅大门》，交战双方的士兵们在战壕里静静地欣赏着，机枪与火炮被放置到一边，音乐代替炮轰，歌声换回和平，战场的瞬间宁静让士兵们能够在心中筑起一座共同的基辅大门。

伴随着《基辅大门》主旋律的重新响起，塔楼钟鸣，太阳冲出阴霾冉冉升起，再次降临在乌克兰的天空。基辅大门徐徐开启，迎来厄瑞涅和平女神的微笑。

啊，基辅大门！

2022 年 4 月 7 日

父亲与书

今天是父亲节，我不由得想起一些关于父亲和母亲的回忆。

父亲出生在农村，从小随爷爷奶奶一家生活在闽南的乡下，辛苦务农，爷爷奶奶知道文化的重要，省吃俭用供父亲读书。父亲读完初中后未能升入高中，而是选择到泉州师范学校读中专，因为读师范不需要缴纳学费，可以减轻家里的负担。但报考师范学校的淘汰率是 97.5%，父亲因成绩优秀而被顺利录取。在师范学校，父亲最敬重的一位老师是一名中共地下党员，父亲受他的进步思想影响，成为一名进步学生。当老师的真实身份即将暴露时，父亲和几个进步学生追随老师，由地下党紧急安排秘密北上，投奔解放军。由于情况急迫，转移行动时没有通知爷爷奶奶。当时局势混乱，谣言纷纷，奶奶几乎一年没有父亲的音信，数次哭红了眼睛，晚上无法入睡，直到中华人民共和国成立后才知晓真相。父亲在野战部队工作数年后又转到海军服役。虽然父亲是中专辍学，但在部队也算是知识分子，得以迅速提干，并被调往军校成为军校老师。父亲转业到地方工作数年离休。他至今耳聪目明，精神矍铄，每天阅读时政文章、评点局势，乐此不疲。他曾感慨地说，当时在部队能够迅速被重用，离不开中专读书时打下的文化功底。

当父亲身着海军军官制服，英俊潇洒地在油菜花开的季节返回故乡时，整个村子都为之沸腾。老乡们都来探望村子里诞生的第一个解放军海军军官。至于父亲在探亲期间如何收获了爱情，则是另外一个故事了。

母亲在农村长大，只读过小学，与父亲结婚后作为随军家属来到部队，后又随父亲转业来到杭州。父亲意识到不提高母亲的文化水平，她会很难适应未来的工作，更谈不上进步成长。因此，为辅导母亲学习，父亲为母亲购置了一套语文教材。在父亲的辅导下，母亲认真读书，完成了初中学业。母亲后来参加工作，需要上夜校学习，她经常冒着风雨严寒，每天步行几里去学校学习，到外地转业培训时还有孕在身。正是靠这种刻苦读书的毅力，她完成了专业课程的学习，逐步成为化工领域有成就的工程师。

父亲曾经说过，他一辈子做得最正确的两件事：一是跟着共产党参军干革命；二是把我母亲的文化水平带上去了。

父亲爱书。记得我小的时候，全家居住在一间半的公寓房内，面积很小，以至于无法摆下一个书架。床下有一个大木箱，里面藏满了各类书籍，有历史、哲学、物理、化学、古典小说等。每年夏天，父亲都要把这些书拿到太阳底下晒，生怕发霉。

我读小学时就十分喜爱阅读，经常从床下拖出大木箱，从里面找出一些我能够读懂的书。印象最深、最喜欢读的是中学语文（文学）课本，在这些 20 世纪 50 年代编写的课本里，有陆定一的描写长征的作品《老山界》，《水浒传》里的"鲁提辖拳打镇关西"，鲁迅的《社戏》。当我读到普希金的《渔夫和金鱼的故事》，忍不住遐想渔夫妻子如果少一点贪婪该多好；读完安徒生的《卖火柴的小女孩》，头脑里反复萦绕的都是女孩嘴角的笑容，以及圣诞夜被冻死在街头的悲惨场景。

在我的少年时代，那些家藏的旧书就像一把钥匙，开启了我见识广阔世界的大门；课本里的精美插图、优美文字，如甘泉滋润着我几乎荒芜的心田。这套优秀语文（文学）丛书的总编辑是著名教育家叶圣陶先生，这是我很久以后才知道的。

我们家兄妹三人，在恢复高考的 20 世纪 70 年代的最后几年中，全部考上了大学，这在当年万人争挤独木桥的局面下实属不易。父母因此很引以为豪。其实，这些好结果都是因为我们从小受到崇敬文化、推崇读书的家风熏陶。

不过，那一整箱子的旧书在我父母某次搬迁新房时，被我们悄悄地处理掉了。我们当时觉得，这些出版于 20 世纪 50 年代的书籍已经不合时宜了，还不明白经典著作永远不会过时。

每当我回忆起我的少年时代，就会想起屋里床下的那个大木箱，以及木箱里那套封面简朴、纸张有些泛黄的语文课本。我很后悔当时轻易地处理掉那些书籍，因为，它们承载着我们家庭的文化印记，也是父母的爱情信物。今天，我写下这篇关于父母以及这个木箱里的书籍的故事，也算是一种心理慰藉。

2016 年 6 月 19 日

我家住在松木场

一

在处处是美景的杭州城，松木场不怎么瞩目。沿西湖宝石山麓下的保俶路口，向北行走约一公里就到了，松木场被旅行指南冷落，却实实在在存在于老杭州人的记忆中，她像一位躲在灯火阑珊处的纯洁少女，犹抱琵琶半遮面。

初中毕业那年，我随父母从老城区的梅花碑搬家到松木场一带，小伙伴们都很替我惋惜："松木场在武林门外，那里可是杭州的乡下，过去好像还是刑场呢。"语气里充满了不屑。谁知松木场中学的新同学又对老城区中学表示鄙夷："都是些弄堂中学吧？"

松木场同学的自豪或许源于它悠久的历史和深厚的人文积淀。松木场一名，源于松木市场，古时这里水网交叉，河水平缓，舟楫如织，人烟阜盛。这些河流属于京杭大运河的支流，称为下湖河，后又称西溪河、沿山河。清代之前，杭州城里的居民都用木炭、木柴煮饭烧菜，还用木材造房搭桥，需要的木材以松木、杉木为主，这些木材从浙西山区通过水路运到松木场进行交易，松木场由此成名。浙江各地的香客若来天竺、灵隐寺敬香礼佛，通过水路进城，松木场也是必经之路。由于香客众多，清光绪年间，在松木场的弥陀山还建造了弥陀寺，并建有弥陀寺路，让香客下船后即可烧得头香。据文献记载，弥陀寺依石壁而筑，石壁高三丈，镌刻经文，是杭州城区一带面积最大的摩崖石刻。石壁背后有高一丈二三的佛像一尊，体态丰盈、妙相庄严。可惜我搬到松木场后这里已是瓦巷民宅鳞次栉比，虚留路名不见寺庙了。

《西湖志》云："水道由松木场入古荡，溪流浅窄，不容巨舟，自古荡而西并称西溪。"南宋高宗皇帝烧香后去西溪游玩，从松木场登船西行，望着芦花似雪的西溪美景，一句名言脱口而出："西溪且留下。"清康熙、乾隆二帝也是从松木场起程前往西溪，在西溪留下了不少诗词；200年后的民国文人郁达夫依旧揣着古风搭船去西溪，他在《西溪的晴雨》中说："游西溪，本来是从松木场下船，带了酒盒行厨，慢慢儿地向西摇去为正宗……西溪与松木场好像是一对情感笃挚的闺蜜，彼此青衫红袖，隔着长长的河溪，喃喃细语恰如流水当歌，述说着彼此又悲且欢的前世今生。"

中华人民共和国成立后，省政府机关及其家属宿舍也建在松木场附近，杭大宿舍、铁路新村、友谊新村等公房陆续建造起来，增添了几许人们对松木场高大上的印象。坐落在松木场外的两座最高学府——浙大与杭大，给了本地学生炫耀的资本。

20 世纪七八十年代的松木场，相比于老城区，只能算城乡接合部。在保俶路以西，西溪路一侧，到处是田畈水塘，夏秋之际，走在西溪路上，闻到稻香阵阵，听取蛙声一片，仿佛欣赏一部大自然的交响曲。我弟弟后来在浙江大学读书，周末回家喜欢骑一辆破旧的自行车，沿着路面有些坑洼的城郊公路，一路感受古人"山源春更落，散入野田中"的趣味。浙大人都知道，生物学教授贝时璋年轻时就是在松木场的稻田里采集昆虫进行研究，取得了一系列轰动生物界的科学成果。松木场的稻田还是中国自然科学界的功臣呢。

在通往浙大的路上，紧挨着黄龙洞的是浙江省艺术学校（杭州人俗称省艺校），这所学校走出了很多蜚声中外的艺术家与影视明星，比如茅威涛、何赛飞、董卿、周迅等。孩童时因为特殊原因，我经常去省艺校，每当穿过阡陌田埂，蹚过溪流细涓，走近掩映在绿树花丛中的青砖黑瓦，聆听悠扬的乐曲声与练歌声，真是令人陶醉。

二

高中毕业后，我去外地读书和工作，闯荡 8 年后又回到朝思暮想的故乡，回到了熟悉的松木场，还幸运地赶上了单位分房的末班车。

20 世纪 90 年代的松木场，如同在高速火车上观看车外的风景，每天都在变化。原先的沿山小道曙光路被拓宽改造成了一条崭新的柏油大道，大道两边那一排排的梧桐树带来许多现代浪漫的色彩。曙光路的尽头，各类茶楼、酒吧在绿树的遮掩下，透出一种优雅的小资气息。松木场体育场路一端的沿街开设了多家银行、书店、宠物店、咖啡屋，还有一家"乔治美发店"，曾经让时髦男女趋之若鹜。

松木场在一步步地发展，但依旧保持着浓厚的市井风俗。修鞋铺、五金电器铺、菜场、药店、裁缝店等鳞次栉比、一字排开。印象最深的是一家饺子铺，夫妻二人每天起早贪黑，遇到熟人，经常额外给几个饺子，因为味道好、讲诚信，顾客每天都排成长队。10 年过去了，夫妻俩靠卖饺子培养了一对子女。

随着城市的发展，松木场路口的交通也逐渐繁忙起来。孩子们有时会跑到路口欣赏交警的指挥风采。松木场交警经常会走到十字路口中央指挥来往车辆，动作规范漂亮。松木场的交警岗位上后来走出一位全国优秀人民警察。

我的一位邻居喜欢松木场，是为了培养他们的孩子成为体育健将。在松木场曙光路口，那座大门敞开、建筑朴素的陈经纶体育学校在无数家长眼中是最耀眼的学校，这里诞生了众多的世界冠军，比如叶钊颖、陈招娣、吴鹏、楼云、罗雪娟以及孙杨。虽然邻居孩子最终没有成为体育健将，但练就的健康体魄与刻苦精神，使得他日后在海外留学工作的艰苦生涯中能够从容应对。

随着杭州市政府对"一纵三横"道路实施综合整治，承载着许多老杭州人记忆的152路电车停运了，但是更多的公共大巴线路穿过松木场，犹如一辆辆耕作的犁车，顽强地拓宽着杭州的城区。以松木场为起点的曙光路沿线面貌也焕然一新。黄龙饭店是20世纪90年代杭州最高档的涉外宾馆之一，到黄龙去吃自助晚餐一时成了杭城时尚美食的"杭儿风"。跑马场南侧的奶牛场拆除后，耸立起两座杭州新地标：世贸会展中心与黄龙体育中心。世贸会展中心时常组织各种生活用品设施的展销会，引领着杭城市民生活的新风向；黄龙体育中心是绿城足球队的主场，每当主场比赛时，绿城啦啦队的呐喊声打破了松木场一带的寂静，令人热血沸腾。松木场的文化设施还包括浙江音乐厅与浙江图书馆，我认为这两座时尚的建筑物里的音乐以及翻书声是人世间最美好的声音。众多写字楼拔地而起，不断地孵化出创业者的梦想。此时的松木场地区基本被"黄龙板块"这个新名称替代，成为杭州城文化与商业气息浓厚的区域，被称为"收藏知识与财富的地方"。

改革开放40年来，松木场的水系疏通了，清澈的河水连通着西溪与运河，让整座城市脉通气顺；松木场的街巷更迷人了，俨然一个橱窗，展示着这座城市的日新月异。松木场既有雍容华贵的气质，又不乏朴实亲和的市井人烟。"松木场边春水生，绿杨红树隐高城"，清初杭州文人吴农祥的诗句，传神地描绘了松木场的旧时风韵，今天读来也不觉过时。

三

上个周日，我骑着共享单车再次来到松木场。沿体育场路朝西慢慢骑行，经过金祝北路，又看到了那个熟悉的晓风书屋。书店依旧是十几年前的样子，唯一变化的是门口多了几张总理参观书店的照片。晓风书屋从体育场路起步，现在已经有十几家连锁店，成为杭州的一个文化符号。踏入书店，别有洞天。书店里既有讲座厅，也有咖啡厅。在书香与咖啡醇香中，静静地读书，真是久违的亲切。讲座厅里一位作者正在向满屋的读者朗读他的新作，抑扬顿挫，甚为好听。书店里有个专柜摆放着有关杭州主题的书籍。我随手抽出了一本，读到杭州名人里，有两个南宋军队的下级军官，他们率领士卒，在松木场一带拼死抵抗进犯的金兵，为国捐躯。这一年是南宋建炎三年（1129），两位英雄的名字分别是金胜与祝威。

我豁然悟到，刚才经过的那条金祝北路，应当是一条沉淀着800年历史文化的古道名。联想到松木场街口与之垂直的西溪路上，耸立着一座国民革命军陆军第八十八师淞沪抗日阵亡将士纪念牌坊。相隔几百年的先辈们在这里聚首，留下了英雄豪杰的绝唱，此真乃我松木场的无上荣光，也是松木场人的骄傲。

转眼来到弥陀寺路，路口一座青砖灰瓦的西式楼前竖着一通石碑，上写"约园——杭州市历史建筑"。小楼主人张寿镛乃清末举人，在辛亥革命后，官拜民国政府财政部次长，同时是一个藏书家。这座约园也是一个藏书楼，收藏各类书籍20万卷。张先生也许不会想到，在他盖起这座藏书楼后，此地经历了多少暴风骤雨，但文化的血脉不曾终止，在他呕心沥血盖起的藏书楼边上，又有一座晓风书屋守望相助，悠久的书香文化在这里交会，这真是历史的巧合，也成了松木场的佳话。

我继续蹬着单车，朝着狭小的弥陀寺路径直进去，里面出现一大块绿茵草地，几栋古朴的寺庙建筑映入眼帘。那座传说中的弥陀寺重新矗立在松木场老城区的心脏，这让人又惊又喜。在盛夏烈日下，公园里几乎无人，显得有些寂寥，我独自一

人在这里徜徉，欣赏着那块摩崖石刻的残迹，端详着那块古寺里保留至今的铺地拜石，头脑里涌现出数百年间百姓到这里上香的热闹景象，心里不觉有了老子的"人生天地之间，若白驹过隙，忽然而已"的感叹。百年云烟，转眼而去，物是人非，能留下的任何痕迹都弥足珍贵。弥陀寺的重建，让松木场的厚重历史顿时鲜活了起来，这也归功于政府的重建部署以及基层干部的扎实工作。在弥陀寺重建资料陈列室里获知这样的事例：当地一户居民不愿搬迁，基层干部上门达100多次，最终赢得居民的理解，同意搬迁，使得寺庙的重建顺利进行。

在松木场街口小桥流水、绿草茵茵的社区小广场，有两座群像浮雕再现了数百年前香客到此进香的热闹场面。白墙青瓦，浮雕凹凸，花影扶疏，给车水马龙的松木场增添了几许文雅。

蹬着单车继续西行，来到曙光路与杭大路的交叉口，就是孩童时曾来玩耍的省艺校旧址。那些建筑围墙消失了，脚手架开始拆卸，罩在一座神秘建筑物上方的大布掀开了，带有蝴蝶飞天立面图案的建筑物呈现在人们面前，如出水芙蓉般美丽壮观。望着这对飞天的蝴蝶图案，很容易让人联想到越剧《梁祝》化为彩蝶的爱情故事。那么，眼前这座瑰丽的建筑正是杭州人望眼欲穿的浙江小百花艺术中心新剧场。此时太阳已经西下，斜阳给远处的宝石山披上了霞光，与新剧场构成了一道新的城市风景线。

旧地游结束前，我不经意间看到了地铁三号线的施工牌上赫然写着站名——松木场，这就意味着古老的松木场作为历史的一部分，永远铭刻在杭州的新时代发展进程中。

"人们为了生活来到城市，为了生活得更好而留在了城市。"城市由不同的街区巷社组成，每个带有旧时烙印的街区，又会通过其不断的发展变化，唤起人们对新生活的期盼。现在我的家不在松木场了，但还在西溪路沿山河边，我还会对朋友说自己是松木场人。我至今保留着那张写着松木场地址的身份证，这上面有我青少年时许多美好的回忆。每天沿着西溪路上下班，感受着这条道路上每个细微的变化。

正如杭州一个住在西溪路上的网红诗人所言："西溪路是一条回家的路，也是一条通往未来的路。"就我而言，这条路从松木场开始，贯穿着我人生的初始，生我养我的这片社区、这块土地助我通往更加美好的未来。

2018 年 9 月 19 日

在杭州，除夕年夜饭的记忆

除夕真热闹。家家赶做（作）年菜，到处是酒肉的香味。

——老舍

今天是除夕，不禁回忆起一些关于除夕的往事。

孩童时物资相对匮乏，父母会在除夕这天准备许多丰盛的菜肴，我们还能够吃到许多平时吃不到的零食，这是孩子们最期待，也是最开心的时候。

那时除夕当天仍然是工作日，父母都要上班。一大早，母亲就把钱交给我，吩咐我到街口去买春卷皮，回来裹春卷，炸春卷是年夜饭必备的食物。春卷皮买回家后，我带上自己的玉米或大米，与小伙伴们在大院子里排队爆爆米花。记得那种爆米花机是黑色的葫芦形压力锅，放在火炉上烤。爆米花师傅不停地手摇爆米花机，待到爆米花机里的气压达到一定程度后，老师傅就会掀开盖子，随着嘭的一声巨响，烤熟的玉米或大米就从盖口喷了出来，空气中瞬间弥漫着爆米花的香味。爆米花师傅在过年前的一个星期，天天都会到我们大院子里来爆爆米花。在孩子眼里，爆米花是美食，更是娱乐。

如果是雪天，会堆雪人，打雪仗。雪人的眼睛通常是用烧火的煤球做的。

那时春节只有 3 天假期，母亲单位领导会在除夕这天特别开恩，提前半天放假，下午的时间我就陪母亲去官巷口的食品公司买些零食，比如糖果、花生、番薯片、梅片、小核桃、瓜子什么的。食品公司有两层楼，二楼还卖一些名贵药材及海产品。食品公司里始终是人头攒动、熙熙攘攘。计划经济时代，副食品都需要凭票购买，通常春节期间，供应票加量。

老底子的杭州城，大型食品商店不多，记得中山中路上的四拐角（与河坊街交叉的路口）还有一家新成南货店（也就是著名老店方裕和南货店），那里的蜜饯与糕点也很有名气。香烟要专门去到清河坊密大昌旱烟店购买。那时的名店还有狮峰茶叶、孔凤春化妆品，那些货都是必备的年货。

杭州人过年一定要吃年糕，取谐音"年年高升"，代表一种美好的祝愿。当时最有名的是位于菜市桥的大吉祥年糕店，这家店铺也属于前店后坊，用上等的糯米在专用石臼上揉出来的年糕，又香又糯。热气腾腾的水磨年糕边揉边卖，一斤粮票可以买一斤半年糕。

那些年特有的花花绿绿的票构成了一个时代的特殊印记，也属于浓浓年味的一部分。有时我在想，如今物质如此丰富，是否同时冲淡了记忆中那份年味？

杭州人的年夜饭非常讲究，早在年前一个月做准备，从小年夜（与北方人把腊月廿三称为小年夜不同，杭州人把除夕夜的前一晚称为小年夜）就开始做了。大户人家通常要提前祭祖，年夜饭上七碗或十碗菜，寓意"七上"和"十全十美"，带排骨、湖蟹、带鱼的不能吃，必备的是虾油全鸡，代表全家福，还有酥鱼、炸响铃、烧二东、霉干菜扣肉、莲子汤团、八宝饭等。其中最重要的是元宝鱼，可以用不同的鱼来做，鱼身与鱼头鱼尾用刀切开，只吃鱼身，留下鱼头鱼尾，寓意"有头有尾，年年有余"；还有一道菜是全鸡汤内放水饺，称之为"百鸟朝凤"。当然，百年老店万隆的酱鸭是不可缺少的。我最喜欢的是我妈妈做的虾油全鸡。

老底子杭州人弄菜是很讲究的，不做八个菜（不能"八下"），要做十道菜，寓意"十全十美"。还有些菜是不能上的，比如排骨（带排不能吃，谐音是败），湖蟹也不吃，太横行霸道了。

吃饱喝足后，大人们会聊天或打扑克。当时"文革"期间，没有电视机，没有春晚，外面的饭店也关门了，也不太有祭灶、写春联、守夜这样的规矩，好像那些都是属于"封资修一类"了。但电影院是开门的，只放屈指可数的几部影片。我记得一年除夕晚上，邻家姐姐给我一张太平洋电影院的电影票《列宁在1918》，还给我一封信，吩咐我把那封信交给一个邻座的叔叔。电影院爆满，我在门口被另外一个男人缠住，说我是小孩可以半票，请我学习雷锋好榜样，把他带进电影院。当我坐在这位"叔叔"腿上，把那封信交给邻座的"叔叔"时，看不清邻座"叔叔"脸上的表情。我后来明白了，那是我人生做的一件帮助了他人同时又伤害了他人的事情。

一个有趣的细节是，电影放到大约第15分钟时，银幕上出现芭蕾舞剧《天鹅湖》的片段，很多男人鱼贯而入，大约持续了5分钟。舞台上出现一个穿黑色皮衣的契卡（肃反委员会工作人员），他对在场的观众大声说（芭蕾舞结束后）"不能马上退场，需要检查证件"。此时，后面进来的男人开始退场了，他们仅仅为了欣赏5分钟的芭蕾舞而买了全票，甚至是高价黄牛票。后来我才知道，这是当时杭州城里文艺青年的一种派头。在文艺作品极度匮乏的时代，这样离奇的事应当还有很多。

孩子们喜欢过年，除了有好吃的，还能穿上新衣服。晚上大人会放一些压岁钱在枕头下面。那晚，孩子们睡得很香甜，即使爆竹炮仗响起来了，也照睡不醒。

明代田汝成所著的《西湖游览志余》中详细记录了南宋杭州人从除夕到立春的盛况。南宋诗人范成大在其《祭灶词》中，用"猪头烂熟双鱼鲜，豆沙甘松粉饵团"

的诗句，生动描述了百姓们在小年夜祭灶食材的丰盛。作为曾经的帝国首都，杭州人过除夕吃年夜饭的习俗礼节是悠久且丰富的。我们孩童时期过的除夕新年也许简陋，却能够成为心中永远的快乐回忆。追寻这段往事，也是留住一段城市的乡愁，其中触及那些或浓或淡的喜乐与柔软，是留给自己以及后代最佳的人生礼物。

2019 年 2 月 4 日

我在大学练溜冰

万众瞩目的第 24 届北京冬季奥运会赛程已经过半，每天在屏幕前观看转播或比赛回放实在是一种享受。仅以我一家之言，冬奥会比夏奥会画面冲击感更强，更加赏心悦目，这既是指运动本身属于极限运动，夺人眼球，也指运动员们的服饰设计绚丽多彩，风格各异；此外冬季项目的比赛用具也非常炫酷，比如头盔、雪镜、雪橇、雪车等。北京的 3 个比赛场地气势宏伟、各有千秋，取名也很有动感，以张北古长城为背景的跳台滑雪赛道的"雪如意"，首钢发电厂冷却塔工业遗产烟囱为背景的"雪飞天"，延庆小海坨山冈上横卧着的那条蜿蜒舒展的雪车赛道"雪游龙"，都让我们印象深刻、大饱眼福。

不过，我最在意的还是高亭宇在男子 500 米速滑中为中国队夺得金牌的诞生地——被称为"冰丝带"的国家速滑馆。在这座流线型设计的超现代建筑里，望着运动健儿在晶莹剔透、光滑如镜的冰面上矫健如飞的身姿，不由得唤起了我在大学里学习滑冰的记忆。

1978 年 10 月，我考入位于沈阳的东北工学院（简称东工，现为东北大学），从温暖的南方来到已迈入深秋的北方，一下火车就被冷峻的寒意狠狠包围。在沈阳火车南站等候校车时，我问接站的老师，东北的严冬是否如传说那样打个喷嚏也会结冰，老师笑道："沈阳没有那么冷，不过冬天的冰倒是很厚，你们南方同学可以学习滑冰啊，非常好玩的运动。"我还真是孤陋寡闻，第一次知道滑冰是一项运动。在家乡杭州，西湖结冰是稀罕事，即使结冰，也是薄薄的，还听说过在湖面上玩耍的胆大孩子因为冰层破裂失足落水的事故。

上大一时，滑冰是必修课，就像男生 1000 米跑步和女生 800 米跑步，在规定时间内滑冰距离达到 800 米还是 1500 米才能达标，我有些记不清了。但我清晰地记得第一次上滑冰课的场景，首先是选择合脚的冰鞋，然后听体育老师讲解动作要领。我的平衡感不好，滑冰就成了一件苦差事，好在穿着厚厚的棉裤，即使摔个四脚朝天也不疼，老师说滑冰要领之一也是若摔倒，尽量屁股着地。

20 世纪七八十年代的滑冰也算是"贵族运动"，一般学生大多囊中羞涩，没有闲钱去购买一双属于自己的冰鞋，因此拥有一双时髦漂亮的滑冰鞋是倍儿有面子的事情。在东工学子的眼里，冰鞋馆与实验室、图书馆同样神圣，只有这里可以满足穷学生的溜冰欲望——一张学生证就可以借到冰鞋。工欲善其事，必先利其器。好冰鞋才能练就好本领，因此滑冰老手基本也是磨刀老手，若是冰刀已经粗钝了，就需要把冰鞋搁在磨刀架上，手拿一块长条磨刀石画"8"字反复磨，并不断地用手指触摸冰刀边缘直到涩感消失，磨刀才算结束。冰鞋还分长刀与短刀，体育老师会建议南方同学穿短刀鞋，而北方同学穿长刀鞋，理由是南方同学使用长刀鞋更容易摔跤，现在想来似乎有点地域歧视呢。

当时东北工学院的校园在沈阳几所高校里是最漂亮的，苏式风格的教学楼前后都有很规整的操场。改为滑冰场前，需要把地面清理干净并连夜浇上自来水。许多同学会去帮忙浇冰场。

20 世纪的东北，在哈气成冰的季节，空有精力无处发泄的大学生最爱的地方就是滑冰场。许多北方同学打小就滑冰，无师自通，在冰场上滑行宛如一只只飞燕紧贴着地面飞翔，博得围观者的阵阵掌声。南方同学在学习功课上往往可以名列前茅，但在滑冰场上基本是甘拜下风。男生滑冰好如同篮球打得好，很容易得到女同学的青睐，那些技术出色的男生也非常乐意向初上冰场的女同学伸出友谊之手，"一帮一成为一对红"是校园里永恒的话题。我们读书时，还没有后来兴起的联谊舞会，滑冰场就是校园里荡漾青春、萌发爱意的最佳起点。

当时东工学生进出大门是凭着挂在胸前的校徽，由于东工的滑冰场在沈阳市内也小有名气，白底红字的学生校徽也成了热门货，本地同学经常来借校徽，方便他们校外的哥们姐们进入校园滑冰。

东工比邻的鲁迅美术学院（简称鲁美）及沈阳音乐学院（简称沈音）是当时东北最负盛名的两所艺术院校，我们大一大二时常去参观鲁美的画展，听沈音的音乐会。学校也会定期邀请这两所艺术院校的老师来授课，讲解世界艺术，开阔视野，让学生接受艺术熏陶。我在大一最熟悉的音乐之一就是《溜冰圆舞曲》，这首由法国作曲家埃米尔·瓦尔德退费尔创作的乐曲，以悠扬高雅的旋律，表现了人们在冰面上滑行的风姿，学校冰场上的扩音喇叭常常放送《溜冰圆舞曲》。

从刚开始的蹀躞走步，到掌握起跑、助滑、滑行，甚至后来可以弯道压刀，途中不知摔了多少跤，流了多少汗。大二最后一堂滑冰课上，我顺利通过了考试。当时的喜悦，丝毫不亚于期末高数或工程制图考试取得满分。

一晃几十年过去了，在电视机旁欣赏着北京冬奥会精彩比赛的此刻，东工校园里学习滑冰的往事浮现眼前，耳畔又响起那首轻快而热烈的《溜冰圆舞曲》。

2022 年 2 月 19 日

处处中秋此月明——王阳明的中秋夜

一

2021 年 9 月 22 日（辛丑年农历八月十六），朗月浑圆，月华如练，秋风送爽，惬意袭人。第五届四明云顶中秋诗会在王阳明的故乡浙东余姚四明山云顶举行。

一如既往的是，对余姚出身的王阳明题写的《中秋》的咏唱贯穿了整个诗会：

去年中秋阴复晴，
今年中秋阴复阴。
百年好景不多遇，
况乃白发相侵寻。
吾心自有光明月，
千古团圆永无缺。
山河大地拥清辉，
赏心何必中秋节。

诗人们一再吟诵，在同一片大地上遥寄对先贤的追思。

《中秋》的前两句朗朗上口且动听易晓；后两句富有哲理而韵味深远，深受大众喜爱，代代传涌。诗会终场前，"西部歌王"王洛宾的关门弟子——陈百川老师特意为它谱曲并在舞台上首唱，诗会在这一刻达到了高潮。"吾心自有光明月，千古团圆永无缺"，悠扬的歌声回荡在四明山壑之间久久不息。

王阳明，名守仁，字伯安，祖籍浙江余姚，青年时随家迁居山阴（越城），在附近阳明洞天结庐，自号阳明子，后人尊称他为阳明先生。

王阳明是中国历史上伟大的思想家、哲学家、军事家、教育家，他在诗词方面同样有很高的造诣。

这首《中秋》作于明正德元年（1506），此时的王阳明 35 岁，本已在京城入仕 6 年，却因反对宦官刘瑾把持朝政，被判入狱；释放后，又被贬往贵州龙场做驿丞，可谓一朝跌落青云端。

赶赴贵州前，王阳明特意绕道南京看望在那儿当官的父亲。

王阳明父亲王华是科举状元，曾在京城任礼部侍郎，王阳明获罪后，王华也受牵连左迁南京礼部尚书。民间传闻刘瑾认为王阳明上疏皇帝是受了父亲王华的挑拨，由此，王阳明被处罚是替父受罪。虽说虎父无犬子，不过，王阳明与父亲性格迥然，天差地别。他在为被刘瑾迫害的大臣喊冤所写的《乞宥言官去权奸以章圣德疏》中尽显一贯的仗义执言、不畏权贵的性情，与其父没有关联。

王阳明见到两鬓斑白的老父亲，两人抱头痛哭。王阳明在京城午门受廷杖时，闻讯赶来的王华眼见儿子受难却爱莫能助，只得在一边哀叹。但有高居礼部侍郎的父亲在场，多少让执杖太监有所顾虑，力度暗中减轻了些许。明代受廷杖而死的大臣不计其数，好在王阳明是幸运的，而儿子的受难也让父亲王华在朝廷文官集团中树立起了正直不阿的形象。

现在，最难堪的风波已经过去，王阳明看到父亲身体尚好，内心非常欣慰，他虽然贬谪贵州，还能够继续从政，只要青山在不怕没柴烧，父亲王华也感到心情无比舒畅。这一次的变故，意外地消解了多年来王阳明与父亲之间的嫌隙。王华一直认为王阳明桀骜不驯、狂妄自大，做事华而不实；王阳明则抱怨父亲刻板保守、专横霸道。少时，王阳明喜好下棋，王华为了让他专心读书，怒将儿子心爱的象棋扔到河里，王阳明为此耿耿于怀，作《棋落水诗》（另有题作《哭象棋诗》）：

> 象棋终日乐悠悠，
> 苦被严亲一旦丢。
> 兵卒坠河皆不救，
> 将军溺水一齐休。
> 马行千里随波去，
> 象入三川逐浪游。
> 炮响一声天地震，
> 忽然惊起卧龙愁。

一个12岁顽皮孩子受挫，竟然勾起了他以诸葛亮自喻的野心，未来有许多运筹帷幄的机会还在等着小王阳明呢。

回到父子在南京重逢。正值中秋佳节，父子间有道不尽的知心话，可惜天公不作美，当时阴沉一片，然而王阳明诗兴不减，他在酒后挥毫作诗，成就了这首千古

不朽的《中秋》。

"吾心自有光明月，千古团圆永无缺。"王阳明从小立志寻求圣人之道、潜修学问，如今经过廷杖之耻也绝不放弃，他立即前往贫瘠险恶的西南夷地（今属贵州修文的龙场驿站）任职，入宿山洞，甚至躺入石棺，居贫处困，动心忍性，苦苦思索人生哲理。终于某夜，王阳明豁然大悟，凭借记忆与六经四书相印证，确信了宋儒格物之说的错误。他从石棺里一跃而起，大呼："圣人之道，吾性自足，不假外求！"

王阳明龙场悟道，终大彻大悟，为其后一生致力于"知行合一""致良知"的心学理论奠定基础；也以心学治军统军，在其后的戎马倥偬中，干净利落地平定赣南广西两省匪患，生擒企图篡权的宁王朱宸濠，成为能文能武的罕世奇人和真正做到立德、立功、立言之"三不朽"的圣人。

二

让我们继续回到当年王阳明的中秋夜。

嘉靖三年（1524），此时的王阳明已经53岁，升任南京兵部尚书，封新建伯，功成名就，在家乡越城（今绍兴，学术界另有一说是王氏一家在宸濠之乱由余姚迁居山阴越城）为期 27 个月的孝期也已结束。恰逢中秋，他在天泉桥边碧霞池畔自家花园里举办了一场酒会，宴请跟随自己多年的学生。

这天夜晚的月亮格外圆，酒过三巡，菜过六味，河中泛舟，击鼓唱歌，投壶聚算，酒席正酣，学生们纷纷走到王阳明前敬酒，一些人还怂恿老师现场作诗。王阳明也不推托，退入书房，趁着酒意微醺，欣然命笔，这就有了著名的《月夜二首》：

> 万里中秋月正晴，
> 四山云霭忽然生。
> 须史浊雾随风散，
> 依旧青天此月明。
> 肯信良知原不昧，
> 从他外物岂能撄！
> 老夫今夜狂歌发，
> 化作钧天满太清。
>
> 处处中秋此月明，
> 不知何处亦群英？
> 须怜绝学经千载，
> 莫负男儿过一生！
> 影响尚疑朱仲晦，
> 支离羞作郑康成。
> 铿然舍瑟秋风里，
> 点也虽狂得我情。

王阳明这两首中秋咏月诗，比起 19 年前的咏月诗，遣词更加精练、意境愈加深邃，且将其良知心学哲理蕴藏在诗句之中，意味深长。王阳明借景抒情，告诉学生们，只要坚守良知，人心就不会被外物干扰，就像一时被乌云遮住的明月，终究会云消雾散，重放光明；热血男儿不要整天埋在旧纸堆里做学问，像东汉学者郑玄（字康成）和宋代学者朱熹（字仲晦）只会把经典搞得支离破碎，没有实际意义。格物就是格心，心即理。

王阳明不掩饰他对程朱理学的否定，有点"狂"，如同当年孔子赞扬的曾点。诗最后一句引用《论语》"侍坐"篇。孔子问几个学生的志向，其他人都郑重思索，唯有曾点，铿然弹完一曲，才回答自己的志向就是沐浴春风在野外唱歌，孔子赞扬地说："吾与点也。"王阳明借这段典故，表达他对人生理想终极目标的追求，也表明他将世俗的羁绊、异党的算计、官场的顾虑都置之度外。

三

季羡林曾说，每个人都有一个故乡，人人的故乡都有一个月亮，人人都爱自己故乡的月亮。王阳明仕途正盛时，却决定返回故乡，并与中秋月光结下不解之缘，是偶然中的必然。

正德十四年（1519）平定宁王朱宸濠叛乱后，王阳明就地任江西巡抚，衙府设于南昌。两年后，王阳明接到新皇帝嘉靖的圣旨，调职进京；当王阳明意气风发地赶到杭州，打算沿大运河北上时，快马送来了朝廷命令——暂缓入京。原来当朝首辅杨廷和意识到，能力与威望并重的王阳明入京，将对他的地位构成巨大威胁，故以财政有限，难以给功臣王阳明太多奖赏为由，劝说小皇帝不如让他先到陪都南京做个闲职，待国家经济情况好转后再议进京一事。嘉靖小皇帝哪能猜透杨首辅的心思，当即表示赞成。这样，王阳明进入权力中枢的机遇就搁浅了。

未能辅佐皇帝完成"修身齐家治国平天下"的远大抱负，王阳明失望至极，他索性向皇帝告假回乡，探亲养老。

居越期间，王阳明开设阳明书院，整理并推广王门心学，弟子众多。人到晚年，对人与物的感悟越来越深，尤其在中秋月光下，总有无以言状的情愫，于是每次过中秋节，他都会写上一两首好诗，赏月抒怀，以诗言志。

我们再欣赏两首王阳明居越（绍兴老家）期间以中秋为主题的诗：

> 一年两度中秋节，
> 两度中秋一样月。
> 两度当筵望月人，
> 几人犹在几人别？
> 此后望月几中秋？
> 此会中人知在否？
> 当筵莫惜殷勤望，
> 我已衰年半白头。
>
> ——《后中秋望月歌》

独坐秋庭月色新，
乾坤何处更闲人？
高歌度与清风去，
幽意自随流水春。
千圣本无心外诀，
《六经》须拂镜中尘。
却怜扰扰周公梦，
未及惺惺陋巷贫。

——《夜坐》

年过半百的王阳明对人生有了新的感触。父亲病逝，江西匪患刚息，这让一生坎坷的王阳明不由得在中秋佳节联想到人生际遇的无常，更明白人生关键在于"返璞归真"，圣人本来没有诀窍，只是需要时时拂去心中的尘埃，保持明净。一首《夜坐》清新超逸，他把六经（《诗经》《尚书》《礼经》《周易》《乐经》《春秋》）归于己心，又引用佛教禅宗偈语"身是菩提树，心如明镜台；时时勤拂拭，勿使惹尘埃"进一步阐述良知需要维护。最后一句，他提到颜回陋巷说，有人只怜惜清梦被扰，却不知道颜回在陋巷一箪食一瓢饮，不改其乐，所以，王阳明又回到了孔子"浴乎沂，风乎舞雩"的至高理想那里，历经千百年考验的儒学才是真正值得推崇的大道。作为大儒，王阳明学说充分吸取了佛老的思想营养，认为儒释道并行不悖，都是"圣之树枝"。晚年王阳明的诗句老到深刻，禅意至深，出神入化，此诗就是一例。

嘉靖六年（1527），广西思恩、田州两地匪患严重，官军围剿不力，朝廷想到了远在绍兴的王阳明。九月，圣旨到，任命王阳明为都察院左都御史，提督两广，即日启程，不得推辞。

此时的王阳明年老体衰，还是强打精神率军奔赴广西，一个月内便兵不血刃，迅速铲除两地匪患，还顺带奇袭八寨、断藤峡的叛军，在其军事生涯中再创辉煌。王阳明以心学理论作为武器，获得了空前的军事成功，剿匪结束后，他这样感叹："破山中贼易，破心中贼难。"

归途中，积劳成疾的王阳明终于被病魔击倒，此时的他离开广西，一路颠簸，经过广东到达江西境内的赣江边上，正打算坐船沿赣江东进。嘉靖七年（1528）十一月二十五日，船到南岸（今江西大余），昏睡中醒来的王阳明看到了两位当地官员，也是自己的学生周积与张思聪，前来探望，居然从床上坐起来，仔细询问他们的学业。十一月二十九日，船到青龙铺，王阳明命人带周积到病榻前，对他说："我要走了。"（"吾去矣。"）

周积跪在床边，悲痛交加，含泪问道："恩师，有何遗言？"

阳明先生微带笑容，说道："此心光明，亦复何言？"

这八字遗言，令江河呜咽，山川动容，他毕生的践行落在了"光明"一词上。

王阳明临终前念念不忘"光明"，是否那一瞬间，他想到了故乡？月是故乡明，皓月当空，花好月圆，遗憾他临终前没有再望一眼家乡的月亮。

王阳明不必遗憾，他的内心自有一轮明月，心学思想永不缺失，那是在贵州龙场的万山荆棘中参破生死所领悟的良知。知善知恶是良知，"致良知"就是在生活实践中，时刻坚守心中的道德理念。只要做到这些，修炼内心，克服私欲与杂念，牢记去恶为善，知行合一，心中就有光明，人人即可为"圣人"。

阳明思想如一轮明月，照耀山河大地，千古常在，光芒永恒！

2021 年 12 月 25 日

　　★关于《中秋》的创作年份，学术界存在不同看法，众说纷纭，有1521 年之说，也有 1527 年之说，有些文章回避年份，只说"某年"，本文姑且采用 1506 年一说。

我的体育班，我们的亚运会

第一次知晓亚运会，是 1974 年在伊朗首都德黑兰举行的第七届亚运会。当时电视机还未普及，我的邻居动手安装了一台黑白显像管电视机，亚运会期间，我每晚都去邻居家蹭电视，观看亚运会比赛。当屏幕上出现李孔政、侯家昌、钟少珍等运动员站在最高领奖台上，随着五星红旗冉冉升起，国歌响彻，在场所有人都感到热血沸腾，又是拍手又是呐喊，深深为自己的国家骄傲和自豪。电视里还能看到德黑兰的异国风情，当时感到既新鲜又神秘。中国运动员走出国门，冲向亚洲，也打开了我的眼界，懵懵懂懂地意识到外面的世界很大。那年我 14 岁正读初二，认为亚洲冠军就是中国运动员的最高竞技荣誉。记得当时体育杂志《新体育》出了一期德黑兰亚运会的专刊，封面上是女子跳水运动员钟少珍站在跳台上的照片，这本体育杂志我珍藏了很长时间，里面的内容至今记忆犹新。

读高中时，我转学到杭十四中，正值全国的体育热，学校也在高一年级设置了体育班。校领导为避免同学们偏科，还特意把最优秀的语文老师调到体育班当班主任，我本无体育特长，但班主任张老师看了我的转学档案，认为我其他成绩还不错，便破例允许我插班。于是，我也成了体育班光荣的一员。

体育班的同学个个很厉害，他们初中时大都在少体校（青少年业余体校）训练过，长跑、跳高、篮球、游泳、武术等项目在杭州市中学生运动会上名列前茅。他们中的一些人后来成了专业运动员，拿到全省运动会甚至全国锦标赛的冠军。还有一些同学成为国家级教练员、国际 A 级裁判员或大专院校的兼职教授，多次获得省市各级政府的荣誉与嘉奖。

体育小白的我，没有被同学们冷落。班主任经常安排我出黑板报，为班级写些体育方面的通讯稿子。业余时间我偶尔也会写些诗歌，被同学们冠以"诗人"绰号，这是体育班里除"丛篮球""方跨栏""金跳远""何长跑""张百米"等之外的唯一"文职"绰号。在与同学的交流中，我知道了许多体育的趣闻，除了亚运会之外，世界上还有奥林匹克运动会。当时中国还没有恢复奥运会成员的资格，大家都以为参加奥运会是奢望，在中国举办国际运动会，拿世界冠军，与宇宙飞船登上月亮的难度相当，更不用说在杭州举办亚运会了，那是想也不敢想的。

体育班同学是学校的骄子，很受校领导及老师们的器重。同学们也颇争气，在杭州市中学生运动会上频出佳绩，给学校争光，学校特意奖励同学们每人一双回力牌运动鞋。在那个物资匮乏的年代，一双运动鞋穿在脚上是何等风光啊。有个男同学整整穿了一年的运动鞋，一天都不肯换，为的是秀给隔壁班女同学，以期获得心中女神的青睐。

高中毕业后，体育班的同学们各奔前程，有的考入了杭州大学体育系读书，有的参军入伍，进入八一体工大队等，很多同学继续从事与体育相关的工作。陈同学当了省武术队的教练，还参加过《少林寺》等多部电影的拍摄。崔同学成了西湖之声广播电台的体育节目主持人。毕业后我们常常聚会，每次聚会虽有不同的话题，但体育赛事必然是津津乐道的，比如1993年的上海首届东亚运动会，2008年的北京奥运会等。人虽年纪渐长，但体育精神不散，已从解放军海军女子篮球队退役的刘同学成了杭州体校老队员篮球队的一员，依旧活跃在各地的赛场上。节目主持人崔同学还兼任体育记者，采访过众多著名教练和运动员，譬如徐寅生、邓亚萍、乔红等以及浙江籍的奥运冠军孟关良、占旭刚等，当然还有游泳梦之队里的罗雪娟、孙杨、吴鹏等。每当聊到这些体育明星背后的趣闻逸事，我们都会乐不自禁，仿佛他们就是我们的邻家兄弟姐妹，如雷贯耳又纯真可爱，令我们既自豪又欢喜。

曾经获得全国武术冠军的陈同学后来从政，当过杭州体育馆副馆长、中国武术协会理事、杭州市政协委员。那年他带我们再次参观这座带有浓浓老杭州记忆的体育馆。在体育馆附设的博物展馆，我了解到源远流长的杭州体育史话，包括越人击鼓练剑、钱镠钱塘射潮，不一而足。

杭州体育馆最初名称是浙江省人民体育馆，具有马鞍形外壳，是当时杭州数一数二的漂亮建筑物，只有国家级的比赛和表演才能被有幸安排在那里。观众围着体育馆里里外外一圈又一圈排队入馆，是当年杭城一道亮丽的风景线。我与小伙伴们曾到体育馆观赏过几场全国篮球联赛，那可是当时最高档的娱乐活动了。

杭州体育馆对面还有一座浙江省体育场，是供大型田径赛事用的。杭州一些中学举行校级运动会也会借用这个场地。对中学生而言，能在省体育场的跑道上亮相是何等的荣耀，这都成了孩子们炫耀母校软实力的话题。

横穿这两座体育建筑之间的马路被称为体育场路，这也是杭州最著名的街道之一。体育场路横穿杭州市武林广场，在武林广场区域内，还有一个可圈可点的杭州游泳健身中心，其波浪形的白色屋面凸显游泳运动特色，缓缓上升的建筑造型体现体育事业的稳步发展，充满时代特色。我一直猜想，杭州能成为泳坛冠军辈出的摇篮，与这个游泳馆或许有很多关联。体育场路、武林广场上的"红太阳"展览馆及附近检阅台这块区域，很长时间里是杭州市的政治文化中心。

　　白驹过隙，48 年斗转星移。杭州成为继北京、广州后中国第三个举办亚运会的城市，杭州的文化体育市政建设进入了快车道。新的体育场馆如雨后春笋，绚丽多姿：钱塘江岸边的"大小莲花"（亚运会主体育场、亚运会网球馆）含苞待放，"化蝶双馆"（奥体中心体育馆、亚运会游泳馆）对舞翩跹，大运河畔的"良渚玉琮"与"油纸雨伞"（亚运会乒乓球馆与亚运会曲棍球场）古风回荡，"星际战舰"（亚运电竞馆）超前炫酷，黄龙体育中心（亚运会足球及田径赛场）"器宇轩昂"，杭州体育建筑的老大"椭圆马鞍"（亚运会拳击馆）重披盔甲，蓄势待发。这一切都告诉世人：来吧，亚运会，杭州准备好了！

　　今天，我们在家乡迎接第 19 届亚运会。少年时记忆中的德黑兰亚运会被唤回，过去遥不可及的梦想现在竟然触手可及。杭州，这座拥有"钱塘射潮"传说，古老又朝气蓬勃的城市，正带领着一群热爱体育、珍惜和平的家乡人民，伸开热情的双臂，迎接亚洲各国宾客。我们因体育结缘，为友谊相聚，让"心心相融，爱达未来"的亚运主旋律响彻人间天堂，让古韵杭城惊艳亮相！

2022 年 5 月 19 日